LES MENTEURS DE MARIPOSA

Pour les sœurs Canales
Graziella, Georgina, Maria Elena
et tout particulièrement ma mère, Maria Teresa

Titre original : *The Liars of Mariposa Island*
Ouvrage originellement publié par les éditions Roaring Brook Press,
une marque de Holtzbrinck Publishing Holding Limited Partnership,
175 Fifth Avenue, New York, NY 10010

Pour l'édition française :

1, rond-point du Général-Eisenhower, 31101 Toulouse Cedex 9, France.

Photo de couverture : Stocksy/William Blanton
Correction : Manon Le Gallo
Mise en pages : Petits Papiers

Dépôt légal : juin 2020
ISBN : 978-2-4080-1470-4
editionsmilan.com

JENNIFER MATHIEU

LES MENTEURS DE MARIPOSA

TRADUIT DE L'ANGLAIS (ÉTATS-UNIS)
PAR ANATH RIVELINE

MILAN

Las mentiras tienen las patas cortas.
(Les mensonges ont les jambes courtes.)

ELENA FINNEY

ÎLE DE MARIPOSA, TEXAS

1986

CHAPITRE I

Il suffit à Joaquin de me regarder pour comprendre que les Callahan sont de retour sur l'île. Et c'est clair que ça le soûle.

À genoux sur notre porche, mon frère répare la poignée de la porte d'entrée : une demande de notre mère qui traîne depuis un moment déjà.

Il est trop gentil, Joaquin, trop serviable et généreux. Il veut toujours faire plaisir à Mamita : c'est peine perdue. Ça ne va jamais et, en général, ils finissent par se disputer. Parfois, il est tellement remonté qu'il est obligé de mettre la musique de son walkman à fond pour se calmer, ou alors il se siffle une bière. Une vraie perte de temps et d'énergie, si vous voulez mon avis. Il vaut mieux ignorer ma mère. L'éviter. Acquiescer, même quand on n'est pas d'accord avec elle. Ce n'est pas si difficile, franchement, c'est juste une question d'habitude.

Sans qu'on échange un mot, il a compris. C'est vrai que depuis l'été de ma cinquième, les Callahan débarquent sur l'île une semaine après le début des vacances scolaires. Et ça fait quelques jours déjà que les cours sont terminés. Cette année, Joaquin a reçu son diplôme de fin d'études. Il est monté sur la scène de l'auditorium du lycée Lyndon-Johnson dans sa robe de location bordeaux et sa toque assortie. Après, on est allés fêter ça avec Mamita au restaurant *El Mirador*. C'est Carlos, le patron de Joaquin, qui a payé l'addition.

– Hello, lance mon frère en relevant le bas de son tee-shirt blanc pour s'essuyer le visage.

– Hello, dis-je en réponse. J'ai un baby-sitting ce soir.

Joaquin se redresse. Il lance son tournevis en l'air et le rattrape. Une fois, puis deux, sans même le regarder. Ses yeux sont rivés sur moi.

– Je ne comprends pas ce que les Callahan trouvent à cette île. C'est la fournaise ici ! Ils ne seraient pas mieux, je sais pas, sur la côte du Maine, par exemple ?

Je hausse les épaules.

– Va comprendre les riches.

– C'est clair… En tout cas, moi, je bosse au restaurant ce soir. Alors j'aimerais bien que tu ne rentres pas trop tard. Il faudra quelqu'un pour mettre Mamita au lit quand elle sera trop imbibée.

Il abuse ! C'est presque toujours moi qui m'y colle ! Et comme d'habitude, il en profite pour dire du mal de Mamita. Il est lourdingue avec ça : un jour, il est revenu du collège avec des brochures sur l'alcoolisme que leur avait distribuées l'infirmière scolaire. Il a mis des marques sur la bouteille de Bacardí avec un feutre noir pour contrôler sa consommation. Ça a duré deux semaines avant qu'il lâche l'affaire.

– M. et Mme Callahan sortent dîner, dis-je alors qu'il s'accroupit de nouveau devant la poignée de la porte et l'examine d'un air belliqueux. Je dois juste coucher les enfants. Je serai sûrement rentrée pour dix heures, dix heures et demie.

– Ils ont quel âge, maintenant, les morveux ? demande Joaquin en maniant la poignée, les sourcils froncés.

– Jennifer a huit ans et Matthew, quatre. Et ce ne sont pas des morveux, ces gamins sont adorables. Un peu gâtés, c'est vrai, mais ils m'aiment bien, ils sont toujours très sages avec moi.

– T'es une vraie petite Mary Poppins, réplique Joaquin.

– Bon, je peux entrer, maintenant ?

La main sur la hanche, je m'impatiente.

Joaquin prend un temps infini pour m'ouvrir. Je suis sûre que le claquement de porte qui suit est pour moi.

J'ai une heure avant le retour de Mamita. En fouillant rapidement dans les placards, je finis par tomber sur un sachet de chips presque vide. Je vais le terminer, ça donnera à Joaquin une raison de plus de se mettre en colère. Pourtant, il n'est pas à plaindre : il a toujours droit à un repas gratos au travail. Et les plats du *Mirador* sont bien meilleurs que ceux de Mamita. Les dîners avec elle, c'est invariablement *ropa vieja*, macaroni au fromage ou hamburgers trop cuits.

Je décroche le téléphone de la cuisine, dont je déroule le fil au maximum jusque dans ma chambre. Je m'assois par terre, appuyée contre la porte.

Michelle répond à la deuxième sonnerie.

– Hello, c'est moi !

– Salut. Alors, tu peux venir ce soir ? À la fête ? demande-t-elle.

Je croque dans une chips et me lèche les doigts.

– Ouais, ça devrait le faire.

Les Callahan rentrent souvent plus tôt que prévu.

– Et ton frère ?

– Il travaille.

– Ah merde !

– Michelle, ne sois pas vulgaire !

– Je suis pas vulgaire, j'exprime juste ma déception.

J'enfourne une pleine poignée de ce qui reste du paquet.

– Ce qui est vulgaire… c'est que tu penses… que mon frère est mignon ! dis-je en postillonnant.

– C'est toi qui es vulgaire à parler la bouche pleine, réplique Michelle. Et puis ton frère *est* mignon !

Je hurle dans le combiné.

– T'es grave, Elena ! s'exclame Michelle, et j'éclate de rire. D'accord, je n'aborde plus le sujet.

Je me laisse encore plus glisser au sol, au point d'avoir le menton collé au cou. Sur son poster juste devant moi, Madonna, pleine d'assurance, me foudroie du regard. Combien de temps me reste-t-il avant que Mamita me demande de le retirer ? Il faut que je veille à fermer ma chambre plus souvent.

– Mon frère n'est clairement pas un marrant, de toute façon. Son truc, c'est de souffrir.

– Je ne vais pas répondre à ça, parce que j'ai trop peur que tu te remettes à hurler.

– Passons aux garçons qui ne sont pas de ma famille, dis-je. Jimmy Paradise, en l'occurrence.

C'est dingue que ce soit un vrai nom, et plus incroyable encore que cette personne soit aussi sexy et cool que son nom le laisse entendre. Et pourtant, Jimmy Paradise existe bel et bien ! Il a emménagé sur l'île de Mariposa cette année, au milieu de la seconde. En cinq mois, il s'est fait exclure une fois et il a eu deux petites amies. Quand il a fait sa première apparition pendant mon cours d'espagnol, j'ai eu envie de mourir. Depuis, je le laisse copier sur moi à toutes les interros de conjugaison. Señora McCloud ne sait pas que je suis presque bilingue, mais Jimmy, lui, l'a bien compris : à chaque bonne note, il me montre sa copie en m'adressant un clin d'œil.

– Je suis sûre qu'il sera là, déclare Michelle. Honnêtement, je ne sais pas ce que tu lui trouves. Il est trop musclé à mon goût.

– Quoi ? dis-je, stupéfaite. Tu n'as *aucun* goût ! C'est ça, ton problème.

– Moi, j'ai un problème ? Sérieux ? Bref...

Elle prend un ton agacé, mais je sais que c'est pour de faux. Michelle et moi, on est amies depuis le CE1. Ou peut-être le CE2. D'aussi loin que remontent mes souvenirs, on a toujours été fourrées ensemble, à se faire passer des petits mots pendant les cours, à s'échanger des gommes parfumées ou à mettre des croix dans l'album de fin d'année de troisième sous les noms de ceux qui, selon nous, l'avaient déjà fait.

On parle encore et encore, et, sans que je m'en aperçoive, une heure s'écoule. Au bruit de la porte d'entrée qui s'ouvre et se referme, je me crispe.

– Ma mère est rentrée du travail. Je dois te laisser.

– Elena, tu vas casser le téléphone à force de tirer sur ce fil ! Combien de fois il faut que je te le répète ?!

Michelle rit. Facile, pour elle. Ce n'est pas sa mère.

– Waouh ! Je l'entends d'ici, commente-t-elle, amusée.

– Tu m'étonnes… À ce soir.

– OK. Dommage que tu ne puisses pas rester dormir…

– Tu sais bien que je ne peux pas.

– Elena ! Le téléphone ! Raccroche !

– Crois-moi, je le sais, répond Michelle.

Sans même prendre le temps de lui dire au revoir, je me lève et j'ouvre la porte.

• • •

Chez Mamita, tout pèse des tonnes. Ses mots, ses mouvements, ses pensées aussi. Même ses silences pèsent des tonnes.

Quand j'étais petite, lorsque j'avais fait une bêtise dans la journée, j'allais systématiquement dans sa chambre avant d'aller me coucher, pour lui faire un câlin. Je la trouvais toujours de « son » côté du lit, comme si quelqu'un allait venir s'étendre sur l'autre moitié.

Allongée sur le ventre, ses cheveux noirs négligemment attachés au sommet de sa tête façon nuage d'orage, elle feuilletait un magazine people qu'elle avait rapporté du travail. Plus discrète qu'un chat, je m'avançais vers elle pour lui souhaiter une « bonne nuit » qui sonnait comme une excuse.

– Bonne nuit, répondait-elle en se raidissant quand je tentais maladroitement de l'enlacer.

Elle se dégageait aussitôt, comme si j'étais venimeuse.

– Dors bien.

Ce câlin à sens unique pesait des tonnes. Ces mots vides pesaient des tonnes.

Seulement, avec le temps, j'ai appris à supporter ce poids, à passer outre. C'est une chose que Joaquin n'a jamais su faire.

– Elena, combien de fois, vraiment ? peste ma mère quand je sors de ma chambre.

Elle déballe les deux grands sacs de courses qu'elle vient de poser sur le comptoir de la cuisine.

– Sérieusement, tu vas me rendre *loca* avec ce téléphone !

Elle passe la main dans les boucles noires de ses cheveux mi-longs. Maintenant, elle les teint en douce et planque sous le lavabo la couleur qu'elle achète une fortune au supermarché. Je fais semblant de ne pas être au courant.

– Désolée, j'ai oublié, dis-je en remettant le téléphone sur son crochet.

– Tu parlais à qui ? demande-t-elle.

Je sais qu'elle le sait, mais je joue le jeu.

– À Michelle.

Les narines dilatées, la bouche tordue en un sourire à l'envers, elle range des pommes et des bananes dans la corbeille à fruits, qu'elle place sur la mystérieuse tache incrustée dans le Formica rose, déjà là quand on a emménagé. À voir sa tête, il est clair que Mamita a envie de parler de Michelle. Comme je ne dis rien, elle pousse un profond soupir insistant. Consciente que le sujet est trop sensible, je plonge les mains dans les sacs.

– Attends, je vais t'aider.

– Tu sais ce que je pense d'elle, lance ma mère, incapable de se retenir.

– Oui, Mamita.

La mère de Michelle en est à son troisième mari. Sa sœur travaillait au *Moulin rose* avant de tomber enceinte hors mariage. Son père, qui n'est même pas son vrai père, enchaîne les petits boulots.

Basura. Des dépravés.

Mamita n'ajoute rien et moi non plus. On finit de ranger les courses en silence jusqu'à l'arrivée de Joaquin, qui a apparemment terminé son bricolage. L'ambiance dans la pièce se dégrade immédiatement.

– Tu as réussi ? lui demande Mamita en se hissant sur la pointe des pieds pour fourrer les pains à hamburger dans un placard.

Son haut bleu à motifs est sorti de son pantalon. Elle le remet en place avec soin.

– Ouais, répond Joaquin. Je veux dire, oui.

– Très bien. Elena, laisse cette viande décongeler dans le plan de travail, je veux la cuisiner pour le dîner.

– *Sur* le plan de travail, Mamita, la corrige Joaquin. Laisse-la *sur* le plan de travail.

– Joaquin, arrête, lâche-la un peu ! dis-je en sortant la viande hachée du sac. Tu la reprends toujours sur les prépositions, mais tu sais bien qu'elle n'y arrivera jamais !

– J'adore quand mes enfants parlent de moi comme si je n'étais pas là. Ça, c'est du respect.

L'espace d'un instant, je retiens ma respiration, mais quand elle se tourne vers nous, elle a un petit sourire aux lèvres. Tout va bien.

– *Debería hacer que ustedes hablen español, y luego verán quien suena cómico.*

Allez-y, vous, parlez espagnol, on verra qui est le plus drôle.

Je ris, mais Joaquin a besoin d'en remettre une couche.

– Si tu nous avais plus parlé espagnol quand on était petits, on aurait un meilleur niveau maintenant, dit-il, les yeux rivés sur son tournevis.

– Ah oui ? Ça vous a manqué à l'époque, peut-être ? C'est nouveau, réplique Mamita, une pointe d'irritation dans la voix. Vous vous plaigniez déjà assez de vos prénoms.

Pauvre Joaquin, j'ai toujours compati. Aucun prof n'a jamais su prononcer correctement son prénom. Ça donnait un truc archi-ridicule, genre « Jo-a-kwin ». Le mien, au moins, sonne un peu américain. À la façon dont certains le prononcent, j'en viendrais presque à me prendre pour une riche gamine du Texas, et non la fille d'une réfugiée cubaine, secrétaire médicale et mère célibataire. Et ça me va.

La remarque de Mamita plane un moment dans l'air tandis que Joaquin traverse la cuisine pour ouvrir un tiroir et y balancer ses outils.

– Elena a un baby-sitting ce soir, annonce-t-il brusquement en claquant le tiroir. T'es au courant ?

Il sort de la pièce en passant à côté de moi sans me regarder. Sympa.

– Je vais me doucher avant de partir.

La porte de sa chambre se referme plus fort que nécessaire. Après quelques secondes, il allume sa chaîne hi-fi. Encore la cassette de ce groupe de barges : The Jesus and Mary Chain. Beurk.

Ma mère plie les sacs en papier et les glisse derrière la poubelle. Après un coup d'œil à sa montre, elle se verse un verre. Glaçons, Coca, Bacardí. *Gling gling, clac, pschhh, glou glou.* Je pourrais écrire des paroles à cette musique, je la connais par cœur. Les pieds nus sur le carrelage froid, je pense à Jennifer et Matthew. Ils ont dû bien grandir depuis l'année dernière.

– À propos de ce baby-sitting, il est là, M. Callahan, ou il n'y a que la mère et les enfants ? demande Mamita.

À la première gorgée de son cocktail, ses épaules s'affaissent toujours d'un ou deux millimètres. Joaquin et moi sommes les seuls à remarquer ce mouvement.

– Il est là ce week-end, mais lundi il retourne à Houston pour le travail. Comme d'hab, quoi.

– Et ça ne la dérange pas ? interroge Mamita, un sourcil levé. Que son mari ne soit jamais avec elle ?

– Il faut bien que quelqu'un ramène des sous. C'est pas donné, une maison à Point Isabel. Ils ont la meilleure vue sur l'océan.

Mamita grimace encore, les narines à nouveau dilatées.

– Sur l'océan ? Tu veux dire sur le golfe du Mexique ! Ça n'a rien à voir.

Les eaux de l'île de Mariposa ne sont rien comparées à celles de La Havane, où ma mère a grandi. Elle nous le rappelle dès qu'elle en a l'occasion.

– Oui, sur le golfe du Mexique. Bref, ils sortent au restau et après, ils iront voir un film. Je devrais être de retour vers dix heures trente. Onze heures, peut-être.

Je fais mine de gratter une piqûre de moustique sur ma jambe. Je relève les yeux ; Mamita pince les lèvres. C'était pareil il y a trois ans, quand je lui ai montré la petite annonce de Mme Callahan. « Cherche babysitter pour les grandes vacances ! Qui veut s'occuper de deux adorables bambins, un et cinq ans, qui adorent qu'on leur lise des histoires, qu'on les emmène à la plage et qu'on les déguise ? » Pourtant, malgré son air sévère, tous les étés, elle finit par m'autoriser à sortir de la maison comme n'importe quelle fille de mon âge…

– Ils te payent combien ? demande-t-elle en prenant une vraie bonne gorgée.

Le verre est déjà à moitié vide.

– Trois dollars de l'heure. Et parfois des petits bonus. C'est plus que ce que touchent mes copines quand elles gardent des enfants.

Ma mère ouvre le frigo pour en ressortir le Bacardí. C'est ce qu'elle appelle « rafraîchir sa boisson ». Elle aime bien le mot. Quand elle rentre du travail, elle « rafraîchit » son maquillage aussi, même si elle ne va jamais nulle part.

– Est-ce qu'ils louent leur maison, le reste de l'année ? m'interroge Mamita en se reversant une belle rasade.

J'ai déjà répondu à cette question, mais soit elle a oublié la réponse, soit elle adore l'entendre.

– Non. Ils font venir quelqu'un une fois par mois environ, pour s'assurer que tout va bien. Ou peut-être deux fois par mois.

M. Callahan doit vraiment bien gagner sa vie. La plupart des autres familles louent leurs maisons sur Point Isabel lorsqu'ils ne l'occupent pas.

– Ils roulent sur l'or, on dirait, commente Mamita d'une voix qui trahit autant son admiration que son envie.

– J'imagine, oui.

En sirotant son cocktail, elle regarde par la fenêtre au-dessus de l'évier. L'horizon est tout de suite bouché par une autre maison en bois décrépie. Agacée, elle s'arme soudain d'un chiffon et se met à frotter la vitre, oubliant un instant son verre.

– Donc… je peux le faire, ce baby-sitting, ce soir ?

Je retiens mon souffle. Elle s'acharne sur la saleté imaginaire.

– Oui, d'accord.

Elle se retourne brusquement vers moi.

– Mais tu sais quoi ? demande-t-elle d'un ton assuré. Je te parie que ton M. Callahan, il trompe sa femme. Je te parie que quand il rentre à Houston, il s'en donne à cœur joie. N'oublie jamais ça, Elena : les hommes, on ne peut pas leur faire confiance.

– Je parie que t'as raison pour M. Callahan, dis-je dans un soupir.

Le reste, je laisse couler, et je retourne m'enfermer dans ma chambre.

CHAPITRE 2

Michelle tient à bout de bras un pack de six Budweiser. On avance sur le sable encore chaud. La nuit vient à peine de tomber et les étoiles apparaissent petit à petit dans le firmament, pareilles à des enfants timides venus dire bonsoir. Comme Matthew et Jennifer. C'est marrant, au début de l'été, ils sont toujours un peu craintifs. Pour qu'ils arrêtent de se coller à elle, Mme Callahan est obligée de leur promettre des Oreo.

– Oh, mais voyons, c'est Elena ! Vous vous souvenez d'Elena, tout de même ? leur rappelle-t-elle à mon premier baby-sitting de la saison, d'une voix mélodieuse, douce et compréhensive.

Quelle patience ! D'un autre côté, c'est sûrement facile d'être patiente quand on a plein d'argent et plein de temps pour soi. D'ailleurs, elle a l'air plus jeune chaque année. Elle assure que c'est grâce à son prof de tennis à Houston, qui la maintient dans une forme olympique.

– La première soirée des vacances ! lance Michelle, surexcitée. Plus de cours pendant trois mois et six bières à siffler. Le bonheur !

Un sourire aux lèvres, j'examine la foule sur la plage. Mon cœur s'emballe. Je ne sors pas beaucoup pendant l'année, contrairement à Michelle qui fait la fête tous les week-ends. Sa mère à elle ne pète pas un câble juste parce que sa fille a envie de s'amuser de temps en temps.

– Tu as repéré Jimmy Paradise ? me demande-t-elle.

– Eh, mais tais-toi !

– Non, mais... Elena, on est encore à deux mille kilomètres des gens ! Comment veux-tu qu'il m'entende à cette distance ?

– Tais-toi quand même.

C'est alors que je le vois. Il joue au foot avec un groupe de garçons, un peu à l'écart. Il s'interrompt soudain pour finir sa bière et écrase la cannette avant de la lancer à un de ses coéquipiers.

– Attrape, gros naze, crie-t-il en riant.

Le gars la lui renvoie aussitôt.

– Attrape toi-même. C'est qui le gros naze, maintenant ?

Aucun des joueurs ne nous regarde. Je prends un air détaché et désintéressé.

– On est là ! appelle une voix familière.

C'est notre amie Tara. Avec quelques copines à nous, elle fume des clopes sur une couverture usée qu'elle tapote pour nous inviter. On ne se fait pas prier ; on retire nos tongs et on décapsule des bières.

– C'est vraiment toi, Elena ? Tu reviens dans le monde des vivants ? se moque Tara avant de tirer longuement sur sa Marlboro.

– J'en veux bien une, dis-je sans répondre.

Tara me lance son paquet et son briquet et Michelle se sert à son tour.

On regarde les garçons taper dans la balle et on fait des commentaires sur les couples qui se sont isolés pour s'étreindre passionnément comme si c'était leur dernière soirée sur cette terre. On doit être au moins soixante ou soixante-dix lycéens, et, chaque fois que je tourne la tête, d'autres encore arrivent, armés de bières et parfois carrément de glacières entières. De la musique sort d'une radiocassette poussée à plein volume.

– J'espère qu'on va pas se faire virer, s'inquiète Michelle. Ce serait nul.

– Carrément, confirme Tara.

J'acquiesce en suivant du regard Jimmy Paradise qui s'éloigne vers le bord de l'eau. Quelques secondes plus tard, une blonde fluette se jette sur lui et monte sur son dos. Elle a bondi comme une fille qui sait très bien qu'elle est légère comme l'air. Comme une fille qui sait que rien ne fait plus plaisir à Jimmy Paradise que d'avoir ses bras sur son torse, ses jambes autour de sa taille, son visage enfoui dans sa nuque. Elle pousse des cris de plaisir quand Jimmy lui attrape les cuisses et se met à tourner sur lui-même. Même dans cette position peu flatteuse, elle est canon, façon jeune chiot ravi.

Je ne distingue pas les détails dans l'obscurité, mais je suis prête à parier qu'elle a les ongles vernis en rose, des dents blanches parfaitement alignées et des yeux couleur de jade absolument adorables. Et qu'elle s'appelle Ashleigh ou Siobhan ou Vanessa. Quand elle rentre le soir, sa mère l'attend et se blottit avec elle sur le canapé du salon pour partager les derniers potins de sa progéniture. Elle est tellement heureuse de revivre à travers Ashleigh ou Siobhan ou Vanessa ses années de lycée, où elle était si belle, si populaire…

Soupir.

Michelle m'a vue regarder la scène, et voit la suite aussi : Jimmy Paradise et la fille s'éloignent dans la nuit d'encre pour devenir un de ces couples enlacés. Je glisse mon mégot dans la cannette vide qui sert de cendrier au milieu de la couverture. Michelle se penche vers moi et pose une seconde la tête sur mon épaule avant de m'embrasser la joue. Elle sent le parfum *Love's Baby Soft* et la fumée de cigarette, et c'est ma meilleure amie, alors les mots sont superflus.

– Quelqu'un veut une autre bière ? demande Tara en fouillant dans la glacière.

– Moi, dis-je. Et je veux aller me tremper un peu les pieds.

– Je t'accompagne ? demande Michelle.

– Tu me rejoindras un peu plus tard, d'accord ?

Je prends la cannette froide et humide que Tara me tend. Au bord du golfe, mes pieds s'enfoncent dans le sable jusqu'aux chevilles. Quand on était petits, Joaquin et moi, et que Mamita nous emmenait à la plage, je me demandais combien de temps il faudrait pour que le sable m'arrive aux genoux et à la taille et au visage. Je bois une gorgée de ma Budweiser, regrettant de ne pas en apprécier davantage le goût. Le cocktail de Mamita doit sans doute être meilleur. Je n'ai jamais goûté, mais même avec son coca bon marché, ça doit au moins être sucré.

– Salut, Elena.

Dans un sursaut, je lâche presque ma bière. C'est Miguel Fuentes, un camarade de classe que je connais depuis que je suis petite. Il fait un pas en arrière.

– Je voulais pas te faire peur.

– Non, t'inquiète. Je ne t'avais pas entendu approcher.

– J'étais pas sûr que c'était toi, se justifie Miguel.

Il met les mains dans les poches de son short.

– Tu sors pratiquement jamais…

Nos regards se croisent et nous détournons les yeux vers le golfe sombre, d'où remonte une odeur de poisson qui me fait plisser le nez. Mamita adore répéter qu'elle n'a jamais eu à supporter une telle puanteur sur les plages de Cuba.

– Ma mère accepte plus facilement que j'aie une vie sociale l'été.

Je consulte ma montre. Neuf heures trente. J'ai encore du temps devant moi. Comme je m'y attendais, les Callahan sont rentrés en avance, et je leur en suis très reconnaissante.

– Elle se dit sûrement que tu as le droit de te détendre maintenant que les cours sont finis, commente Miguel.

– Ouais, tu dois avoir raison.

Il sort les mains de ses poches et fait craquer ses articulations avant de les y remettre. Dommage qu'il n'ait pas de cigarette ou de bière pour les occuper.

Je sais que je lui plais. Depuis la troisième. Il ne me l'a jamais avoué, mais ça se sent. Mon expérience avec les garçons n'est pas aussi riche que j'aimerais le faire croire, mais les signes sont là. Il m'attend devant mon casier, il me propose ses notes de cours quand j'ai été absente, il me complimente sur mes cheveux qui sont pourtant d'un châtain quelconque. Il a une idée derrière la tête, c'est évident. Pourquoi il se montrerait si sympa, autrement ?

– T'es prête pour la rentrée en première ? demande-t-il sans me regarder.

C'est un autre indice : il me pose toujours des questions cliché, qu'il a sûrement préparées à l'avance.

– Ben ouais, dis-je en prenant une gorgée de bière. Et toi ?

Ses sourcils se soulèvent. Sérieux, il s'attendait pas à ce que je lui retourne la question ?

– J'en ai rien à faire de la première.

J'éclate de rire.

– Quoi ? Tu trouves ça drôle ? demande-t-il, visiblement ravi de son effet.

– Un peu.

Miguel sourit et on ne dit plus rien. On contemple l'eau, les éclats de voix de nos camarades envahissant l'air de la nuit. Miguel gratte une piqûre de moustique sur son bras, écorchant sa peau sombre de son ongle. *Puro indio* – un Indien pur souche, dirait Mamita. Joaquin ne lui laisse jamais passer ce genre de remarques racistes, mais elle s'en fiche. Aux yeux des autres habitants de l'île de Mariposa, Miguel est on ne peut plus hispanique – peau brune, yeux foncés, nom de famille espagnol. Et pourtant, ses grand-parents sont nés au Texas. Sa famille vit aux États-Unis depuis bien plus longtemps que la mienne et il ne parle pas espagnol. Contrairement à moi, malgré la pâleur de ma peau.

– Tu sais..., commence Miguel.

Je garde les yeux rivés sur le large, parce que je sais ce qu'il va dire.

– Si tu peux sortir plus pendant l'été, on pourrait peut-être se voir ?

Parfois, Miguel vient au lycée avec une chemise tachée. Ses sourcils broussailleux se rejoignent presque au-dessus de son nez, et je suis sûre de l'avoir déjà entendu péter en plein cours de maths.

Difficile de le trouver séduisant.

– Euh...

J'ai déjà mis trop de temps à lui répondre. Il a compris. Il a tourné la tête et scrute le golfe comme s'il espérait l'intervention d'une baleine échouée pour mettre fin à cette conversation.

– Laisse tomber. T'es sûrement occupée.

Je grimace légèrement. Miguel n'est peut-être pas Jimmy Paradise, mais il est sympa.

– Non, enfin, c'est juste que…

Je ne trouve pas les mots. Je les cherche dans les vagues devant moi.

– Dis, tu arrêtes de monopoliser ma copine ?

C'est Michelle qui vient me tirer de ce mauvais pas. Je passe mon bras autour de ses épaules.

– Ah, te voilà, toi ! Tu viens enfin faire trempette !

Miguel pousse un soupir. Il est aussi soulagé que moi de la voir s'incruster. Je nous imagine, lui et moi, plus tard, dans nos chambres respectives. Lui, il pensera à moi et moi, je penserai à Jimmy Paradise, et on sera tous les deux déprimés de ne pas avoir ce qu'on veut.

Mamita a raison sur une chose. *La vida no es justa*. Elle le dit toujours en espagnol, la langue de la vérité absolue.

– Quoi de neuf, Miguel ? demande Michelle.

– La routine, répond-il en se frottant la nuque. Encore un été à Mariposa. Avec l'arrivée des touristes, on pourra bientôt plus se garer nulle part. Mais au moins, il y a les pourboires.

Miguel travaille au *Mirador* avec Joaquin, en tant que garçon de cuisine. Grâce à son charme, mon frère a réussi à décrocher un boulot de serveur ; Miguel, en revanche… même pas en rêve.

– Je vais me chercher une bière, finit-il par déclarer. À plus.

– Salut, Miguel.

Je me sens un peu minable de me comporter comme ça avec lui. Glissant son bras sous le mien, Michelle me ramène vers la plage.

– Il t'a demandé de sortir avec lui, hein ?

– J'ai pas envie d'en parler.

Je me remets à chercher du regard Jimmy Paradise et sa copine, tendant l'oreille dans l'espoir d'entendre sa voix grave et pleine d'assurance. Je donne un coup de pied dans le sable pour me défouler. Ça fait du bien, alors je recommence encore et encore.

– Il te faut une autre bière, décide Michelle en m'entraînant vers la couverture de Tara.

Voilà comment je passe ma première soirée de vacances : à boire des bières bas de gamme et à fumer des cigarettes miteuses au milieu des ragots, accablée par la chaleur humide et familière des nuits de Mariposa.

CHAPITRE 3

Pitié, pourvu qu'elle dorme.

Non. Bien sûr.

Recroquevillée sur le canapé du salon, elle regarde la fin des infos de dix heures, un verre vide à côté d'elle. Le présentateur télé commente le concours de beauté local, celui de Miss Écrevisse.

– Tu as vu ces filles ? m'interpelle Mamita en pointant son index dans la direction de l'écran. Qu'est-ce qu'elles ont à déambuler en sous-vêtements comme ça ? *Fea. ¡Sucia!*

Laideron. Mocheté !

– C'est clair.

Elles me rappellent la dernière conquête de Jimmy Paradise. Comme elle, elles se pavanent en bikini – pas en sous-vêtements. Mais je ne corrige pas Mamita. Je prends plutôt son verre, qui est trop près du bord du canapé à mon goût.

– Je le rapporte dans la cuisine.

– Attends, m'arrête-t-elle en me prenant soudain la main.

Sa poigne est plus ferme que je ne l'aurais imaginé à cette heure de la soirée. Elle renifle. Je me fige.

– Tu pues la cigarette, Elena.

Elle me lâche, s'assoit et renifle de nouveau.

– Oui, c'est bien une odeur de cigarette.

Elle me transperce du regard en grimaçant.

– C'est M. Callahan, Mamita, dis-je en m'éloignant.

Je prends tout mon temps pour rincer le verre à grandes eaux dans l'évier.

– Il a fumé dans la voiture en me ramenant à la maison. Il a l'air stressé… C'est son travail, je pense.

Je pose le verre sur la paillasse et me tourne vers ma mère.

– Pourquoi est-ce que son travail le stresse autant ? demande Mamita, intriguée. À moins que ce ne soit autre chose ?

Elle penche la tête sur le côté.

– Aucune idée, vraiment. Il m'a semblé préoccupé, c'est tout. Il a dit qu'il était débordé. Il est très soulagé que je puisse aider Mme Callahan cet été, parce qu'il sera très peu là.

Il a vraiment dit tout ça, mais sans fumer. M. Callahan et sa femme sont tous les deux hyperobsédés par leur santé. Lui joue au racquetball et, à l'université, c'était un champion de foot. Mme Callahan adore me le répéter, comme si les sports pratiqués par son mari étaient plus impressionnants que sa carrière de magnat du pétrole. Enfin, je ne sais pas quel est son métier, mais c'est touchant de la part de Mme Callahan, je trouve. Elle doit profondément l'aimer.

– Je te le dis, moi, lance Mamita en dirigeant cette fois son doigt sur moi. Il est stressé parce qu'il a une famille à Point Isabel et une autre à Houston.

Elle parle d'une voix traînante, articule à peine. Elle a dû un peu trop forcer sur son cocktail.

– J'espère qu'ils savent que tu viens d'une bonne famille où ce genre de comportement n'est pas toléré !

– Ils le savent, Mamita, dis-je en me dirigeant vers sa chambre avec un verre d'eau.

C'est elle qui dispose de la plus grande chambre dans notre maison de poupée. Celle de Joaquin et la mienne sont plus comme une seule pièce divisée par une mince cloison que le propriétaire a installée pour nous faire payer plus cher. J'ouvre les draps, gonfle les oreillers et pose l'eau sur sa table de chevet, à côté de ses romans d'amour, placés à l'envers pour qu'on ne voie pas les photos suggestives sur les couvertures. Elle nous prend encore pour des enfants.

Je cherche des yeux sa chemise de nuit, que je finis par trouver roulée en boule au pied du lit. Je la secoue un peu pour l'aérer et l'étale soigneusement. Quand Mamita était petite, Juanita, sa domestique, changeait les draps tous les jours et lui brossait les cheveux à l'heure du coucher. Elle a continué à lui donner le bain et à l'habiller même quand elle était adolescente. Mamita était carrément gâtée pendant son enfance, alors ce n'est pas étonnant qu'elle soit comme elle est aujourd'hui. Pourquoi Joaquin ne peut-il pas le voir, lui aussi ?

Je retourne au salon. Mamita ronfle légèrement, allongée sur le canapé. J'éteins la télévision, hésitant un instant à la laisser là. Seulement, j'ai déjà fait cette erreur : une nuit, elle s'est réveillée dans le salon en sursaut, complètement désorientée. Dans sa panique, elle a fracassé une lampe. Sa lampe préférée, rose pâle avec des décorations blanches, achetée cinq dollars dans un magasin d'occasion. J'ai dû la lui rembourser avec mon argent du baby-sitting.

– Mamita ? dis-je en posant une main sur son épaule.

Elle grogne. De si près, je vois la mauvaise qualité de son fond de teint tassé dans les rides sous ses yeux.

– Mamita, viens te coucher.

Elle se réveille brusquement, se redressant d'un bond.

– D'accord ! D'accord, j'y vais.

Elle se lève et chancelle. Dans la salle de bain, je l'entends faire couler l'eau, éclabousser et grommeler.

Elle est enfin dans sa chambre.

– Bonne nuit, *preciosa*, lance-t-elle.

Elle ferme la porte avant que je puisse lui répondre. Ses pas lourds sont suivis du grincement du sommier lorsqu'elle s'écroule dans son lit.

• • •

Joaquin rentre à la maison au moment où je sors de la douche, occupée à essuyer mes cheveux mouillés avec une serviette. J'essaie de chasser de mon esprit ma conversation avec Miguel Fuentes. J'enfile ma chemise de nuit tandis que mon frère suspend ses clés sur le crochet à côté de la porte. Il examine un moment le salon et la cuisine, presque déçu que notre intérieur ne se soit pas miraculeusement transformé pendant qu'il servait des *quesadillas* au fromage au *Mirador*.

– Hello, dis-je tout bas en venant vers lui, un doigt sur les lèvres.

– Elle dort ?

Je hoche la tête.

– Elle était de quelle humeur ?

Je hausse les épaules.

– Comme d'hab.

Joaquin lève les yeux au ciel. Sérieux, s'il espère un jour la trouver de vraiment bonne humeur, il peut toujours attendre.

Je me blottis sur le canapé. J'ai envie de regarder le téléfilm de fin de soirée à la télé, mais Joaquin va se moquer de moi. C'était tellement bien quand on aimait les mêmes choses : les dessins animés du samedi matin, les bonbons de la supérette en bas de la rue… Les bras et les jambes glissés dans ma chemise de nuit, je serre mes genoux sous mon menton. Joaquin prend une bière dans le réfrigérateur.

– Tu te souviens de ce qui s'est passé la dernière fois que tu t'es installée comme ça ? demande-t-il en prenant place sur le fauteuil griffé par le chat qu'on a eu le droit de garder une année. T'es tombée du canapé et comme t'as pas pu te rattraper, tu t'es cassé une dent sur la table basse. Mamita a piqué une de ces crises en voyant la note du dentiste !

Je lui décoche un regard noir et sors les bras de mes manches.

– Content ?

Joaquin boit une gorgée.

– T'es assez grande pour faire ce que tu veux.

Indifférent, il sort de la poche de son jean une cassette qu'il fait tourner dans sa main.

– C'est quoi ?

– Quelqu'un au boulot me l'a passée, répond-il en la remettant dans sa poche. Ça a l'air cool.

– J'espère que c'est pas de la musique déprimante, dis-je en prenant un air dégoûté.

– Moi, j'espère que c'est pas des chansons de Madonna.

Il fait semblant qu'on l'étrangle pour finir par s'écrouler dans son siège. Quand il se redresse, je ris sans savoir comment enchaîner.

Parfois, je serais prête à mourir pour Joaquin. Je ferais tout pour lui. À d'autres moments, j'ai l'impression qu'on joue juste nos rôles de frère et sœur comme dans une sitcom débile sans rien partager de vrai. Et c'est de plus en plus ce que je ressens.

Dehors, un moteur rugit dans la nuit, et un autre encore, plus puissant qu'une fusée.

– Encore un concours de vitesse, dis-je.

Des gens de mon lycée qui ont quitté la fête sur la plage y participent sans doute. J'imagine Jimmy Paradise avec sa jolie blonde roulant à toute vitesse sur Esperanza Boulevard, les cheveux dans le vent.

– Oui, acquiesce Joaquin en finissant sa bière. J'espère qu'ils ne vont pas réveiller la Belle au bois dormant.

Il fait un petit geste de la tête en direction de la chambre de Mamita.

– Impossible, dis-je en m'étirant.

Je n'ai aucune envie de parler d'elle. Lui non plus, heureusement : il m'étonne en changeant de sujet.

– Comment ça s'est passé, ton baby-sitting ? demande-t-il.

– Bien.

Je me lève et lui tourne le dos pour mettre de l'ordre dans la cuisine déjà rangée. Si jamais Mamita a oublié quelque chose, il vaut mieux que tout soit à sa place quand elle se réveillera. Je prends la cannette vide de Joaquin pour la jeter à la poubelle.

– Les Callahan te payent autant que l'année dernière ? m'interroge Joaquin. Ils t'ont pas augmentée ?

– Non, pareil que l'an dernier.

Je passe un coup d'éponge sur le plan de travail et sur la poignée du réfrigérateur.

– Tu mériterais une petite rallonge quand même, non ? Je croyais qu'ils étaient pleins aux as.

Dans un haussement d'épaules, je repose l'éponge sur le bord de l'évier et entreprends de remettre droits les aimants sur le frigo. Le drapeau de Cuba, celui du Texas. Une banane-sourire sur laquelle on peut lire : « J'ai la banane ! » Joaquin l'avait offerte à Mamita un Noël quand on était petits.

– Ce serait pas mal si tu te faisais plus d'argent.

Qu'est-ce qui lui prend ? Pourquoi il ne lâche pas l'affaire ? Trois dollars de l'heure, c'est déjà bien, même si effectivement les Callahan pourraient sûrement se permettre plus.

– Peut-être. En tout cas, j'ai déjà de la chance d'avoir un petit boulot.

– Tu as plutôt de la chance que Mamita te laisse travailler.

Je me tourne enfin vers Joaquin. Il a les yeux baissés sur la cassette qu'il a ressortie de sa poche.

– Mes baby-sittings ne m'empêcheront pas de m'occuper de Mamita, tu n'as vraiment pas à t'inquiéter pour ça. Regarde ce soir !

Joaquin respire profondément.

– C'est pas ça, Elena.

Il m'appelle rarement par mon prénom. Ça me rend profondément triste quand il le fait.

– Alors c'est quoi ?

Il regarde par la fenêtre, muet. Mamita a oublié de fermer les rideaux. Je passe devant Joaquin et tire les deux pans de tissu bleu, veillant à ce que celui qui est taché soit recouvert par l'autre.

– Oublie le baby-sitting et écoute-moi une seconde, demande-t-il dans mon dos.

Depuis quand on se parle si souvent sans se regarder ?

– Oui ?

Je serre les rideaux si fort que mes veines gonflent sur mes phalanges.

– Je ne vais pas vivre ici pour toujours, tu sais. Je pense partir à la fin de l'été. Quitter l'île.

– OK, dis-je sans me retourner.

– J'ai fini le lycée, tu vois… J'ai économisé de l'argent… Il n'y a rien ici pour moi.

Entre chaque phrase, il marque une petite pause, comme s'il avait préparé son discours. Le connaissant, c'est probablement le cas.

Le silence nous enveloppe. Je jette un rapide coup d'œil vers lui par-dessus mon épaule. Je sens ma bouche se tordre.

– Il n'y a rien pour toi ici ? Sympa, merci.

– Elena, répète-t-il, me donnant cette fois l'impression de n'être qu'une enfant devant lui, un bébé idiot. Tu vois très bien ce que je veux dire.

Je me retourne complètement pour lui faire face.

– Tu pars où ? Pourquoi tu ne veux pas rester ? Tu pourrais t'inscrire à l'université d'ici, non ?

Je me supplie intérieurement de ne pas pleurer.

– Je vais pas dépenser une blinde pour des études alors que je sais même pas encore ce que je veux faire de ma vie. J'ai envie de voyager un peu, peut-être d'aller en Californie.

– Ah. C'est là qu'il est censé être, non ?

Je prends soudain conscience que j'ai les mains sur les hanches. C'est vraiment moi qui les ai mises là ?

– C'est pas la question, rétorque Joaquin en baissant la voix. Ça n'a rien à voir avec lui.

– Ouais, bien sûr.

Ça a toujours été la question de Joaquin. Il a toujours eu notre père mystérieux en tête. Pourquoi est-ce qu'il a tant envie de rencontrer ce connard qui a abandonné sa famille ?

– Ne parle pas si fort ! me gronde-t-il en se levant, inquiet.

– Elle dort ! Arrête de stresser. Si tu as peur à ce point de la réveiller, bon courage pour lui annoncer que tu nous quittes.

Un coup bas. Je le sais mais je m'en fiche.

– Bref, lâche Joaquin en levant les mains. Écoute… ce n'est pas encore fait. Et ça ne se fera peut-être pas. Je n'arriverai peut-être pas à économiser assez d'argent.

Je me mordille la lèvre en boudant.

– Tu vas y arriver. J'en suis sûre.

– Peut-être, peut-être pas. Je n'aurais pas dû t'en parler… Je ne veux pas que tu t'inquiètes. Sérieux, ça fait à peine une semaine que j'ai fini le lycée. C'est long, un été.

– Pas de problème.

Je suis partagée : j'ai envie de le libérer de ses scrupules, mais en même temps je veux qu'il se sente hyper coupable.

– Je vais prendre une douche et je file au lit. Demain, je fais deux services.

Il se tait et me dévisage.

– Ça va, hein ?

– Oui.

On sait tous les deux que ce n'est pas vrai.

– Hé !

Il avance vers moi. On n'est pas très câlins dans la famille. Mamita ne nous a jamais beaucoup pris dans ses bras, alors on n'a pas l'habitude. Mais Joaquin m'enlace et me serre contre lui, étonnamment fort. Il sent le tex-mex.

– Tout ira bien. Et tu sais quoi ? Si je pars, ça veut dire que toi aussi, tu pourras partir un jour.

Facile à dire pour lui. C'est l'aîné, c'est un garçon. S'il part, je me retrouve seule avec Mamita. Si je pars, c'est elle qui se retrouve seule.

– Peut-être, oui, dis-je pour mettre fin à cette conversation.

– Dors bien.

– Toi aussi.

J'attends que l'eau coule dans la salle de bain pour aller vérifier que Mamita va bien, comme je l'ai fait plus tôt dans la soirée avec les enfants Callahan. La porte grince légèrement. Mamita dort profondément. Je la fixe assez longtemps pour voir sa poitrine se lever et redescendre. Une fois, puis deux. Je referme tout doucement et je pars me coucher.

CARIDAD DE LA GUARDIA

MIRAMAR, LA HAVANE, CUBA

1957

Elle avait quatorze ans et sa vie était parfaite. À tous points de vue.

Tout d'abord, la nature l'avait gratifiée de magnifiques cheveux noirs, de lèvres pulpeuses, d'une silhouette avantageuse et d'yeux aussi bleus que les eaux de la plage de Varadero où, petite fille, elle se promenait main dans la main avec sa grand-mère. La vieille dame était folle d'elle, comme n'importe quelle *abuela*, mais plus encore parce qu'elle n'avait pas d'autre petit-enfant à gâter, choyer et câliner.

Caridad habitait dans une charmante maison au cœur d'un des meilleurs quartiers de La Havane : Miramar, littéralement « regarde la mer ». Et quand on vivait à Miramar, on pouvait, dès qu'on en avait envie, contempler l'immense rouleau de velours bleu qui s'étendait à l'horizon. Et se réjouir de son merveilleux avenir.

Dans son école pour filles dirigée par les ursulines, Caridad était une des chouchoutes de ces nonnes catholiques sévères, si avares en sourires. Elle récitait ses poésies sans accroc, rendait des devoirs sans erreurs. Dans sa trousse, elle rangeait soigneusement ses crayons bien taillés et les gommes que son père lui rapportait de son travail. Caridad adorait leur odeur de caoutchouc propre. Son uniforme rose pâle, repassé tous les matins par Juanita, sa domestique, contrastait joliment avec ses cheveux noirs ondulés. Et ses chaussures étaient toujours impeccables.

Après les cours, avec Graciela, sa meilleure amie, elle rentrait chez elle et, dans le petit salon, la *salita*, elle buvait de la limonade rose assortie à son uniforme. Les deux filles discutaient alors de Ricardo, le garçon qui vivait en bas de la rue, dont les yeux noirs et le joli visage leur rappelaient le chanteur Pedrito Rico. Les parents de Ricardo et ceux de Caridad étaient de bons amis. Ils étaient sûrement impatients de les mettre ensemble. Quelle chance elle avait ! Pendant ces après-midis ensoleillés passés dans la *salita*, Caridad et Graciela rêvaient aux bals qui célébreraient leurs quinze ans, leurs *quince*, à ce qu'elles porteraient, à comment elles danseraient et aux chansons que joueraient les musiciens. Elles étaient persuadées qu'à la fin de la nuit, elles se transformeraient en femmes comme une chenille en papillon.

Après le départ de Graciela, quand Caridad avait fini ses devoirs, elle allait dans la cuisine où Juanita préparait le dîner, emplissant la maison du délicieux parfum des côtes de porc et des *papas rellenas*, des pommes de terre garnies de bœuf haché, d'olives et d'oignons. En coupant les oignons, Juanita pleurait, puis riait aux larmes, ce qui amusait beaucoup Caridad. Celle-ci lui réclamait alors un gâteau de riz, du *dulce de leche* ou des *galletas* pour le dessert. Et Juanita s'exécutait. Caridad restait dans la cuisine une fois le repas prêt pour la regarder ranger. La domestique passait même un chiffon sur les vitres, ne laissant pas la moindre trace derrière elle.

Puis la mère de Caridad revenait de son shopping ou de son apéritif avec ses amies du club et son père rentrait du bureau, et elle les admirait de tout son cœur. Ils étaient tellement beaux, comme les stars de cinéma des magazines américains qu'elle feuilletait sans en comprendre les mots. Séduisants et sûrs d'eux, ils avaient tous les deux les cheveux noirs et les yeux bleus. Pendant le dîner, ils rappelaient à Caridad combien elle était spéciale, belle, intelligente et charmante ; quand ils passaient dans la *salita* pour fumer et siroter des cocktails, la jeune fille allait prendre son bain.

Dans sa chambre, Juanita préparait son lit, la couette repoussée sur des draps propres et frais. Enveloppée dans une serviette rose moelleuse, et même si elle était déjà trop grande pour ça, Caridad s'installait sur un tabouret devant sa coiffeuse pour laisser sa domestique démêler ses longues boucles et la parfumer avec de l'*agua de violetas*.

Elle s'endormait ensuite, bercée par la rumeur de l'océan et enveloppée dans son odeur salée. Elle revivait dans ses rêves ses promenades au bord de l'eau avec son *abuelita*. La vieille dame lui racontait que la lune se levait au moment où les requins s'approchaient pour manger. En marchant, la jeune fille s'agrippait à la main de sa grand-mère, envahie du sentiment délicieux d'être apeurée et en sécurité à la fois.

Au petit matin, elle se réveillait reposée et pressée de commencer une nouvelle journée aussi extraordinaire que la précédente.

Oui, quand Caridad de la Guardia avait quatorze ans, sa vie était parfaite. C'est du moins ainsi qu'elle s'en souvient.

ELENA
CHAPITRE 4

Depuis mes neuf ans, Mamita a mis au point un système pour me surveiller quand elle doit aller travailler et me laisse seule à la maison pendant la journée : elle me téléphone à peu près toutes les heures. Ses appels ne sont jamais tout à fait réguliers, mais j'ai toujours intérêt à répondre.

– Qu'est-ce que tu fais ? demande-t-elle invariablement, sans même prendre la peine de dire bonjour.

– Je suis la liste de corvées que tu m'as laissée.

Je réponds toujours la même chose, même si je suis en train de regarder la télé. Même si je suis en train de regarder la télé en mangeant des Doritos. Même si je suis en train de regarder la télé en mangeant des Doritos, et donc de recouvrir le canapé de miettes orange que je devrai nettoyer plus tard.

– Très bien, mais n'oublie pas de passer l'aspirateur sur les plinthes, me rappelle-t-elle.

Ou sous le canapé. Ou derrière le réfrigérateur.

– D'accord, Mamita.

– Je te rappelle tout à l'heure.

Et elle rappelle. Parfois au bout de quarante-cinq minutes, ou bien deux heures plus tard. Pour brouiller les pistes. Mais elle rappelle toujours. De temps en temps, j'aime bien tenter le diable : je raccroche et sors en courant vers la supérette au bout de la rue. Juste pour sortir. Juste pour *vivre*. Mais ensuite, je rentre à la maison, et, si je rapporte le *Mariposa News*, l'hebdomadaire gratuit de l'île, je le cache sous mon lit pour ne pas éveiller les soupçons de Mamita.

Je n'ai raté son coup de fil qu'une seule fois, l'été de mes douze ans, et après ça, je n'ai plus remis les pieds dehors du reste des vacances. Je n'osais même pas regarder la supérette quand on passait à côté en voiture.

Quand Michelle vient me tenir compagnie, c'est plutôt sympa de rester à la maison. Surtout si elle arrive à se taire aux moments où Mamita appelle et qu'elle ne me fait pas rire en retirant son tee-shirt et en dansant autour de moi en soutien-gorge. Seulement, cet été, elle a trouvé un petit boulot sur la plage : elle loue des parasols et des chaises longues.

C'est sympa aussi quand Joaquin est là, mais il a son travail au *Mirador*. Et lui n'a jamais eu à subir les contrôles de Mamita. C'est carrément injuste. Un jour, alors que j'aidais notre mère à faire la vaisselle, j'ai trouvé le courage de lui demander pourquoi Joaquin avait le droit de sortir avec ses amis l'été. Mamita a pêché un verre dans l'eau savonneuse et l'a agité sous mes yeux alors qu'il était encore plein.

– Ça, c'est une bonne fille, m'a-t-elle expliqué sans faire attention à la mousse qu'elle m'avait envoyée sur le visage. Et ça…

Elle a lâché le verre, qui s'est brisé en mille morceaux par terre.

– … c'est une vilaine fille.

J'ai poussé un cri en reculant. Mamita est restée impassible. Plus tard, alors que je ramassais les éclats glissants pour les jeter prudemment dans la poubelle, j'ai compris ce qu'elle avait voulu dire, même si je connaissais la réponse avant même de poser la question. Les garçons qui sortent s'écorchent les genoux, abîment leur vélo ou se font gronder par des voisins et des vendeurs fâchés. Les filles, il peut leur arriver bien pire. Surtout quand il y a des garçons dans le coin.

– Qu'est-ce que tu fais ? me demande Mamita quand je décroche le téléphone pour la troisième fois de la matinée.

Dix heures à la pendule de la cuisine.

– Je viens de plier le linge. N'oublie pas que j'ai un baby-sitting après le déjeuner. Je serai à la maison quand tu rentreras du travail.

– Elle va où, la mère ? m'interroge Mamita.

À l'autre bout de la ligne, j'entends qu'elle agrafe des papiers pour le Dr Sanders. *Crr-ac.*

– Chez le coiffeur, je pense, ou elle déjeune tard avec des amies, peut-être. Elle ne m'a pas dit.

– Une mère qui ne veut pas passer du temps avec ses enfants. Pitoyable...

Crr-ac.

– C'est clair. Au moins, quand je suis avec eux, ils sont contents.

Mme Callahan est une mère extraordinaire, incroyablement patiente et gentille avec ses enfants. Et avec moi aussi. Bien sûr, je ne le dis pas à Mamita.

– Prends une photo, réclame-t-elle. Je veux voir combien ils ont grandi.

Crr-ac.

– Sois à la maison à mon retour. Besitos.

Je raccroche. Mamita n'a jamais voulu rencontrer les Callahan. Elle n'est pas à l'aise avec les inconnus, c'est-à-dire avec à peu près tout le monde. Pas étonnant, donc, qu'elle se contente de la seule photo que j'ai des enfants : un Polaroid que Mme Callahan a pris de Matthew, Jennifer et moi, l'été dernier sur la plage. Quand je la lui ai montrée, Mamita a regardé le petit ventre tout rond de Jennifer en grommelant « *gordita* ». Petite grosse.

Je range les vêtements propres que Mamita et moi avons rapportés la veille de la laverie. Dans la chambre de Joaquin, ses jeans sont empilés au centimètre près sur l'étagère du haut de son armoire et ses chaussettes parfaitement disposées dans un tiroir de sa commode. Sa chambre est tout en angles et en lignes. L'ordre et le soin y règnent, depuis son poster Joy Division derrière la porte jusqu'aux disques classés par nom d'artiste dans le carton au pied de son lit. La cassette qu'on lui a donnée au travail l'autre jour est posée sur sa table de chevet, bien centrée au sommet d'une pile de romans de science-fiction. Je la prends pour lire sur le côté : « Bisous, Amy ».

Qui est cette Amy qu'il va larguer en partant en Californie à la fin des vacances ? Est-ce qu'elle ne pourrait pas le faire rester ?

Je grimace, contrariée, et repose la cassette, mais un peu en biais. C'est gratuit, je sais. Je m'en fiche. Je lui en veux tellement de vouloir partir…

J'appelle Michelle pour lui dire que j'ai un baby-sitting et que je pourrai passer après à son travail.

– Tu veux pas emmener les enfants à la plage ? propose-t-elle.

– Il fait trop chaud en pleine journée. Avec leur peau blanche, ils vont brûler, les pauvres.

– Oui, Mme Callahan ne sera pas contente si tu lui ramènes ses petits chéris rôtis.

– Carrément. Et j'ai besoin de ce boulot.

Mais je sais que Mme Callahan ne se fâcherait pas contre moi au premier petit incident. À vrai dire, c'est difficile de l'imaginer en colère.

– Tu m'étonnes, conclut Michelle.

• • •

En guise de job d'été, Michelle est payée à bronzer. Des familles et des couples arrivent sur la plage le matin et lui donnent de l'argent pour qu'elle les installe où ils veulent avec des parasols et des chaises longues. Et à la fin de la journée, elle range tout. Ça fait une semaine que les cours sont terminés, et elle est déjà plus dorée qu'un toast et plus en forme que pendant l'année.

– Tu sais, j'ai l'impression que certains papas me matent l'arrière-train quand je plante le parasol, me raconte Michelle en tirant sur sa cigarette.

– C'est sûr, même. Souffle de l'autre côté, s'il te plaît, dis-je en enfonçant mes pieds dans le sable. Ma mère m'a fait tout un sketch l'autre jour parce que je sentais la clope. J'ai dû dire que c'était M. Callahan.

– Ah oui ? Il fume maintenant ? demande Michelle, les yeux rivés sur la plage qui s'étend à perte de vue.

Elle prend une nouvelle taffe. Je remarque alors qu'elle a réussi à garder intact toute la journée son rouge à lèvres rose translucide.

– Tu parles, il est bien trop obsédé par sa santé pour ça. Mais il fallait bien que je trouve une excuse.

À quelques pas de nous, une fillette et sa mère construisent un château de sable avec un petit seau jaune et une pelle. Maintenant que le soleil est un peu moins agressif, il fait vraiment bon ici.

Soudain, quelque chose de gelé descend le long de mon dos. Je bondis en hurlant. Les glaçons d'un Coca poisseux coulent sur moi jusqu'à mon drap de plage rayé vert et blanc.

– Oh, merde, je me suis trompé de cible !

C'est la première fois que je vois ce type. Bronzage parfait, cheveux courts avec une mèche qui tombe devant ses yeux marron. Il porte un short à carreaux orange et blanc. Il a la tête d'un surfeur et le corps d'un gars qui passe son temps à lézarder au soleil.

– Sérieux, J.C., fais attention ! le gronde Michelle en épongeant mon dos avec sa serviette.

– Vraiment désolé, lâche l'intrus en sortant de sa poche un paquet de Camel et en s'asseyant à côté de nous.

Il n'a pas l'air si désolé que ça, à vrai dire. Mais il est canon, et plus âgé que moi. Et même que Joaquin, peut-être.

– J.C., je te présente mon amie Elena, lance Michelle. Elena, c'est J.C., le neveu de Jack.

Jack est le propriétaire de la boutique de parasols et chaises longues de location. Une sorte de J.C. en plus vieux, avec une bedaine à la place des tablettes de chocolat.

– Salut, Elena, me lance J.C. en hochant la tête, un petit rictus aux lèvres.

Il allume une cigarette.

– Salut, dis-je d'une voix que je tente de garder neutre.

Après tout, il vient de renverser exprès son soda sur moi, même s'il prétend que sa farce était destinée à Michelle. Je le sens encore sur ma peau. Beurk. Heureusement que je porte un tee-shirt noir et que je vais pouvoir me changer avant le retour de Mamita. Je n'aurai pas besoin d'inventer une nouvelle histoire.

– Tu travailles avec Michelle ? demande J.C. en soufflant une longue volute de fumée vers la mer.

Je rougis. Il est *trop sexy* ! Même si je vais encore rentrer à la maison en puant la clope.

– Non. Je fais surtout du baby-sitting.

J.C. hoche de nouveau la tête et nous adresse à toutes les deux un grand sourire.

– Les filles... ça vous dit de venir vous faire un petit pétard chez moi ?

Il lève les sourcils et hausse les épaules, l'air de rien, comme s'il nous proposait juste un ciné ou même une messe.

– Quoi ? s'écrie Michelle avant de lui balancer une poignée de sable. T'es malade, J.C., je te jure ! Je bosse, là.

– Après ? insiste-t-il.

– Non, répond-elle en levant les yeux au ciel. Ton oncle va me virer.

– Tu as fini d'ici une demi-heure, non ?

– Arrête un peu.

Il me reste environ une heure avant le retour de Mamita.

– Et toi, Elena ? Tu veux te faire un joint ?

Je décoche à J.C. un regard affreusement las.

– Euh... clairement non.

J'ai pris ma voix la plus garce. À ce que j'ai pu constater, ça fait craquer les garçons. Et avec J.C., ça a l'air de marcher aussi. Son visage s'illumine et un sourire radieux se dessine sur ses lèvres. J'en ai presque le vertige. Ma respiration s'accélère légèrement, je détourne les yeux ; je dois être écarlate.

Michelle ne s'occupe plus de J.C. Après quelques secondes de silence, elle s'époussette et annonce qu'elle doit récupérer le matériel de plage.

– Je dois y aller, moi aussi.

Je suis pressée de m'éloigner de ce mystérieux beau gosse, mais, en même temps, je meurs d'envie de l'impressionner.

– Je te ramène ? me propose-t-il.

Il me tend la main pour m'aider à me relever et ne me lâche pas tout de suite ensuite. Je fonds.

– J'allais rentrer en bus, ou à pied. Je veux bien que tu me déposes.

Je sens le poids du regard de Michelle dans mon dos.

– On s'appelle tout à l'heure, OK, Elena ? me demande-t-elle.

Est-ce de l'inquiétude ou une critique que je perçois dans sa voix ?

– Ouais, dis-je, toujours sans me retourner.

Et sans même m'en apercevoir, je marche avec J.C. jusqu'à sa Coccinelle jaune garée sur le parking. Elle a le pare-brise arrière recouvert d'autocollants des Grateful Dead.

– T'es un fan ?

– Ouais, je les ai suivis en tournée pendant un an. Mon concert préféré, c'était sur une scène en plein air dans le Maryland l'été dernier. On a dansé comme des dingues.

On entre dans la voiture ; le siège noir me brûle les cuisses au début, mais ça passe.

– T'as quel âge, J.C. ?

Il allume le moteur. Je viens de monter en voiture avec un garçon que je ne connais pas. Un homme, peut-être. Pour une fois, je ne suis plus une simple ado enfermée chez elle. J'ai l'impression d'être l'héroïne d'un film.

– Dix-neuf ans, répond-il en riant. Et toi ?

– Devine, dis-je pour me donner un air un peu sexy.

Mais ça me donne aussi un air assez débile, alors je me dépêche d'ajouter :

– Je plaisante. Je vais avoir dix-sept ans en octobre.

Ça sonne mieux que de dire que j'ai seize ans. La preuve : il me sourit.

Malgré les battements assourdissants de mon cœur, j'arrive à indiquer à J.C. où j'habite, déjà prête à lui demander de me déposer au coin d'Esperanza et de la 15e Rue. Au cas où.

– Donc, tu entres en… première, c'est ça ? demande-t-il en glissant une cassette dans le lecteur.

La voix de Jerry Garcia retentit. On dirait qu'il essaie de reprendre son souffle pendant qu'il chante. J.C. agite la tête en rythme.

– Oui, en première.

J.C. ne porte pas de chaussures. Son sourire s'élargit quand Jerry Garcia arrive dans les aigus. Je me demande ce que ça fait de suivre son groupe préféré en tournée pendant un an.

– Désolé d'avoir renversé mon Coca sur toi, vraiment. Je faisais le con.

– Pas grave.

Dehors, des touristes déambulent dans la rue principale, les bras chargés de parasols, de chaises et de sacs de plage remplis à craquer de jouets en plastique. C'est trop d'énergie dépensée pour des vacances, selon moi.

– Non, c'était débile, insiste-t-il. Et du coup, ça m'aurait vraiment fait plaisir que tu acceptes mon invitation. Je te le dois bien.

Qu'est-ce qu'il dirait s'il savait que je n'ai jamais fumé de joint de ma vie ? Mais bien sûr, je ne le lui dirai pas.

– Une prochaine fois, peut-être, dis-je en montrant le coin de la rue. Tu peux me déposer ici.

– Je laisse les jeunes filles devant leur porte.

Je secoue la tête en souriant.

– Non, ça ira. J'aime bien marcher.

– D'accord. J'ai toujours une dette envers toi, lance-t-il en se garant.

J'ai envie de sortir de sa voiture et de me mettre à courir. J'ai envie de rouler avec lui jusqu'à Houston et plus loin encore. J'ai envie de l'éviter pour toujours parce que je perds mes moyens en sa présence. J'ai envie de me glisser sous ma couette pour rêver à ses baisers dans mon cou.

– Je n'oublie pas le joint, dis-je.

Et je sais déjà que je vais repasser ces mots en boucle dans ma tête, en me demandant à quel point je suis passée pour une parfaite imbécile en les prononçant.

J.C. me sourit. Je referme la portière et, quand je me retourne, mon grand frère arrive dans la rue sur son VTT de course. L'espace d'un instant, j'ai l'impression d'avoir été prise la main dans le sac par Mamita, parce que Joaquin a les mêmes yeux bleu vif. Mais ses yeux à elle vous transpercent, tandis que ceux de Joaquin se contentent de regarder.

– Dis donc, *hermanita*, c'était qui, celui-là ? me demande-t-il sans méchanceté alors que la Coccinelle de J.C. s'éloigne.

CHAPITRE 5

Sans ménagement, Mamita envoie glisser le plat de spaghetti sur la table et y balance la cuillère. Elle a manifestement l'humeur des grands soirs. Je sens que Joaquin et moi allons passer un sale quart d'heure.

– Merci.

Je parle sur un ton juste assez enjoué mais pas trop, sinon, elle risque de penser que je me moque d'elle.

– J'ai pas assez cuit les pâtes, peste-t-elle, les mains sur les hanches et les yeux rivés sur les spaghetti.

– Ça ira, dis-je.

Je me reprends aussitôt :

– Ce sera même parfait.

Mamita s'assoit lourdement. Elle est fluette, mais elle peut se déplacer avec la lourdeur d'un éléphant. La chaise grince sous elle. Elle soupire. Joaquin ne dit rien, il se contente de me passer une boîte qu'il a rapportée du *Mirador*.

– Des nachos, annonce-t-il.

Je croise son regard. Il affiche un large sourire.

Première erreur.

– Les nachos…, commence Mamita avec l'autorité du dirigeant d'un petit pays.

C'est ce qu'elle est, d'une certaine façon, même si Joaquin et moi en sommes les seuls habitants.

– … c'est de la camelote.

Joaquin éclate de rire.

Deuxième erreur.

– De la camelote ? Pour de la nourriture ? Ça ne veut absolument rien dire.

Sérieux, Joaquin !

– Quand j'étais enfant, Juanita ne me servait jamais ce genre de « nourriture ».

Le nez plissé de dégoût, elle se tourne vers la fenêtre. Mon cœur s'accélère. Joaquin ne dit rien, mais j'entends déjà sa réplique dans ma tête : « J'imagine qu'elle ne te servait pas de spaghetti non plus. » Pourvu qu'il se taise.

Je me mets à manger. Ce n'est pas assez cuit.

– C'est très bon, Mamita.

– Mm-mmh, lâche-t-elle sans me regarder.

Elle sirote son rhum-Coca.

– C'était comment au travail, Joaquin ?

J'essaie d'alléger un peu l'atmosphère… De la rendre supportable, en tout cas.

– Comme d'hab, répond-il avant de se servir une bière dans le réfrigérateur.

Clac pschh ! Il prend une gorgée et croque avec plaisir dans un nacho.

– Ils sont délicieux ! déclare-t-il.

Et c'est parti.

Mamita se lève en renversant sa chaise et part jeter ses spaghetti à la poubelle, et l'assiette avec. *Clang* ! *Boum* ! Elle lance ensuite sa fourchette dans l'évier. *Cliiing* ! Son verre à la main, elle part s'enfermer dans sa chambre. *Clac* !

J'inspire profondément et repousse mes spaghetti. Dommage qu'on n'ait pas de chien, je les lui aurais donnés. Mamita est capable d'aller inspecter la poubelle.

– Merci beaucoup, Joaquin.

– T'inquiète. Mange des nachos.

Il lève les yeux au ciel, mais, quand il se tourne vers la chambre de Mamita, je lis une pointe de regret sur son visage. On dirait que c'est plus fort que lui, parfois.

Il a gagné, je prends une chips. Ce n'est pas délicieux, mais c'est toujours meilleur que les spaghetti de Mamita.

– Elle va me faire la gueule combien de temps, cette fois, à ton avis ? grommelle Joaquin.

Il termine sa bière, l'air de rien, mais je ne suis pas dupe.

– Si tu voulais pas qu'elle te fasse la gueule, t'avais qu'à manger ce qu'elle a préparé. Tu as vu qu'elle était de mauvaise humeur. T'as poussé le bouchon avec tes nachos.

Comme avec le tee-shirt que tu as porté.

Comme avec ton commentaire après la messe.

Comme avec ton regard quand on rentrait à la maison ce jour-là.

Comme avec tes questions sur Papa.

Tu pousses toujours le bouchon, Joaquin.

– Ouais, bon, concède-t-il en soupirant. Désolé d'avoir gâché le dîner.

– Pas grave.

On n'a plus très faim, mais on termine nos nachos malgré tout. Joaquin m'aide à débarrasser. Il sort même l'assiette de Mamita de la poubelle. Je me demande ce qu'elle fait dans sa chambre. C'était son troisième cocktail de la soirée, peut-être le quatrième. Difficile à dire, avec ses « rafraîchissements ».

– Alors, tu vas finir par me dire qui c'était, dans la Coccinelle ? demande Joaquin en passant un coup de chiffon sur la cuisinière.

Il a laissé des traces. Je les efface.

– Je te l'ai déjà dit. Un copain de Michelle. Il m'a ramenée à la maison.

Au moment où il s'apprête à jeter mes spaghetti à la poubelle, je l'arrête et me force à avaler quelques bouchées. Il lève de nouveau les yeux au ciel.

– Et ce gars aime les Grateful Dead ?

– On dirait.

Je lui tends mon assiette à moitié vide.

– Il m'a juste ramenée à la maison.

– Les Dead, c'est de la daube.

– OK.

– Tu trouves pas ?

– J'ai aucune opinion sur les Grateful Dead.

Je ne lui raconte pas qu'en rentrant à la maison, je me suis dépêchée de retrouver la seule cassette d'eux que j'ai pour écouter en boucle *Sugar Magnolias*. C'est vraiment une jolie chanson, je trouve.

Quand la cuisine est assez propre pour Mamita, on va s'installer dans le salon, Joaquin dans le fauteuil, moi dans le canapé. Mon frère zappe, mais il n'y a rien à regarder à la télé. Je me ronge les ongles, inquiète pour ma mère. Elle n'a pas besoin d'être dans la même pièce que nous pour que je sente sa présence. Est-ce qu'elle dort ? Est-ce qu'elle bouillonne ? Est-ce qu'elle se prépare à sortir pour se défouler sur Joaquin ? Ou sur moi ?

– Je vais aller voir comment elle va.

Parfois, il vaut mieux crever l'abcès rapidement.

– D'accord, acquiesce Joaquin. C'est mieux si c'est toi.

Il a raison.

La porte grince. Elle est allongée sur sa moitié du lit, un bouquin ouvert devant elle. Son verre est complètement vide, elle a même bu les glaçons.

– Mamita ? dis-je d'une voix douce.

– Oui ? répond-elle sans lever les yeux de son livre.

Mauvais signe.

– Tout va bien ?

– Oui.

– Les spaghetti étaient bons. J'ai fini toute mon assiette.

– Bien.

– Tu veux quelque chose ?

– Non, merci.

Au moins, elle a dit merci.

– Je rapporte ton verre à la cuisine.

J'avance vers sa table de chevet. Comment parvient-elle à faire autant de bruit, simplement en tournant une page ?

Le téléphone retentit dans la cuisine. Mamita ne bouge pas.

– Si c'est pour moi, dis que je ne suis pas là, ordonne-t-elle en direction de son livre.

On sait toutes les deux que ce ne sera pas pour elle, parce que ça ne l'est jamais. Hormis les rares rappels de rendez-vous et les démarcheurs, elle ne reçoit pas de coups de fil. Surtout pas les soirs de semaine.

– D'accord.

Ça ne sonne plus. Joaquin a décroché.

Quand je reviens dans le salon après avoir refermé la porte délicatement, mon frère se tient à côté du téléphone, le combiné à la main.

– C'est le type des Grateful Dead, je pense, annonce-t-il, un sourcil levé. Il te demande.

Par miracle, je ne lâche pas le verre de Mamita.

– Quoi ?

– Tu m'as pas entendu ? ironise Joaquin. Le type des Grateful Dead, pour toi.

Comme je ne bouge pas, il avance vers moi pour me débarrasser et me tendre le téléphone, qui me paraît soudain étrangement lourd.

– Je vais regarder la télé, alors va dans ta chambre pour parler, demande-t-il en me poussant gentiment dans le couloir.

C'est la première fois de toute ma vie qu'un garçon me téléphone. Si Mamita le savait, elle m'arracherait le combiné. Et elle me demanderait quelle saleté j'ai pu faire pour qu'il m'appelle.

Le cœur battant, je tire sur le fil pour m'enfermer dans ma chambre ; je glisse sur le sol.

– Hello.

– Hello ! me répond-il.

J'ai l'habitude de la voix pétillante et légère de Michelle. Et de celle, plus pesante et pressante, de Mamita. Celle de J.C. est grave, plus profonde que sur la plage ou dans sa voiture. C'est la voix d'un homme.

– Comment tu as eu mon numéro ?

Je regrette aussitôt ma question. Complètement débile !

– Michelle me l'a donné. Ça te dérange pas ?

– Non, pas du tout.

Mon cœur s'emballe. Ma bouche est plus aride qu'un désert.

– Ça va ?

– Oui, je viens de finir de dîner. Des spaghetti…

D'où j'avais besoin de préciser ça ?

– C'est ton frère qui a décroché ?

– Oui, mon grand frère.

– Cool.

Silence. Je me tords les méninges pour trouver quelque chose à dire, parce que c'est mon tour, mais heureusement, J.C. reprend la parole.

– Alors, pour ce joint…

– Waouh, tu perds pas de temps, dis-je, contente de ma repartie rapide, cette fois.

– Non, sérieusement, je voulais savoir si tu voulais sortir ce soir ?

Je triture nerveusement le tapis bon marché devant moi. Joaquin doit regarder un jeu à la télé. Des sons étouffés sont ponctués de rires forcés et d'applaudissements. Il est sept heures.

– Sortir et… ?

J.C. rit, mais gentiment.

– On n'a pas besoin de se défoncer, me rassure-t-il. On sort juste comme ça, tu vois, rien de trop intense.

Je repense à ses yeux sombres, à ses cheveux noirs. Et à ses mains qui ne voulaient plus me lâcher quand il m'a aidée à me relever. Il est tellement canon !

Seulement, je ne suis jamais sortie avec un garçon. Jamais pour de vrai. J'en ai déjà embrassé, à des fêtes sur la plage, l'été, après quelques bières, mais à la rentrée on ne se calculait plus. Lui, du haut de ses dix-neuf ans, il a vraiment envie de passer du temps avec moi ? Dix-neuf, c'est presque vingt. Waouh !

Il veut qu'on sorte. Que je quitte mes quatre murs. Que j'échappe à Mamita et à ses grognements, ses soupirs, ses états d'âme et ses humeurs. Qu'on sorte. Quelque part. N'importe où.

– Ça te tente ? insiste J.C.

Il tousse. Il est nerveux, ou quoi ? Mais non, impossible.

– Tu sais…

Je m'interromps pour prendre une inspiration. Je tends l'oreille vers la télé. Mamita est dans sa chambre, sûrement jusqu'à demain matin, à moins qu'elle décide de se servir un autre cocktail.

– Carrément, oui.

– Super ! se réjouit J.C. Je passe te chercher d'ici une demi-heure ?

– Parfait.

J'ai peur que mon cœur explose.

– Au coin de la rue où tu m'as déposée tout à l'heure.

– Vraiment ?

– Ouais, je préfère. Ma mère est du genre à me surprotéger.

– Ah ouais ? La mienne, c'est le contraire.

– Elle a rien dit quand t'es parti suivre les Dead en tournée ?

Il rit.

– Ça doit faire cinq ans que je l'ai pas vue, alors...

– Oh... je suis désolée.

– Pas la peine, dit-il pour clore le sujet. Allez, on se voit dans une demi-heure ?

– Ouais, cool.

Toujours assise par terre dans ma chambre, je souris à pleines dents malgré la nausée qui me prend.

• • •

Ça me fait bizarre de voir Joaquin dans ma chambre. Je lui ai demandé de venir parce que je n'ose pas lui parler dans le salon. Depuis que j'ai commencé à mettre des soutiens-gorge et à afficher des posters de Ralph Macchio, il a décidé qu'il n'entrerait plus ici.

– Un baby-sitting ? Pourquoi tu lui dis pas que tu sors avec Michelle ?

– Chuttt…

Mamita pourrait pousser la porte à tout moment. Quand elle le veut, elle peut se déplacer si sournoisement qu'on ne l'entend pas approcher.

– Tu sais qu'elle ne me laissera pas sortir comme ça avec Michelle. Comment tu peux suggérer un truc pareil ?

Je consulte ma montre une nouvelle fois avant de jeter un coup d'œil à mon reflet dans le miroir accroché à ma porte. Beurk, je suis affreuse.

– Tu ne lui as jamais demandé l'autorisation. Tu pars juste du principe qu'elle refusera.

J'ouvre mon placard. Je n'ai pas grand-chose à me mettre !

– Et j'ai raison, tu le sais très bien.

Je jette un haut bleu ciel sur mon lit. Je suis à cran et j'ai besoin de l'aide de Joaquin.

– T'as aucune idée de ce que j'endure parce que tu as le droit de sortir quand tu veux. Tu peux voir Amy dès que ça te chante.

Il paraît surpris, fronce les sourcils.

– Comment tu connais son nom ?

– Je l'ai vu sur ta cassette.

– Tu m'espionnes ?

– Je rangeais ton linge. Calme-toi.

Je me baisse pour chercher ma meilleure paire de Keds.

– OK.

Trouvée ! Quand je me redresse, Joaquin semble préoccupé.

– Hé, s'il te plaît, si elle sort de sa chambre et demande où je suis, dis-lui que les Callahan m'ont appelée en urgence. C'étaient eux au téléphone. Je voulais pas la déranger. S'il te plaît, Joaquin, j'ai jamais l'occasion de faire des trucs sympas.

Pitoyable, j'admets, mais c'est vraiment ce que je ressens.

– Tu rentres à quelle heure ? demande-t-il. Et t'es sûre qu'il est net, ce gars ?

– C'est le neveu du patron de Michelle.

J'ai le souffle un peu court. C'est la nervosité.

– Le neveu du patron de Michelle ? répète Joaquin, perplexe. Donc tu le connais pas, c'est ça ? Il a quel âge ?

– Dix-sept ans. Et il est très sympa.

Joaquin se gratte la nuque et laisse échapper un profond soupir.

– Je dois me changer.

Il reste planté là, perdu dans ses pensées. Je suis obligée de le ramener sur terre :

– Ça veut dire que tu dois sortir.

Quand il s'exécute enfin, je m'agite dans tous les sens, mais rien ne va. Pas plus mes vêtements que mes cheveux et encore moins mon maquillage. Si seulement je pouvais appeler Michelle. Mais je n'ai pas le temps. Pour son premier rendez-vous, sa mère lui avait fait une tresse et l'avait laissée se mettre du parfum derrière les oreilles. *N° 5* de Chanel. Que ferait Mme Callahan si elle était là ? L'espace d'un instant, je l'imagine me mettre du blush sur les joues et me donner du courage avec un sourire qui me ferait me sentir la plus belle fille de l'île.

Aucun son ne provient de la chambre de Mamita.

Pourvu qu'elle n'en sorte pas.

Il me faudra au moins cinq minutes pour atteindre le coin de la rue. Si je cours, je serai en nage en arrivant. Respirant profondément pour me calmer, je vérifie l'état de mon rouge à lèvres rose clair dans le miroir. Je m'assure encore une fois qu'il n'a pas débordé. Ce n'est pas parfait, mais ça devra faire l'affaire.

Je sors de ma chambre, terrorisée à l'idée d'avoir à affronter Mamita. Elle est toujours enfermée.

Je vais y arriver.

– Attends, laisse-moi te donner un peu d'argent, propose Joaquin en se levant du canapé pour sortir son portefeuille de la poche arrière de son jean.

Il me tend deux billets chiffonnés. Ses pourboires du *Mirador*.

– Dix dollars, annonce-t-il en les lissant soigneusement, avant de les plier en deux et de les poser dans ma main.

– Merci, Joaquin.

Je les range dans mon jean.

– T'es sûre qu'il craint pas ? m'interroge-t-il, inquiet.

– Oui, à cent pour cent.

C'est un camé qui a suivi les Dead un an en tournée. Je me demande comment mon frère réagirait si je le lui disais. C'est surtout à cause des Grateful Dead qu'il m'empêcherait de voir J.C.

– Je te couvre si elle sort, promet-il avec un signe de la tête vers sa chambre.

– Merci.

Mamita tousse. Elle est encore réveillée. J'ouvre grand les yeux.

– Fonce, lâche Joaquin tout bas. Mais... fais attention à toi, d'accord ? Et rentre pas trop tard. Et... appelle si tu as besoin. Je viendrai te chercher. Sans te poser de questions.

Je souris, émue de le sentir soudain aussi proche de moi que quand on était enfants et qu'on regardait les dessins animés du samedi matin ensemble, en attendant que Mamita se remette de sa gueule de bois.

– Je serai prudente, promis. Et je rentrerai tôt.

Et avant que mes nerfs ou ma mère me l'interdisent, j'ouvre la porte d'entrée et je sors dans la pénombre du début de soirée. Je saute d'un bond en bas des marches du porche, et, le cœur battant, un sourire hésitant aux lèvres, je me répète en boucle le mot « liberté ».

CARIDAD

1958

Quand elle entrerait dans la salle de bal, vêtue d'une magnifique robe de soirée, les cheveux parfaitement coiffés, Caridad savait qu'elle se sentirait comme une princesse.

Du moins, c'était ainsi qu'elle avait toujours rêvé son *quince*. C'était ce qu'elle désirait plus que tout, mais son père hésitait.

C'était trop dangereux, disait-il. Les rebelles se trouvaient dans les montagnes, mais les combats se rapprochaient tous les jours. Les gros titres dans les journaux se faisaient de plus en plus menaçants. Graciela, l'amie de Caridad, avait une petite-cousine à Santa Clara. Elle lui avait raconté qu'un matin, en partant pour l'école, elle avait retrouvé ses deux chiens, Johnny et Daisy, dans une flaque de sang. Morts. Vraisemblablement, des rebelles étaient venus se désaltérer au petit ruisseau qui courait sur le domaine. Les chiens de Georgina leur avaient alors aboyé dessus, et *pan* ! Ils les avaient abattus d'une balle dans la tête.

Les parents de Caridad en parlèrent un soir alors que leur fille s'était glissée dans la cuisine en cachette pour manger des crackers avec Juanita.

– *Ay, mija*, tu ne dois pas écouter les discussions des adultes comme ça, se lamenta la domestique en voyant Caridad tendre l'oreille vers les voix qui lui parvenaient de la *salita*. Va te coucher.

– Les rebelles sont-ils aussi effrayants qu'on le dit ? interrogea Caridad, s'efforçant de ne pas imaginer la tête de la cousine de Graciela quand elle avait découvert ses pauvres chiens.

– Il paraît que Batista est pire, répondit Juanita en haussant les épaules. J'ai entendu dire qu'il a un bocal rempli des yeux de ses ennemis, dans son bureau.

– C'est impossible ! s'indigna la jeune fille.

– Tu as sûrement raison. Pourtant, beaucoup de gens y croient. Et ils espèrent que les rebelles apporteront de bonnes choses.

Et si Juanita avait raison ? S'ils venaient faire le bien ? Et si ce n'étaient pas les rebelles qui avaient tué les chiens ? Peut-être que c'était juste un voisin soûl et coléreux. Caridad choisit de croire à cette version parce qu'elle la rassurait. Aucune raison, par conséquent, de renoncer à son *quince*. Pourtant, elle ne le réclama pas. Ses parents n'aimaient pas quand elle insistait.

Heureusement, sa mère aussi tenait à cette fête, et elle se chargea de convaincre son mari.

– Je ne sais pas, ma chérie, répondit-il quand le sujet fut abordé, un soir pendant le dîner.

Tous deux s'allumèrent une cigarette, même si leurs assiettes étaient encore pratiquement pleines. Depuis quelque temps, ils fumaient plus et mangeaient moins. Caridad s'étonna qu'ils évoquent le sujet devant elle. En général, ils s'arrangeaient pour lui éviter toute discussion tendue.

– *Ay*, Joaquin, nous n'avons qu'une enfant et c'est une fille, argumenta la mère. Cela fait des années que nous rêvons de son entrée en société.

Caridad tressaillit de fierté ; elle regarda sa mère glisser une boucle de ses cheveux derrière son oreille. Le diamant sur son lobe brilla dans la lumière. La jeune fille décida d'y voir un bon signe.

– D'accord, répliqua en effet son père. Elle l'aura, son *quince*.

Quatre mois plus tard, Caridad, enveloppée de mousseline de soie rose, ressemblait à un gâteau à la crème, ravissant et délicieux. La robe avait été confectionnée par une couturière à la mode qui avait étudié à Paris. Elle avait taillé, coupé, ourlé tout en chantonnant que Caridad n'avait jamais été aussi belle.

Caridad et Graciela avaient répété avec des garçons de bonne famille des pas de valse compliqués dans la salle des fêtes du club. Avec ses yeux noirs renversants et son sourire timide, Ricardo était son partenaire de danse et semblait heureux de cet arrangement. Embauché par la mère de Caridad, un chorégraphe célèbre les guidait et, chaque fois que la main de Ricardo se posait sur la sienne, la jeune fille frissonnait.

Près de trois cents invitations accompagnées de leurs carnets de bal étaient prêtes sur la table de la salle à manger. Avec des gants blancs pour éviter de laisser des traces de doigts, Caridad avait ouvert une des enveloppes crème pour admirer les lettres cursives étalées sur le riche papier : *Joaquin y Elena de la Guardia... el honor de invitar... los quince años de su hija...* Les quinze ans de leur fille... Ces invitations étaient parfaites !

L'après-midi du *quince*, Caridad se sentait comme dans un rêve éveillé. Trop nerveuse pour manger, elle n'avait grignoté que deux ou trois crackers. Sa mère lui avait mis quelques gouttes d'*Arpège* sur la nuque avant de lui entourer le visage de ses deux mains, un large sourire aux lèvres, mais avec une pointe de nostalgie à présent que sa fille était trop âgée pour l'*agua de violetas*. Exaspérée par la coiffeuse engagée pour l'occasion, Juanita avait fini par arranger elle-même les boucles noires de la jeune fille. La domestique regarderait la fête depuis la cuisine avec les autres employés ; elle promit à Caridad de ne pas en rater une seule seconde.

Au coucher du soleil, à bord d'une voiture de luxe, Caridad et son père se rendirent dans un des meilleurs hôtels de La Havane. La main dans celle de son père, Caridad s'efforçait de s'imprégner de chaque instant pour ne jamais oublier cette nuit unique.

– Papá, je suis tellement heureuse !

Lui aussi affichait une expression de profond bonheur.

Des reporters et des photographes les attendaient devant l'hôtel. La tête légèrement penchée, Caridad esquissa le sourire qu'elle avait répété devant le miroir, discret mais sincère, innocent mais sophistiqué. Les flashes l'aveuglèrent et, quand elle cessa enfin d'être au centre de l'attention, elle ferma les paupières pour chasser les points blancs de ses yeux.

Alors qu'elle longeait les couloirs au bras de son père, elle entendit les doux accords du groupe de Barbarito Díez, les violons de plus en plus sonores à mesure qu'ils avançaient. En entrant dans la salle de bal, Caridad dévora du regard le tableau qui s'offrait à elle. Les hommes en veste blanche, les femmes en robe longue, le gâteau d'anniversaire à étages rose et blanc sur une table devant les musiciens...

Ricardo apparut légèrement à l'écart de la foule. À voir son expression émerveillée, Caridad eut la certitude d'être la plus belle fille de la soirée.

– N'oublie pas de sourire, *hija*, lui rappela son père.

Il l'entraîna au centre de la piste de danse pour valser avec elle.

– *Te quedas como una piedra.*

Tu es figée comme une pierre.

Elle se détendit alors, dessina un sourire sur son visage et se laissa guider par son père. La voix de Barbarito Díez était encore plus mélodieuse en vrai qu'à la radio. Elle aperçut sa mère, les mains sous le menton, radieuse. Caridad aurait tant voulu voir Juanita aussi.

Ce fut à cet instant que l'explosion retentit, soufflant toutes les vitres de la salle. Sans même se souvenir d'être tombée, la jeune fille se retrouva à terre. Haletante, elle se tourna sur le ventre, posa les deux mains sur le sol pour se relever. En vain. Elle tenta de respirer, mais plus elle faisait d'efforts, plus sa poitrine se contractait. La panique l'envahit.

Ses oreilles sifflaient et une odeur rance lui brûlait les narines. On l'attrapa sous les bras pour la redresser. Peut-être son père. En tout cas, elle tenait encore debout, et ses poumons se remirent à fonctionner. Soudain, on l'entraîna hors de la salle. Elle n'entendait qu'un bourdonnement assourdissant. L'espace d'un instant, elle se demanda si elle était morte, en enfer. Ne méritait-elle pas mieux ? Elle avait pourtant été sage. Alors qu'on la tirait vers l'extérieur, elle s'inquiéta pour son gâteau d'anniversaire. Est-ce qu'on pourrait le sauver ?

Quand elle fut enfin dans la rue, les sirènes couvrirent le vrombissement dans ses oreilles. À l'endroit où, quelques minutes plus tôt, elle avait souri aux photographes, les invités de son *quince* s'agglutinaient, désormais en pleurs, complètement sidérés. Un homme se tamponna le front avec un mouchoir blanc qui devint aussitôt rouge de sang.

– *¡Caridad, preciosa ! ¡Qué horror !*

C'était la mère de Caridad, sa robe déchirée, ses cheveux noirs en bataille. Elle enlaça sa fille et la serra de toutes ses forces. Celle-ci ouvrit la bouche pour parler, mais aucun mot n'en sortit. Elle se contenta de tapoter gentiment le dos de sa mère. Elle manquait d'air.

Son père accourut vers elles à son tour, le visage couvert de suie. Des ambulances étaient arrivées, les gens hurlaient à l'aide.

– On n'aurait pas dû, je le savais, lança le père en s'approchant de sa famille, affolé.

Il contempla les convives blessés, les éclats de verre, la flaque de sang sur le trottoir.

– Je n'aurais pas dû accepter.

– Joaquin, pas maintenant, rétorqua la mère de Caridad avant de fondre en larmes.

Les images d'horreur de cette soirée continuèrent à hanter Caridad pendant des années. Sa fête d'anniversaire était gravée dans son esprit, et elle s'invitait dans ses rêves à intervalles réguliers, tel un virus. Elle garda ces cauchemars pour elle. Cachés. Elle n'aborda son *quince* qu'une seule fois avec Juanita, qui avait survécu, contrairement à Ricardo. Et, après être montée dans l'avion qui l'avait emportée loin de son île natale et de ses parents, jamais plus elle ne parla à personne de ce qui s'était vraiment passé cette nuit-là.

ELENA
CHAPITRE 6

Les lumières d'Esperanza Boulevard rendent les rues de l'île de Mariposa magiques et romantiques, comme Paris. Ou peut-être que c'est J.C. qui me donne cette impression.

– J'ai pensé qu'on pourrait aller chez moi boire un verre, et après peut-être se promener sur la plage ? propose-t-il.

Ses yeux rêveurs, marron foncé, quittent un moment la route pour se poser sur moi.

Aller chez moi. On dirait une réplique d'une mauvaise sitcom. Et pourtant, cette soirée est bien réelle.

– Super, dis-je.

C'est mon premier vrai rendez-vous, et contrairement au reste de mes amis du lycée, je ne vais pas au Cinemark ou à la pizzeria de Gino. Je vais chez un type qui n'habite même pas chez ses parents.

Elena, pour une fois que tu as l'occasion de sortir, autant aller jusqu'au bout.

Je ne parle pas de tout le trajet, ce qui me fait peut-être passer pour une imbécile de lycéenne, mais J.C. ne dit rien non plus, alors c'est peut-être bien comme ça. J'aimerais faire une remarque sur la chanson qu'on est en train d'écouter mais je ne connais pas le groupe et j'ai peur de passer pour une idiote s'il me pose des questions dessus. Dans le doute, mieux vaut que je me taise.

Du coup, je pense à Mamita terrée dans sa chambre et à Joaquin qui monte la garde, prêt à mentir pour moi. Enfin, j'espère. Je prie encore une fois pour ne pas me faire attraper. Cette situation est complètement dingue, mais je n'ai surtout pas envie d'y mettre fin.

J.C. se gare à côté de là où Michelle travaille. Sans un mot, je le suis jusqu'à un complexe délabré d'appartements bon marché loués au mois ou à la saison. Le bâtiment à la peinture verte écaillée est entouré de pots de fleurs vides – une sorte de cimetière de plantes. Au-dessus de l'entrée principale, les mots « Il était un toit » sont écrits sur une pancarte en bois terne.

– Il était un toit ? je relève, amusée, soulagée de pouvoir enfin placer quelque chose.

– Oui, c'est ringard, hein ? commente J.C. en me conduisant au premier étage.

Il sort sa clé pour ouvrir une porte.

– J'ai un coloc, mais il travaille ce soir. Vas-y, entre, assieds-toi.

L'appartement est minuscule. Il s'en dégage une odeur douceâtre, mélange d'encens et d'herbe. Je m'installe sur le canapé du salon, une vieillerie rêche à motifs écossais. Il gratte d'autant plus qu'il est couvert de sable.

– Tu aimes le bourbon ? demande J.C. en sortant deux verres du placard de la kitchenette attenante.

– Oui.

Il y verse des glaçons. *Plic ploc.* Je regarde tous les jours Mamita préparer ses cocktails, mais je n'ai jamais bu d'alcool fort. Joaquin me conseille de m'en tenir à la bière parce que c'est moins risqué. Mais déjà, J.C. me sert et je bois quelques gorgées rapides, prenant soin de ne pas faire la grimace.

Qui peut apprécier cette horreur ?

– Je vais mettre un peu de musique.

Il doit dégager des vêtements empilés sur la chaîne pour appuyer sur le bouton. J'ai envie de poser mon verre, mais il ne reste plus de place sur la table basse, entre les tas de gobelets des fast-foods du coin et un cendrier à moitié plein. C'est le bazar partout, sauf peut-être sur les murs bleu pâle, qui ne sont décorés que d'un tableau d'une petite fille qui ramasse des coquillages sur une plage bien plus belle que celles de notre côte. Cette peinture devait déjà être là quand J.C. a emménagé, et elle attendait sans doute un autre type de locataires.

– Donc… tu as décroché un boulot ici grâce à ton oncle ?

J.C. revient vers le canapé. Il s'assoit à une distance raisonnable. J'essaie de prendre un air à l'aise et naturel, me forçant à siroter mon verre.

– Exact, répond-il en passant une main dans ses cheveux.

Est-ce qu'il sait combien ce simple geste le rend sexy ?

– Tu viens du Texas, c'est ça ?

– Non, de Californie. De Los Angeles. Ma mère et son frère sont de là-bas, mais mon oncle a suivi une fille ici il y a un million d'années et n'est jamais reparti. Dingue de choisir ce trou paumé, hein ? Enfin, maintenant que j'y suis moi aussi, je peux plus trop la ramener.

– C'est sûr, c'est vraiment un trou paumé, dis-je, aussitôt honteuse de ma trahison.

D'un autre côté, je me demande pourquoi les gens se sentent obligés de défendre leur lieu de naissance. Est-ce parce que leurs parents y ont fait l'amour ?

– Bof, c'est pas si mal, en fait, nuance J.C. en posant son verre par terre pour prendre son paquet de Camel sur la table basse. C'est moins cher que Los Angeles, en tout cas. Tu en veux une ?

– Non, merci.

Je suis tellement tendue que j'ai peur que mes mains tremblent ou de m'étouffer en inspirant la fumée. J'ai déjà du mal avec le bourbon.

– Mais ça te dérange pas si… ?

– Non, non, vas-y.

Je bois une nouvelle gorgée.

L'alcool va peut-être m'anesthésier suffisamment la bouche pour que je n'en sente plus le goût atroce.

– T'as bientôt fini le lycée, nan ? me demande J.C. en tirant longuement sur sa cigarette. Laisse-moi deviner, t'en peux plus !

Je sais que les effets du tabac sont terribles, cancer, dents jaunes… mais un gars canon qui fume, ça me fait craquer.

– J'en ai encore pour deux ans. L'horreur.

En fait, j'aime bien le lycée, mais clairement ce n'est pas le truc à dire.

– Je détestais le lycée, confirme J.C.

Il avale son bourbon à grandes gorgées.

– C'était tellement chiant. J'ai failli me casser avant la fin.

– Pareil pour moi, si j'arrive au bout ce sera un miracle.

C'est faux, je suis une assez bonne élève. Est-ce que c'est parce que je suis intelligente ou parce que le lycée Lyndon-Johnson a un niveau pitoyable ? En tout cas, je n'ai pas besoin de déployer beaucoup d'efforts pour avoir des notes acceptables.

– Tu vas faire quoi après ?

– Je sais pas encore, dis-je en haussant les épaules. Je vais peut-être m'inscrire à la fac. On verra.

Ça, en revanche, c'est vrai. Mamita veut que je sois infirmière. Selon elle, c'est un bon métier pour une femme et ça rapporte un salaire correct. Idéalement, elle voudrait que j'épouse un homme riche pour que je n'aie pas à travailler un seul jour dans ma vie, comme Mme Callahan, mais ce n'est pas une perspective très réaliste quand on habite sur l'île de Mariposa.

– Crois-moi, lance J.C. avant de siffler le reste de son bourbon avec les glaçons. T'as le temps pour décider. La vie est longue.

– Malheureusement.

Il éclate de rire. Je suis contente d'avoir dit quelque chose de drôle, mais au fond de moi, je me sens idiote. Ma vie n'est pas géniale, et pourtant, j'ai envie de la vivre. Normal, quoi.

– T'habites avec ta mère et…

– Mon grand frère. C'est lui qui a décroché le téléphone. Joaquin. Il vient de finir le lycée. Je crois qu'il va m'abandonner à la fin de l'été.

L'idée me fait toujours mal au cœur.

– Joaquin ? répète J.C. en fronçant les sourcils. C'est un nom espagnol.

– *Claro que sí. ¿Sabes que puedo hablar español?*

J'adore sortir ce petit tour de ma poche. Ça sidère toujours mes interlocuteurs.

– Sérieux ? s'étonne J.C. Tu n'as même pas l'air mexicaine !

– C'est parce que je suis cubaine. En tout cas, du côté de ma mère.

– Mais t'es blanche.

Je lève les yeux au ciel, ravie de mon effet. Je tiens enfin un sujet de conversation digne d'une fille qu'on invite dans son appartement.

– Blanc et hispanique, c'est pas incompatible. Comme noir et hispanique.

– OK. J'ai appris quelque chose aujourd'hui, c'est cool. Et alors, tu parles espagnol.

– Ouais. Je suis pas complètement bilingue, mais je me débrouille.

J.C. me sourit.

– Ça te rend encore plus mignonne, tu sais ?

– *Gracias, chico*, dis-je, écarlate, les yeux rivés sur mon verre.

Il me donne un petit coup de coude. Je fonds.

– Et toi ? C'est quoi, tes origines ?

Il sort une nouvelle cigarette en riant.

– Irlandaises, ou un truc du genre. Mon nom de famille, c'est Keller, donc je dois aussi avoir des origines allemandes. Tu vois le genre… le cliché de l'Américain banal.

Je prends une nouvelle gorgée de mon bourbon en gloussant. Je me sens un peu plus détendue. L'effet de l'alcool, certainement. Enfin, j'espère. Ça compenserait au moins le goût.

– Et ton père ? demande J.C. en partant se resservir dans la kitchenette.

Comment répondre à cette question ? Étonnamment, les mots sortent tout seuls.

– Il habite en Californie, je crois. C'était un Américain banal, lui aussi, j'imagine. Mais je suis pas sûre. Il est parti quand j'étais bébé. Je n'ai aucun souvenir de lui. C'est à cause de lui que mon frère veut m'abandonner à la fin de l'été. Il veut partir à sa recherche, je pense…

Pour une fois, je suis contente d'avoir une famille foireuse. Ça me rend plus intéressante, plus mûre. Plus quelque chose…

– Ça craint.

Il revient vers le canapé. Cette fois, il s'assoit si près de moi que nos cuisses se touchent. C'est une sensation agréable et chaude.

– Pas faux.

Est-ce que je le pense vraiment ? Comment un homme que je n'ai jamais connu pourrait-il me manquer ? Sur les quelques photos que Mamita nous a montrées à contrecœur quand nous étions enfants, je n'ai vu qu'un type plutôt quelconque, avec le nez de Joaquin. On a principalement hérité du physique de Mamita. Et heureusement, parce qu'elle était une très belle femme. Joaquin, ce veinard, a même ses yeux bleus.

– Moi, c'est le contraire, me confie J.C. Ma mère s'est barrée quand j'étais au collège. Je suis resté seul avec mon père.

– Non, c'est vrai ? Elle a fait ça ?

C'est la première fois que j'entends qu'une mère a quitté sa famille. Faire ça à un ado, c'est criminel, je trouve !

– Ouais.

Il s'allume une autre clope.

– Au début, elle a pris des nouvelles, quand même. Elle disait qu'elle était partie au Nouveau-Mexique, à Taos, pour se trouver. Elle m'envoyait des cartes de vœux à Noël et ce genre de conneries. Mais je lui ai dit d'arrêter. Ça n'avait aucun sens.

J'ai soudain envie de l'emmitoufler sous une couverture, de le protéger et de l'embrasser pendant cent ans. Mon verre est vide. Je me sens bien, à l'abri, heureuse.

– On en bave tous les deux dans nos putains de vies !

Je frissonne, comme toujours quand je dis un gros mot.

– Un peu, oui, acquiesce-t-il en cognant mon genou avec le sien.

Quand il se lève pour remplir mon verre, je me promets de n'en boire que la moitié. Je comprends maintenant ce que Mamita trouve à son cocktail. Depuis que j'ai terminé mon verre, j'ai le sentiment d'être intelligente, sophistiquée, éblouissante. Discuter avec J.C. me paraît bien plus facile que je ne l'avais craint. On parle des touristes qui viennent sur l'île de Mariposa pour les vacances (« Parce qu'ils ne peuvent pas se permettre de vraies plages », pense J.C.) et de Michelle (« C'est ma meilleure amie depuis toujours »), et on se demande si les Russes vont lancer la bombe atomique (« En Californie, j'ai dû voir *L'Aube rouge* au moins cinq fois », me confie J.C.). Après deux bourbons pour moi et trois pour lui, il me demande si je veux me balader au bord de l'eau.

– OK, pourquoi pas ? dis-je en consultant ma montre.

Il n'est que neuf heure trente, mais Mamita doit sûrement dormir. J'hésite à trouver une excuse pour téléphoner à Joaquin et m'en assurer, mais la sonnerie risquerait de la réveiller. Elle pourrait alors poser des questions et douter de mon histoire de baby-sitting. Il vaut mieux que je ne fasse rien, en espérant que tout ira bien.

Avant de sortir, je file aux toilettes. La cuvette est tellement crasseuse que je reste en lévitation au-dessus, et je ne me lave pas les mains parce que le lavabo, c'est encore pire. Quand je sors de la salle de bain, J.C., appuyé sur le petit comptoir qui sépare la kitchenette du salon, tire de toutes ses forces sur une petite pipe. Un nuage de fumée odorante emplit l'air. Il me tend la pipe et un briquet.

– T'en veux ? Pas de problème si t'as pas envie.

– Ça ira, merci, dis-je en haussant les épaules.

Je suis un peu étourdie après le bourbon, mais j'arrive tout de même à m'imposer des limites. Filer de la maison en douce ? Aucun problème. Aller chez un inconnu, qui est plus un homme qu'un garçon ? OK. Boire de l'alcool ? Volontiers. Fumer de la marijuana ? Stop, Elena, il ne faut pas exagérer.

Et je sais bien que plus je transgresse d'interdits aujourd'hui, plus il me sera facile d'en transgresser d'autres à l'avenir.

La plage est pratiquement vide. Une lumière jaune lugubre inonde le sable depuis le parking et les hôtels minables. La lune, au moins, brille dans le ciel. C'est plus joli que les néons. Quelques ados de mon âge boivent des bières autour des chaises renversées des sauveteurs. Ce sont sans doute des élèves de mon lycée, alors je baisse la tête. Je ne veux parler à personne d'autre que J.C. ce soir, et je n'ai pas envie qu'on me voie avec un garçon plus âgé.

J'ai laissé mes tongs dans l'appartement, et à cette heure le sable est froid sous mes pieds. L'eau lèche paresseusement le rivage.

– Tu devrais voir les vagues à Los Angeles, commente J.C. en levant une main au-dessus de sa tête. Genre hautes de deux étages.

– Sérieux ?

J'essaie de me les représenter, mais je n'arrive qu'à imaginer Joaquin seul sur une plage californienne, la nuit, emporté par une mer déchaînée. Je ferme les yeux pour effacer cette vision d'horreur de mon esprit. *Waouh*, Elena, me dis-je, *heureusement que t'as pas fumé en plus.*

À cet instant, J.C. glisse sa main dans la mienne.

– Ça te va ? demande-t-il en me regardant.

– Carrément, dis-je, le corps en feu.

Euh, pourquoi t'avais besoin de dire « carrément » comme une godiche ?

J'ai la poitrine serrée. J'essaie de graver toutes les sensations qui me viennent dans mon cerveau. J.C. a la main rêche, mais chaude. Il me tient fort, sans me faire mal. J'espère que c'est agréable pour lui. Que ma paume n'est pas moite. Il a sûrement déjà tenu la main de plein de filles. Et pas juste tenu la main. Il a dix-neuf ans, quand même. Moi, mon expérience se limite à quelques baisers mécaniques et ennuyeux, et à quelques pelotages maladroits.

On marche en silence pendant un moment. J.C. me guide vers une autre chaise de surveillance renversée.

– On s'arrête un peu ?

– OK.

Il la redresse et on monte tout en haut de l'échelle en bois sur laquelle la peinture blanche n'est plus qu'un souvenir.

– On dirait qu'elles ont toujours été là, ces chaises, commente-t-il.

– C'est exactement ça !

Je me rappelle quand on était au collège avec Michelle et qu'on notait le physique des sauveteurs, de un à cinq, comme les ouragans.

Une fois redescendu, J.C. prend à nouveau ma main et nous contemplons l'océan... pardon, le *golfe*, comme me corrigerait Mamita.

– T'es là tout l'été ?

– Au moins l'été, oui. Peut-être plus. Mon oncle veut que je prenne des cours à la fac du coin à l'automne. Pour, genre, me remettre sur les rails.

Il n'a pas l'air convaincu.

– Ah oui, l'université de l'Île de Mariposa. On l'appelle l'UIM.

– OK, l'UIM. Je ferai pas tache si je parle comme les autochtones ! Merci.

– Je t'en prie.

Je lui souris. Il me serre la main plus fermement encore. Et j'ai l'impression qu'il s'approche un peu. Il porte encore le même short orange et blanc à carreaux. C'est ridicule, mais je ne peux pas m'empêcher de remarquer qu'il est super poilu des jambes. Je me demande si c'est pareil sur son torse.

Je suis trop bizarre.

– Tu voudrais étudier quoi ?

– Aucune idée, franchement, répond J.C. Je m'y vois tellement pas. J'ai dit oui à mon oncle pour qu'il se détende. Sérieux, de la part d'un gars qui se contente de louer des parasols, c'est incroyable d'être si angoissé !

– Donc tu risques de partir à la rentrée ?

Comme Joaquin. Quelle chance d'être un garçon.

– J'attends d'abord de voir comment se passe l'été.

Je remarque un léger changement dans sa voix. J'ai beau être naïve, je comprends son sous-entendu. Et sans que je le voie venir, la bouche de J.C. est sur la mienne et j'essaie d'être à la hauteur. Il sait y faire, c'est clair.

Mon corps est au bord de l'implosion. Ou de l'explosion ? En tout cas, je n'ai jamais fait quelque chose d'aussi merveilleux avec mes lèvres.

– Tu es d'accord ? demande-t-il d'une voix rauque, tout près de moi.

Il connaît la réponse, mais il se montre galant.

– Oui, dis-je, à peine capable d'articuler.

Une vague de chaleur m'envahit et, soudain, venue de nulle part, l'image de Mamita qui lâche le verre plein de savon me revient en tête. C'est ce qui arrive aux mauvaises filles. C'est ce qui arrive à celles qui font confiance aux garçons.

J'ai un petit mouvement de recul à cette pensée. J.C. s'éloigne brusquement.

– Ça va ? s'inquiète-t-il.

– Oui…

En guise de preuve, je me penche vers lui. Heureusement, je ne pense plus à rien d'autre et les sensations délicieuses reviennent. Je me demande comment deux personnes peuvent décider d'arrêter de s'embrasser, mais on finit par s'interrompre. J.C. sourit.

– Cool. C'était… cool, dit-il presque timidement.

– Oui !

C'est le seul mot que j'arrive à prononcer.

– Ça va te paraître assez évident, mais j'aimerais bien qu'on se revoie.

Son genou tressaute comme s'il était nerveux. Impossible que *moi*, je le rende nerveux, si ?

– Moi aussi, dis-je, enfin capable de parler. Mais…

J'hésite. Je ne veux pas lui mettre la pression. Ce n'est pas parce qu'on s'est embrassés une fois qu'on est ensemble.

– Quoi ?

– La prochaine fois c'est moi qui te téléphone. C'est mieux comme ça. Ma mère ne veut pas que des garçons appellent à la maison.

Ni n'importe qui d'autre, d'ailleurs.

– Sans blague ? s'étonne J.C. OK… je comprends. J'appellerai pas. Alors t'as intérêt à m'appeler. Mais moi non, pigé.

Il m'adresse un clin d'œil. Je craque complètement.

Et on s'embrasse encore. Je pourrais continuer toute la nuit, mais, un peu après dix heures, on décide tous les deux qu'on ferait mieux de partir et je lui dis qu'il faut que je rentre chez moi. Je passe récupérer mes tongs chez lui et, quand on arrive dans sa voiture, J.C. cherche un papier et un stylo pour noter son numéro de téléphone. Je le range dans ma poche, tout en réfléchissant à une cachette dans ma chambre.

De retour sur Esperanza Boulevard, j'essaie de me refaire le film de la soirée. Tout ça me dépasse tellement que je ferme un instant les yeux, un tout petit sourire aux lèvres.

• • •

Je rejoue dans ma tête le baiser d'au revoir de J.C., mais, alors que j'approche de la maison, l'image s'efface. En montant les quelques marches du porche, je croise les doigts et les orteils avant de glisser la clé dans la serrure. J'entrouvre la porte, le souffle court.

– La voie est libre, annonce Joaquin – et je peux enfin me détendre.

– Elle n'est pas sortie de sa chambre ?

– Une fois, répond-il, vautré sur le canapé du salon.

Il jette un rapide coup d'œil vers moi avant de revenir à son programme télé.

– Pour aller dans la salle de bain. Je l'ai même pas vue. Juste entendue.

– Super, dis-je tout bas.

Mon plan a fonctionné. J'arrive à peine à y croire.

– Tu t'es bien amusée ?

– Oui.

Je retire mes tongs.

– Vous avez fait quoi ?

– On est allés au Cinemark.

Joaquin hoche la tête. Aïe, je viens de me tendre un piège, mais heureusement, il ne me demande pas quel film on a vu.

– Hé, j'ai pas eu besoin des dix dollars.

Je sors l'argent de ma poche.

– Il m'a invitée.

– Waouh, quel gentleman.

– Il est vraiment sympa, pas la peine de te moquer de moi, dis-je, un peu agacée.

Je jette les billets sur la table basse.

– Tu vas le revoir ? m'interroge-t-il sans tenir compte de ce que je viens de dire.

– Possible.

Parler de garçons avec mon frère est nouveau pour nous deux.

– D'accord.

– T'inquiète, je lui ai dit qu'il pouvait pas téléphoner ici.

J'ai la chair de poule rien que de penser au papier avec son numéro.

– Elena, c'est ta vie, réplique Joaquin en me regardant vraiment cette fois, le visage sérieux.

Ses mots comblent le vide étrange entre nous.

– D'accord, je garde ça en tête.

Je me souviens alors que c'est grâce à lui que j'ai pu m'échapper quelques heures. Je ne suis plus aussi irritée.

– Merci pour ce soir. Je vais me coucher.

J'ai à peine fait trois pas quand il me rappelle. Il me tend les deux billets froissés.

– Garde-les, offre-t-il, les yeux de nouveau sur l'écran. Pour la prochaine fois. Pour une urgence, je sais pas.

– Joaquin, t'as pas…

– Prends-les.

– Vraiment ?

– Elena, garde cet argent.

Je m'exécute.

– Merci. T'étais pas obligé.

– Je sais. Allez, va au lit.

– Je croyais que c'était ma vie, dis-je, un franc sourire aux lèvres.

– Bonne nuit, *hermanita*.

– Tu sais que ce surnom est exaspérant.

Je fais semblant de bouder, mais il rit et moi aussi. À cet instant, je me sens bien avec lui. Dans ma chambre, je cache le papier de J.C. dans mon placard et je range les billets de Joaquin dans le tiroir de ma table de chevet. Je remplace mon gloss rose clair par une épaisse couche de rouge foncé et adresse une série de bisous sexy à mon miroir. Et quand je me glisse entre mes draps, je pose les doigts sur ma bouche, comme pour y trouver la preuve que, ce soir, ma vie a enfin commencé.

CHAPITRE 7

La liberté que je m'accorde me donne le vertige, et maintenant j'ai même une voiture pour en profiter.

Mamita ne me laisse pratiquement jamais emprunter sa vieille Honda. Si elle m'a autorisée à passer le permis, c'est uniquement pour l'aider quand elle est trop fatiguée ou contrariée ou je ne sais quoi encore pour prendre le volant. Dans ces cas-là, elle m'envoie toute seule dans le monde des vivants, et je n'ai même pas besoin de m'inventer une excuse.

Ce samedi matin, quand elle me fait sa liste de courses, j'y vois l'occasion parfaite pour m'évader. Après avoir avalé mon petit déjeuner, je file dans ma chambre me changer.

– Et va chercher ton frère à la fin de son service, m'ordonne Mamita depuis le canapé, les jambes rehaussées par un coussin, un gant de toilette vert menthe humide sur le front.

Peut-être trop de rhum la veille. Ou juste envie d'avoir la maison pour elle tout seule.

– Je l'appellerai pour le prévenir, dis-je.

– Très bien.

Je baisse le gant sur ses yeux et, en moins d'une minute, elle se met à ronfler.

En tournant sur Esperanza Boulevard, je n'ai qu'une idée en tête : J.C. Il est encore tôt pour qu'il soit déjà à la plage, mais j'essaie quand même. Il y était la dernière fois que je suis venue à l'improviste après avoir passé la matinée à la bibliothèque avec les enfants Callahan pour l'« heure des histoires ». Jennifer commence à être un peu grande pour ça, mais Matthew adore. Quand je suis arrivée, J.C. fumait une cigarette et discutait avec Michelle. J'ai d'abord hésité. Ça ne faisait que deux jours qu'on était sortis ensemble, et je n'avais pas trouvé le courage de l'appeler. Seulement, il m'a décoché un sourire tellement radieux en me voyant que je n'ai pas regretté d'être venue. On s'est baladés sur la plage et il m'a attirée sous une passerelle pour m'embrasser. C'était envoûtant. Au moment de revenir à la lumière du jour, je n'y voyais plus rien, complètement éblouie par le soleil. J'avais les jambes en coton et le sentiment d'avoir passé plusieurs siècles loin de la Terre.

Rien que d'y penser en me garant, j'ai le cœur qui s'emballe. Je vérifie mon gloss dans le rétroviseur et me pince les joues pour leur donner de la couleur. Malheureusement, en approchant de Michelle, je ne vois pas J.C.

– Coucou, c'est moi !

J'essaie de cacher ma déception pour ne pas la vexer.

– Il n'est pas là, annonce-t-elle tout de suite, une main sur le front en guise de visière.

Je m'assois sur le sable à côté d'elle, l'air de rien.

– Qui t'a dit que j'étais ici pour lui ?

– Sérieusement ? Tu crois que je suis devenue débile pendant la nuit ? Arrête tes conneries.

Mais elle rit et me lance un peu de sable dessus.

– D'accord, j'espérais peut-être un peu qu'il serait là, dis-je en tournant la tête pour qu'elle ne me voie pas rougir. Mais c'est pas comme si j'avais pas aussi envie d'être avec ma meilleure amie.

– Il peut encore se pointer, réplique Michelle en fouillant dans son sac de plage à rayures vert et blanc pour en sortir de la crème solaire. Comment ça se fait que tu sois dehors, toi ? Tu t'es libérée plus tôt d'un babysitting ? Les Callahan sont rentrés en avance ?

– Non, ma mère m'a laissée sortir pour faire les courses. J'ai même la voiture !

– Incroyable !

Elle se badigeonne le corps avant d'inspecter son bras.

– Je bronze pas aussi vite que je pensais, commente-t-elle avec une moue de dépit.

– Tu plaisantes ? T'es au top ! J'ai l'air d'un fantôme à côté de toi.

– C'est le monde à l'envers !

– *¡Ay, chica, me estás volviendo loca!*

Michelle adore quand je me mets à parler espagnol, même si je viens de lui dire qu'elle me rend dingue.

Une famille vient louer des chaises longues et Michelle part les installer, me laissant seule à contempler les vagues du golfe. Et pile quand je décide de partir, je sens un baiser sur ma nuque.

– Hé !

Je prie aussitôt pour que mon cri soit plus mignon qu'apeuré.

– Hé à toi aussi, répond J.C. en s'asseyant à côté de moi.

Il m'adresse son sourire coquin. Ses yeux sont rouges, mais je n'ai pas le temps de les étudier parce qu'il se penche directement vers mes lèvres. D'habitude, les gens qui se bécotent en public m'exaspèrent, mais avec lui, je suis aussitôt projetée dans un autre monde. Quand il recule, j'ai besoin de reprendre mon souffle.

– T'es vachement belle.

Il est joyeux, survolté et certainement défoncé. Il n'est que dix heures du matin, pourtant. Et alors ? C'est l'été, il a le droit de s'amuser. Et il m'a fait un compliment. Je me répète ses mots en boucle. *T'es vachement belle.*

– T'es libre toute la journée ? demande-t-il en frôlant mon cou avec sa bouche.

– Non, désolée. J'ai des courses à faire pour ma mère, dis-je, embarrassée.

– Merde.

Il prend ma main dans la sienne.

– Et si je te laissais pas partir ? Et si je te gardais avec moi sur cette plage ?

Il ouvre la bouche et la referme sans émettre un son. On dirait une sorte de marionnette. Il éclate de rire. Je ne l'ai jamais vu comme ça. Mais c'est J.C., il est canon et je lui plais, alors je devrais tout apprécier chez lui, je suppose.

– Hé, regardez-moi qui est là ! s'exclame Michelle. T'es venu travailler, pour une fois ?

– Je suis de service cet après-midi, rétorque J.C. Bonjour.

Michelle nous inspecte attentivement. Son regard va de ma main dans celle de J.C. à son visage. Elle finit par s'asseoir en face de lui.

– T'y es allé un peu fort sur la fumette, non ?

Je reste sans voix. Même Michelle a remarqué qu'il est défoncé. Ma relation avec J.C. prend une tournure un peu subversive, dangereuse et excitante. Je me retrouve à serrer sa main plus fort.

– Hé, Michelle, du calme, lâche-t-il en répondant à mon mouvement.

Mon cœur s'emballe.

– Tu penses quand même pas que c'est un vrai boulot, ce qu'on fait ? Parce qu'à part se dorer la pilule…

– C'est ça, fais le malin, lance Michelle, plus agacée qu'amusée. Sois pas en retard, c'est tout.

Elle n'a pas tourné la tête vers moi une seule fois depuis qu'elle s'est assise.

On ne dit plus rien pendant un moment et je cherche comment rompre le silence autrement qu'en annonçant mon départ, ce qui serait raisonnable, à vrai dire. J'essaie de croiser le regard de Michelle, mais elle fixe un point droit devant elle, au-dessus de l'épaule de J.C. Est-ce qu'elle est fâchée contre moi ?

– Je dois y aller. Il faut que je fasse les courses pour ma mère.

J.C. me lâche la main. Une fois debout, j'ai du mal à les quitter, même si Michelle est en colère contre moi et que je ne sais pas quoi penser de J.C. quand il est dans cet état. J'adresse un sourire hésitant à Michelle. Elle lève la tête et me sourit à son tour. Elle ne se montre pas particulièrement chaleureuse, mais c'est mieux que rien.

– Hé, appelle-moi ce soir, quand ta mère se sera terrée dans sa grotte, OK ?

– Oui, bien sûr.

Je me sens de plus en plus mal à l'aise. Et pourtant, Michelle est ma meilleure amie. On ne se dispute presque jamais. Et certainement pas à cause d'un garçon.

J.C. se lève à son tour. Il reprend ma main et m'entraîne vers le parking.

– Ciao, Michelle, dis-je dans son dos alors qu'il m'entoure la taille de son bras.

Elle lève la main pour me saluer, mais sans se retourner.

Quand nous arrivons à ma voiture, J.C. m'attire contre lui.

– Tu peux sortir ce soir ? Venir chez moi ?

J'acquiesce avant même de pouvoir me retenir. Mme Callahan m'a prévenue la dernière fois que j'étais chez elle qu'ils partaient à Houston ce week-end pour une fête de famille. Elle n'aura donc pas besoin de moi. Mamita ne le sait pas, alors je peux toujours lui dire que je suis tombée sur eux en faisant les courses. Je réfléchis à une sortie qu'ils pourraient faire et qui lui donnerait l'impression d'être une meilleure mère que Mme Callahan.

– Viens me chercher au coin de la rue à huit heures, OK ? Je trouverai un moyen de te rejoindre.

– Génial.

Sa voix s'est radoucie. Il passe une main dans mes cheveux et glisse une mèche derrière mon oreille. Conquise, je m'appuie sur la Honda, veillant à ne pas coller mes cuisses sur le métal brûlant. Rapidement, je sens ses lèvres sur les miennes, plus passionnées et dévorantes que jamais. Je réponds à son ardeur sans me soucier du monde extérieur jusqu'à ce qu'un petit garçon nous interrompe.

– Beurk ! Ils s'embrassent !

Je m'écarte de J.C. C'est un petit bonhomme en maillot de bain vert avec des tongs assorties, à peine plus jeune que Matthew Callahan. Je rougis légèrement et baisse les yeux, juste après avoir repéré l'expression réprobatrice sur le visage de sa mère. Elle doit penser que j'ai corrompu l'innocence de son fils. Je souris à J.C., qui me sourit en retour. Il se remet à m'embrasser, même si le gamin ne s'est pas beaucoup éloigné, et ce baiser prend un goût d'autant plus délicieux que je me sens un peu effrontée.

– OK, je dois vraiment y aller, maintenant, dis-je en me dégageant de ses bras pour m'installer derrière le volant.

– D'accord. À ce soir, alors.

Il donne une tape sur le pare-brise au moment où je démarre. En m'engageant dans la rue, je laisse échapper mon euphorie dans un hurlement comme on n'en pousse que sur des montagnes russes. Je jette un coup d'œil à mon reflet dans le rétroviseur. C'est qui, cette fille à la mine radieuse ?

• • •

El Mirador est figé dans le temps. Je vais dans ce restaurant depuis ma naissance et, en seize ans, rien n'a changé, des banquettes rouges en vinyle usé aux lumières de Noël qui s'enroulent paresseusement au-dessus du bar. Les mêmes peintures de scènes de la campagne mexicaine décorent les murs orange : une mère aux cheveux noirs avec son gros bébé dans les bras, un moustachu fièrement planté à côté de son cheval. Une odeur de tortillas chaudes, de frites et de fromage embaume l'air. Mamita dit que c'était déjà comme ça dans les années soixante, quand elle est arrivée sur l'île de Mariposa avec notre père. C'est le seul restaurant où elle accepte de mettre les pieds, elle qui ne quitte sa maison que pour aller au travail ou à l'église. Une fois, alors que j'étais encore en primaire, je lui ai demandé si elle aimait y aller parce que notre père l'y emmenait quand ils étaient jeunes. Elle a piqué une telle crise qu'elle a jeté toutes mes poupées Barbie. Heureusement, Joaquin a repêché ma préférée dans la poubelle.

– Hello, *mi amor*, lance Carlos, le patron de Joaquin, en levant les yeux des couverts qu'il enveloppe dans des serviettes rouges.

Avec ses kilos en trop, ses yeux noirs débordant de gentillesse et ses cheveux ras, Carlos a l'âge d'être mon père. Joaquin l'aime beaucoup parce qu'il ne se prend pas au sérieux et ne rechigne jamais à faire les basses besognes, comme remplir les salières.

– Tu viens chercher ton bon à rien de frangin ?

– Oui, s'il ne veut pas rentrer à vélo.

Je dois parler fort pour couvrir le son des accordéons qui s'échappe des enceintes. *El Mirador* passe de la musique latino tous les jours, toute la journée. Joaquin m'a dit qu'il l'entendait même dans ses rêves.

Carlos hurle vers la cuisine que je suis là. À cette heure, entre la cohue du déjeuner et celle du dîner, le restaurant est pratiquement vide. Les courses sont en train de fondre à l'arrière de la Honda, donc Joaquin a intérêt à se dépêcher.

– Salut, Elena.

Miguel Fuentes me sourit dans son uniforme blanc de garçon de cuisine, une bassine en plastique gris dans les mains. Je ne l'ai plus revu depuis la soirée sur la plage. Quel malaise ! Est-ce qu'il s'est pointé parce qu'il a entendu que j'étais là ? J'espère que non.

– Hello, dis-je en enfonçant les mains dans mes poches.

Impatiente de voir Joaquin, j'essaie de prendre un air sympathique et poli.

– Tout roule ? demande-t-il en essayant de paraître détendu.

– Ouais, impec.

Je repense à J. C et le revois m'embrasser contre ma voiture. Mon corps frissonne à l'idée de le retrouver d'ici quelques heures pour aller *chez lui*. Miguel est un gentil garçon, mais J.C., lui, est un homme. Miguel partage sans doute sa chambre avec son petit frère. Et il joue sûrement encore à *Donjons et dragons* avec ses copains aussi bizarres que lui.

– Je suis allé voir *Labyrinthe* au Cinemark, annonce-t-il tout sourire.

Cette simple remarque confirme parfaitement ce que je pense de lui.

– Ah ouais ? Il a l'air top, ce film

Il a l'air carrément bizarre, en fait.

– Il est génial. C'est avec David Bowie, tu sais ?

– Dingue. Je savais pas qu'il était aussi acteur. J'écoute pas trop sa musique non plus.

– Tu n'écoutes pas Bowie ? intervient Carlos, les sourcils froncés. C'est un génie !

Je hausse les épaules. Au moins, maintenant, je n'ai plus à faire la conversation à Miguel.

– Si tu l'aimes tant, pourquoi on passe jamais *Ziggy Stardust* au *Mirador*, plutôt que Flaco Jiménez ? demande Miguel.

– *Ziggy Stardust* se marie mal avec les fajitas, réplique Carlos.

Joaquin arrive enfin. Il dénoue son tablier blanc et le lance habilement sur l'épaule de Miguel.

– Deux points ! s'exclame mon frère. Hé, Miguel, tu peux le mettre au sale pour moi ?

Celui-ci fait mine de se fâcher, mais éclate de rire, et Carlos aussi. Voir mon frère dans son univers me fait tout drôle. Ici, il est sympa, détendu, un peu boute-en-train, même.

– Occupe-toi tout seul de ton linge, mec, réplique Miguel sur le ton de la blague.

Il admire Joaquin, ça se voit. Et ce n'est pas étonnant : mon frère est plus âgé, il est serveur et pas simple plongeur, et il a déjà eu des petites amies. Il ne l'a jamais dit à Mamita, mais il se baladait souvent dans les couloirs du lycée main dans la main avec des filles. Des filles qui restaient l'attendre impatiemment à côté de son casier. Miguel, en revanche, c'est le désert total. Pitoyable, franchement. Je suis tellement embarrassée pour lui que je ne peux que lui sourire.

– Prête ? me demande Joaquin.

– C'est moi qui t'attends, je te signale ! Faut vraiment qu'on se presse, là. La glace doit déjà être complètement fondue !

On contourne le bâtiment vers le parking et, en attendant que Joaquin détache son vélo, je démarre le moteur. Une fille aux cheveux noirs et courts s'approche alors de mon frère et le fait sursauter en lui pinçant la taille. Quand il se retourne, elle éclate d'un rire si puissant que je l'entends depuis la voiture alors que j'ai les vitres fermées. Le sourire de mon frère ne trompe pas : c'est la fameuse Amy de la cassette, en chair et en os.

Joaquin fait un signe de tête vers la voiture pour la prévenir que sa petite sœur les espionne à quelques mètres. Ça me soulage, parce que je n'ai aucune envie de le voir embrasser une fille pendant que je poireaute.

Je pourrais détourner les yeux, j'avoue, mais je suis trop curieuse. Cette fille n'est pas ordinaire. Je crois l'avoir croisée au lycée avec les quelques punks de l'île. Elle porte en général de grosses bottes noires cloutées, du rouge à lèvres foncé, du fard à paupières épais, des tee-shirts noirs et des jeans coupés à hauteur de genou, tatoués au stylo de symboles et de mots que je ne comprends pas. Ce n'est pas le genre de fille qui écoute Madonna ou Power 104, et elle ne ressemble pas aux minettes propres sur elles avec lesquelles Joaquin sortait jusque-là.

Malgré son excentricité, elle est hyper mignonne. Qu'elle sorte avec Joaquin me semble assez logique : même si ça me fait mal de le reconnaître, je dois bien avouer que mon frère est plutôt beau gosse. Les gènes cubains qu'il a hérités de notre mère se voient beaucoup plus sur son visage harmonieux que sur le mien.

Il en est parfaitement conscient. Appuyé sur le mur du *Mirador*, tel un James Dean moderne, il prend tout son temps. Il parle, agite les mains, et Amy renverse la tête en riant. OK, il est peut-être séduisant, mais franchement, il n'est pas si drôle que ça. *T'en fais pas un peu trop, Amy ?* Est-ce que j'ai l'air aussi gourde devant J.C. ? En soupirant, je continue à épier ses gestes maladroits et ses éclats de rire exagérés. Une vraie parade nuptiale ! Il est déjà tard, Mamita va s'impatienter. Je klaxonne.

Ils tournent tous les deux la tête vers moi. Amy lève même la main, sûrement pour me saluer. Je lui réponds poliment. Joaquin hoche la tête, dit encore quelques mots qui déclenchent l'hilarité d'Amy et vient vers la voiture. Il y attache son vélo tandis qu'Amy entre dans le restaurant.

– C'était qui ? dis-je, l'air de rien.

– Amy. Tu l'as jamais vue au lycée ?

Je lui adresse un regard entendu.

– Parce que t'as l'impression qu'on fréquente les mêmes personnes ?

– Pas faux. Elle est vraiment sympa.

Un petit sourire s'affiche sur ses lèvres. Il la trouve plus que sympa, c'est clair.

– Elle est en quelle classe ?

– Elle entre en terminale.

Je mordille ma lèvre inférieure pour me donner du courage.

– Alors, ça veut dire que tu ne pars plus en Californie ?

Joaquin ne réagit pas. Il regarde droit devant lui. Le silence devient si pesant que je regrette d'avoir posé la question.

– Oublie, dis-je.

– Non, Elena, s'agace Joaquin. C'est… j'en sais rien. Je n'ai aucune idée de ce que je vais faire.

Il se gratte la nuque et expire bruyamment.

– Bordel ! Je n'ai aucune idée de ce que je vais faire ! répète-t-il.

Je jette un coup d'œil vers lui. Il fronce les sourcils. Il ne me dit pas la moitié de ce qu'il a en tête, je le sais.

– Donc tu pourrais rester ?

Je parle tout bas dans l'espoir de ne pas l'énerver davantage.

– Écoute, je réfléchis encore. Mais, Elena, si je pars, c'est pas comme si t'allais plus jamais me revoir.

On s'arrête à un feu rouge et je le regarde.

– Arrête un peu, Joaquin, me prends pas pour une idiote. Ce sera plus pareil. La Californie, c'est pas la porte à côté. Ni même la ville d'à côté.

Il remue un peu les jambes, fait tambouriner ses doigts sur ses genoux.

– Si ça peut te rassurer… je n'ai aucun projet concret pour l'instant, OK ?

Soulagée, j'inspire profondément.

– OK, super.

Je décide d'effacer « concret » et « pour l'instant » et de ne retenir que « aucun projet ».

On est presque arrivés, mais c'est au tour de Joaquin de me poser une question.

– Ça se passe comment avec monsieur Grateful Dead ?

– Il s'appelle J.C.

– Comme Jésus Christ ?

Pendant que Joaquin rigole de sa blague, je réalise que je ne connais pas son vrai nom, en fait ! J'aurais quand même dû le lui demander.

– John Christopher, si tu veux vraiment savoir, dis-je d'une voix particulièrement snob. Et il est génial. On sort ce soir.

– Les Callahan n'ont pas besoin de toi ?

– Non, ils ne sont pas là. Je vais juste filer en douce si tu es à la maison. Tu n'as pas de plan avec Amy ce soir ?

On tourne dans notre rue.

– Normalement non, répond sèchement Joaquin. Elle fait la fermeture, donc je pense pas.

– Je vais voir comment je fais.

– Tu sais, si tu sortais avec un gars comme Miguel, il n'y aurait sans doute pas de problème.

Je gare la voiture, contente de pouvoir décocher à Joaquin mon regard le plus exaspéré possible.

– Le Miguel du restau ?

Joaquin lève les yeux.

– Du calme, Elena. Je dis juste que Mamita te laisserait probablement sortir avec quelqu'un comme Miguel, et que t'aurais pas à lui faire des cachotteries. Pas comme avec monsieur Grateful Dead.

Je coupe le moteur et retire la clé avec plus de force que nécessaire.

– Tu peux l'appeler J.C., s'il te plaît ? Et dans quel monde tu vis ? Parce que dans le mien, jamais Mamita m'autorisera à sortir avec un garçon !

Je vais exploser de frustration.

– Si tu lui tenais tête au moins une fois dans ta vie, ça pourrait être différent, rétorque Joaquin.

Je sens qu'il regrette déjà sa remarque, comme toujours quand il tente d'analyser la relation que j'ai avec Mamita.

– Arrête de parler de ce que tu ne peux pas comprendre, s'il te plaît.

Ça fait à peine trente secondes qu'on est assis là et je transpire déjà à grosses gouttes. J'ouvre la portière pour mettre fin à la discussion. Joaquin me suit.

– Écoute, Elena, tout ce que j'essaie de dire…

Il s'interrompt, lève la tête vers le porche et baisse la voix.

– Oublie Mamita. Miguel est un bon garçon et tu lui plais… Il parle tout le temps de toi, il prend de tes nouvelles… Et tu mérites quelqu'un comme lui.

Je dévisage Joaquin par-dessus le toit rouillé de la Honda. Ma colère diminue très légèrement.

– OK. D'accord. Mais J.C. aussi est un type bien.

Je ne suis pas sûre de savoir ce que Joaquin entend par « type bien », mais jusqu'ici, J.C. a toujours été « bien » avec moi, non ? Il embrasse comme un dieu, me fait des compliments et rit à mes blagues.

Soudain, la moustiquaire s'ouvre en grinçant.

– Qu'est-ce qui vous a retenus comme ça ? lâche Mamita, de mauvaise humeur.

Joaquin sursaute.

– Désolée, Mamita, je réponds.

Je me dépêche de sortir les courses.

– C'est ma faute, intervient Joaquin en me prenant les sacs des mains. Carlos ne m'a pas laissé partir avant que j'aie terminé mes corvées.

Reconnaissante, je lui souris.

– Les horaires sont les horaires. Quand tu as fini ton service, ta journée est terminée, proteste Mamita, en experte absolue.

Son chemisier ressort de son pantalon. Elle passe une main dans ses cheveux en bataille et scrute la rue pour s'assurer qu'aucun voisin n'est dehors. Elle ne parle jamais à personne, mais ne veut pas qu'on la voie quand elle n'est pas tirée à quatre épingles.

– Désolé d'avoir mis Elena en retard, s'excuse-t-il en montant les marches.

Je sors le reste des courses et je le rejoins. Mamita ne dit rien, fait volte-face et laisse la moustiquaire nous claquer au nez.

– Sympa, merci, lance Joaquin avec une grimace si drôle que je m'esclaffe.

Mon frère rit aussi et on oublie tout ce qui s'est passé avant. On profite de ce moment de complicité, malgré le poids de nos sacs, comme si on était les deux uniques survivants d'un naufrage et qu'on n'avait d'autre choix que de se raccrocher l'un à l'autre.

CARIDAD

1961

Tout s'écroula, vite et lentement à la fois, comme une tour de cubes qui chancelle pendant une éternité avant de s'effondrer avec fracas.

Caridad n'en revenait pas de voir Juanita compter les tickets de rationnement pour la viande et le sucre, puis rentrer du supermarché avec un sac pratiquement vide. Elle apprit avec horreur, un matin, que son école n'ouvrirait plus ses portes et qu'elle irait dans un autre établissement. Ce ne seraient plus ses nonnes adorées qui lui enseigneraient ses leçons, désormais, mais des jeunes gens qui n'avaient que la révolution et le changement à la bouche, et qui lui demandaient si elle avait déjà entendu ses parents dire du mal du Comandante. Son père et sa mère se mirent à discuter entre eux dans un anglais lent et laborieux pour qu'elle ne les comprenne pas. Comme c'était frustrant ! Caridad avait beau les espionner depuis le couloir, les mots étrangers qu'ils échangeaient n'avaient aucun sens pour elle.

Arriva alors l'affreux après-midi où elle dut dire au revoir à Juanita, quand ses parents la congédièrent après avoir découvert qu'elle écoutait en secret les discours enflammés du Comandante à la radio, négligeant ses tâches quotidiennes. Le cœur de Caridad saigna quand la domestique, dans sa robe blanche, l'enlaça pour murmurer à son oreille :

– *Nuestro mundo está cambiando por algo mejor, no lo olvides.*

Les derniers mots qu'elle lui avait adressés ne concernaient pas leur relation, ne revenaient pas sur leurs années ensemble. Le monde changeait, selon elle, et c'était une bonne chose. C'était tout ce qu'elle avait trouvé à lui dire en guise d'adieu. Caridad la suivit du regard alors qu'elle disparaissait dans la rue sans même se retourner une seule fois. Dans la chaleur de la mi-journée, elle fondit en larmes.

La semaine suivante, une nouvelle domestique fut embauchée, une petite bonne femme grincheuse prénommée Marta qui s'agitait dans la cuisine telle une tornade. Elle gronda Caridad quand elle la vit chaparder de la nourriture et lui rappela sans indulgence les nouvelles lois de rationnement. Elle ne lui faisait pas couler le bain, ni ne démêlait ses cheveux, ni ne lui donnait un petit supplément de dessert. Il n'y avait de toute façon plus de dessert.

Un dimanche, à la sortie de la messe, Caridad et ses parents se retrouvèrent pris à partie par des manifestants.

Ils clamaient que Dieu était mort ! Ils les traitaient d'ignorants englués dans leurs traditions. Ils les accusaient de ne pas évoluer vers le mode de vie mis en place par les révolutionnaires. Caridad croisa le regard d'un petit garçon qui, les poings serrés, ouvrait une grande bouche rose :

– *¡Estás perdida!*

Caridad se sentait en effet complètement perdue. Elle avait vraiment l'impression que Dieu était mort. Tout ce qu'elle avait aimé et considéré comme un don de Dieu lui avait été arraché pour être jeté dans les eaux bleues de Varadero. La plage avait d'ailleurs été depuis longtemps investie par les *barbudos*, les rebelles. Ils avaient également réquisitionné les maisons des plus riches qui avaient eu la clairvoyance de fuir avant leur arrivée, leurs bijoux cousus dans les ourlets de leurs vêtements, leur argent caché dans des livres à double fond.

Caridad fut contrainte de s'en aller, elle aussi, même si elle ne comprit pas immédiatement qu'elle ne reviendrait plus jamais. Un matin, son père et sa mère la convoquèrent dans la *salita*. Elle allait partir aux États-Unis pratiquer son anglais pendant un mois.

– Vous venez avec moi ? demanda la jeune fille, confuse.

Elle caressa le doux velours du canapé, examina le cendrier argenté en forme de coquillage posé sur la table devant elle.

– Non. Tu sais bien que nous n'en avons pas besoin, répondit sa mère. Mais c'est une bonne occasion pour toi. Quand tu rentreras, on pourra discuter ensemble en anglais.

Son père se leva, alluma une cigarette et regarda par la fenêtre sans rien dire. Caridad, comme souvent, regrettait l'absence de Juanita. Si elle avait été là, elle lui aurait expliqué ce qui se passait. Elle se rappela alors que la domestique l'avait abandonnée et son cœur blessé s'endurcit encore un peu.

– Les parents de Graciela ne l'envoient pas étudier l'anglais toute seule en Amérique, rétorqua Caridad, tranchante. C'est pas juste !

Les bras croisés, elle se mit à bouder, incapable de lire le chagrin sur le visage de sa mère. Incapable de déceler la tension dans les traits de son père quand il se détourna de la fenêtre pour la regarder tristement. Ils ne parvinrent pas à la consoler malgré tous leurs efforts maladroits. Ils n'avaient pas appris à leur enfant à supporter la souffrance. Lui avaient-ils seulement appris quoi que ce soit ?

Un matin, dans ses escarpins roses et sa robe couleur bonbon à col Claudine blanc, avec une valise remplie de tous ses vêtements préférés et d'un album photos, Caridad se rendit à l'aéroport de La Havane, le cœur battant. Sa mère dut rester dans la voiture, un seul parent étant autorisé à l'accompagner. Avant de la laisser partir, elle attira sa fille contre elle. Elle ne sentait plus *Arpège*, parce qu'on ne pouvait plus s'en procurer à Cuba, mais juste le savon et le talc. Caridad en fut profondément contrariée, comme si on lui gâchait exprès cette séparation.

– On se retrouve dans un mois, lui murmura sa mère avec un sourire.

Elle s'écarta, les yeux humides. Pourtant, elle ne pleurait pas, contrairement à Caridad.

– Je ne comprends pas pourquoi tout ça est en train d'arriver, se lamenta la jeune fille, les joues noyées de larmes.

– Fais-nous confiance, *mi vida*, insista sa mère en lui serrant une dernière fois la main avant de se glisser sur la banquette.

L'aéroport était étouffant et bondé. Des familles grouillaient dans tous les sens avec des bébés en pleurs. Caridad attendit que son père parle à un grand militaire à la barbe qui ressemblait à celle du Comandante. Il portait un pistolet à sa ceinture. Il étudia un moment les papiers présentés. L'air empestait la cigarette et le produit d'entretien bon marché. Caridad se retint de prendre la main de son père. Elle était trop âgée désormais, et de toute façon elle était encore trop fâchée contre lui.

Pourtant, il l'enlaça et lui murmura une série d'instructions à l'oreille. *Sois sage. Prends soin de toi. Fais ce qu'on te dit.* Et l'instant d'après, Caridad se retrouva dans une salle d'attente vitrée. Son sac fut fouillé par un soldat. Il avait le visage rougeaud et grêlé.

– Avez-vous déjà entendu vos parents dire du mal du Comandante ? demanda-t-il en posant ses grosses mains sur les vêtements de Caridad.

Sa robe d'été vert clair. Son pyjama à fleurs. Caridad remarqua la crasse sous ses ongles mal coupés et dut se retenir pour ne pas le rabrouer. Et soudain, il s'avança vers elle et fourra sans ménagement les doigts dans ses cheveux. Plus tard, elle comprit qu'il cherchait des bijoux cachés dans ses boucles noires.

Quand il eut terminé, Caridad examina la foule à l'intérieur du bocal où on la gardait. Il n'y avait que des enfants, et, à dix-sept ans, elle était une des plus âgées. Une fille bien plus jeune agrippait la main de son petit frère, leurs visages plus pâles qu'un linge. Un autre garçon, de onze ou douze ans, avait trouvé du papier et y écrivait des messages qu'il collait sur la vitre pour une femme de l'autre côté, dont les larmes avaient fait couler le mascara. Tout l'espace était occupé par des gamins qui erraient misérablement en reniflant ou en sanglotant.

Caridad chercha son père du regard. Dès qu'elle le put, elle s'approcha de lui et posa la main sur la vitre. Il l'imita, les traits tirés mais toujours aussi beau dans son costume en lin. Et à cet instant, elle comprit que ses parents lui avaient menti.

Elle ne resterait pas un mois aux États-Unis. Elle ne reviendrait peut-être jamais. Que ses parents la pensent assez jeune et naïve pour la tromper ainsi l'enragea, et sa gorge se serra quand elle comprit que c'était là leur dernière tentative d'offrir le meilleur à leur fille unique.

Des années plus tard, Caridad repenserait à cette journée et au moment où, après plusieurs heures d'attente, on l'avait guidée vers l'avion sur lequel étaient peints les mots « PAN AMERICAN ». Elle se rappellerait avoir cherché son père des yeux une dernière fois, sans pouvoir le trouver. Elle se rappellerait l'hôtesse de l'air, à peine plus âgée qu'elle, dans son tailleur bleu. Un sourire radieux aux lèvres, celle-ci avait accueilli les enfants à bord dans un espagnol si catastrophique que les plus petits n'avaient pas pu se retenir de rire. Et elle se rappellerait les carrés blancs de chewing-gum que la jeune femme leur avait offerts. Les premiers chewing-gums de Caridad. Un délice ! La menthe sucrée avait envahi son palais pour rapidement perdre toute saveur.

Plus tard encore, au Texas, alors qu'elle rêvait déjà en anglais plutôt qu'en espagnol, Caridad pouvait encore entendre le grondement du moteur qui avait précédé le décollage. Elle revoyait l'étendue bleue à perte de vue. Elle se souvenait de tout. Et quand elle repensait à cette journée où on l'avait arrachée à sa terre natale, elle était incapable de dire si c'était pour le meilleur ou pour le pire. Si elle avait eu de la chance ou pas. Elle refusait de réfléchir à cette question. Y répondre aurait été trop douloureux. Si son destin était de se faire ballotter tel un navire sur les flots, elle ne lutterait pas. Mais, habitée par une rage sourde, elle se barricaderait avec le peu qu'elle pourrait contrôler.

ELENA
CHAPITRE 8

Chaque année, j'ai le droit d'assister aux feux d'artifice du 4 Juillet. Mais uniquement parce que j'y vais avec Joaquin. On se trouve une place sur la plage pour poser nos vieilles serviettes usées et, parfois, Michelle se joint à nous. Joaquin apporte toujours des bières et ne me laisse jamais en boire, et, dès que le bouquet final est terminé, il se lève d'un bond.

– Vite, on retourne à la voiture pour ne pas être pris dans les bouchons.

La première fois, j'avais onze ans. On est partis sur nos vélos, ivres de liberté. J'étais envahie par la sensation nouvelle et délicieuse de sortir de la maison sans Mamita – et pour faire quelque chose de super cool, en plus. Je ne sais pas comment Joaquin l'a convaincue à l'époque, mais il a réussi. Depuis, tous les ans, je trouve ça vraiment sensationnel d'être dehors pendant les vacances avec autant de gens, même s'il faut un peu jouer des coudes pour se faire une place sur le sable.

Avec la vue qu'ils ont, les Callahan profiteront probablement du spectacle depuis la terrasse du premier étage. Matthew et Jennifer porteront sûrement des shorts blancs immaculés et des tee-shirts rouge et blanc à rayures qui coûtent plus cher que toute ma garde-robe. Mme Callahan va sans doute attacher un nœud bleu dans les boucles blondes de Jennifer. À huit ans, la petite a toujours les cheveux aussi soyeux que ceux d'un bébé ; les barrettes et les serre-tête ne tiennent jamais. J'imagine M. Callahan, super élégant, confortablement installé, le *Wall Street Journal* sur les genoux. Il admire le corps bronzé de sa femme, sa silhouette fine. Vêtue de couleurs pastel, vert et rose, elle leur prépare des cocktails. Comment Mamita peut-elle penser qu'il la trompe ? C'est complètement dingue. Elle est séduisante, gentille et douce. Bien sûr, il s'absente beaucoup, mais c'est pour subvenir aux besoins de sa famille. Je suis persuadée qu'ils resteront toute leur vie ensemble.

Comme Joaquin et moi, on n'a pas d'étage avec terrasse à Point Isabel, j'espère qu'on arrivera assez tôt sur la plage pour être bien placés. On est vendredi, alors c'est encore plus excitant. Joaquin va retrouver Amy. Quant à moi, j'ai réussi à passer un coup de fil à J.C. dans l'après-midi, pendant la sieste de Mamita, entre deux corvées, pour lui proposer qu'on se retrouve aussi. J'ai tellement hâte de l'embrasser sous les feux d'artifice ! Loin de Joaquin et de sa petite amie, cela va sans dire.

Ce sera comme dans un film ! Mais d'abord, on doit passer chercher Amy. Je m'installe à l'arrière de la voiture, comme dans un taxi.

– Hello, me salue Amy en prenant place à l'avant.

Le baiser rapide qu'elle dépose sur les lèvres de mon frère me fait détourner le regard.

– Tu t'appelles Elena, c'est ça ? demande-t-elle en jetant un coup d'œil par-dessus son épaule.

Elle a du rouge à lèvres noir.

– Ouais. Salut.

– Je t'ai déjà croisée dans les couloirs de la prison, commente-t-elle en riant de sa blague.

Joaquin rit aussi, un peu trop fort. Je l'imite, mais en décalé. Je n'ai pas compris pourquoi c'était drôle. Amy voit peut-être le lycée comme une prison, mais elle peut entrer et sortir de chez elle quand elle veut, alors elle n'a vraiment aucune idée de ce dont elle parle.

Ils disparaissent dans leur monde de murmures. Amy fouille dans les cassettes de Joaquin et fait des commentaires. Je tente d'examiner mon reflet dans la vitre. Je veux être belle pour J.C. Heureusement, j'ai apporté une brosse. Une fois la voiture garée, on se dirige vers la plage ; je reste un peu en retrait. Amy prend la main de Joaquin et il lui sourit. Cette fille est un peu bizarre, mais je veux que mon frère soit heureux. S'il est heureux, il restera peut-être.

– Je m'éloigne un peu, OK ?

Je regarde en direction de la chaise de sauveteur à côté de laquelle on s'est donné rendez-vous avec J.C.

– Pas de problème si tu es à la voiture juste après les feux d'artifice, me répond Joaquin. Et pas de bêtises !

Amy lui donne un coup de coude dans les côtes.

– Arrête de la surprotéger comme ça ! Ta sœur a le droit d'avoir un petit copain, tu sais ?

Elle m'adresse un clin d'œil complice. Est-ce flatteur ou gênant qu'elle connaisse l'existence de J.C. et le désigne comme mon « petit copain » ? En tout cas, je parviens à prendre un air reconnaissant et je promets de ne pas être en retard. Ensuite, pieds nus, je pars sur le sable à la recherche de J.C.

Il est là, comme convenu, mais il ne me voit pas approcher. Appuyé sur la grande chaise, il parle avec un autre type de son âge en short et tee-shirt blanc. La plage est noire de monde : des familles avec des enfants, des jeunes couples, des personnes âgées occupées à déplier leurs sièges. Tout le monde essaie de dégoter la meilleure place possible. À travers la foule, je vois J.C. prendre quelque chose dans la main du gars avant de sortir un sachet en plastique de sa poche. Il le lui donne le plus discrètement possible et scrute les alentours tel un espion dans un mauvais film. Il n'a toujours pas remarqué ma présence, alors que je ne suis plus qu'à quelques pas de lui.

Le type hoche la tête et disparaît dans la foule. Délicatement, je pose une main sur l'épaule de J.C. Il sursaute et se retourne vers moi.

– Salut ! s'exclame-t-il, un peu trop enthousiaste.

Il m'entoure la taille de son bras et m'embrasse la nuque. Je savoure un instant le plaisir de cette étreinte.

Seulement, je ne peux pas chasser de mon esprit ce que je viens de voir.

– Salut. C'était qui ?

J.C. hausse les épaules.

– Personne. Il connaît Michelle aussi, je crois.

La scène que je me repasse en tête est sans équivoque. Seulement, J.C. est tellement craquant avec son sourire incertain, ses épaules larges, ses doux yeux noirs... Qu'est-ce que ça peut faire s'il vend de l'herbe ? C'est moins nocif pour la santé que l'alcool. Même défoncé, il n'est jamais méchant ou agressif, contrairement à Mamita quand elle boit. Si l'alcool est légal, alors pourquoi pas l'herbe ?

– On va s'asseoir ? dis-je en lui prenant la main, une initiative nouvelle pour moi, excitante.

Alors que le soleil se couche et que le crépuscule s'installe, on repère l'endroit parfait et on y étale mon drap de plage.

– Tu as vu Michelle ?

– Nope, répond-il.

Il sort d'un sac plastique deux grandes cannettes de bière et m'en tend une. Je n'arrive pas à croire que je n'ai même pas cherché à organiser quelque chose avec Michelle cette année, alors qu'on passe pratiquement tous les 4 Juillet ensemble avec Joaquin. Je suis prise de remords. À cause de J.C., je n'ai pas fait beaucoup d'efforts pour passer du temps avec elle depuis le début des vacances. Michelle comprend sûrement que vu ma situation, c'est un miracle que j'aie un petit ami. Et dès la rentrée, il est tout à fait possible qu'il s'en aille. Je me convaincs qu'elle ne m'en veut pas.

J.C. prend une gorgée de bière et s'allonge, appuyé sur les coudes. J'avale la moitié de la cannette, m'efforçant d'en ignorer l'amertume. Je me sens tout de suite un peu plus détendue. L'image de J.C. en plein deal s'efface légèrement. Il est tellement beau et drôle... Et je lui plais !

– Hé, m'interpelle-t-il en cognant son genou contre le mien. Comment est-ce que tu t'es fait cette cicatrice ?

Il frôle de son doigt une ligne blanche sur mon menton. Je frissonne.

– Oh, ça ? Dans un combat avec un tigre du zoo de Houston.

Il se redresse et me décoche un regard incrédule.

– Sérieux ?

– Non, je rigole. C'est arrivé quand j'ai sauté en parachute d'un hélicoptère au-dessus du Sahara.

– Tu te fous de moi, c'est ça ?

– C'est juste un jeu, dis-je en prenant une nouvelle gorgée. On jouait souvent à ça avec mon frère, avant : on inventait des histoires sur nos cicatrices. Il nous arrive encore de le faire. Je ne me rappelle plus trop comment ça a commencé...

En fait si, je le sais parfaitement, mais je ne le raconterai pas ce soir. Ni jamais, sans doute.

– Donc tu sors juste des conneries pour le plaisir.

– Exact.

Je nous décris, Joaquin et moi, les samedis matin devant la télé. On jouait pour tuer l'ennui, le temps que notre mère se remette de sa cuite de la veille ou revienne des courses. Grâce à notre imagination, la brûlure que je m'étais faite sur le four devenait une morsure de chien enragé errant dans le voisinage. Le cercle blanc sur le genou de Joaquin n'était plus une verrue qu'on lui avait retirée, mais le résultat de sa rencontre avec un anaconda au cours de son safari en solitaire. La petite entaille sur mon mollet, je ne me l'étais pas faite en me cognant contre la table basse, mais en me battant avec un tueur en série.

– Ça me fait presque regretter de pas avoir de frère ou de sœur, admet J.C.

Il finit sa bière.

– Mais sinon, comment tu te l'es faite, cette cicatrice sur le menton ?

Je la touche du bout des doigts. Je la sens à peine. Je réponds à J.C. que je ne m'en souviens plus et il me croit.

Quand il fait enfin assez nuit pour lancer les feux d'artifice, je me blottis dans ses bras. Il m'embrasse et, en m'adressant un clin d'œil, il glisse une main sous mon tee-shirt pour remonter progressivement jusqu'à mon sein gauche. Son pouce se faufile dans mon soutien-gorge et se met à taquiner mon téton, une fois, puis deux. Tout mon corps s'enflamme.

– C'est OK ?

Je hoche la tête parce que je suis incapable de prononcer un mot.

– J'aimerais bien qu'on parte d'ici, lance-t-il.

Son pouce bouge de nouveau, doux mais assuré.

– Moi aussi.

– Mon appart n'est pas loin, on peut y aller à pied d'ici, tu sais.

– Oui.

J'enfouis mon visage dans son torse.

– Je sais.

La première explosion retentit au-dessus de nous, suivie par une exclamation de bonheur.

– Maman, ça commence ! se réjouit une petite fille.

J.C. n'attend pas mon feu vert. Il se lève et je le suis sagement à travers la foule, piétinant des serviettes, me faisant rabrouer par des inconnus agacés. Je n'ai plus qu'une seule chose en tête : J.C. veut m'emmener chez lui. Ma main dans la sienne, il m'entraîne derrière lui. Sans un mot, on se dirige vers son appartement ; une odeur de fast-food et d'eau de mer flotte dans l'air. Des éclairs colorés strient le ciel et les spectateurs poussent des cris admiratifs. Je ne me retourne même pas.

• • •

Quand j'arrive à la voiture, Joaquin bouillonne de rage et Amy est à l'autre bout de la rue, pour me chercher, j'imagine.

– *T'étais où, bordel ?* hurle mon frère.

Il crie à Amy que je suis là avant de se tourner de nouveau vers moi. Un groupe d'adolescents, des touristes probablement, passe à côté de nous.

– J'aimerais pas être à sa place, se moque l'un d'eux en me regardant, hilare.

– Je suis désolée, Joaquin. J'ai pas vu l'heure.

Et je suis sincère. Je pensais que j'entendrais la fin des feux d'artifice depuis l'appartement de J.C., mais je n'ai même pas essayé d'y prêter attention. J'étais perdue dans une sorte de rêve embrumé. On n'est pas allés jusqu'au bout, mais on n'avait jamais été aussi loin. Rien que d'y penser, mon cœur s'emballe et je dois baisser les yeux, parce qu'y penser devant mon frère, c'est trop gênant...

– J'étais super inquiet ! Je pensais qu'il t'était arrivé quelque chose, me gronde-t-il, furieux.

Je me sens affreusement coupable. Il est largement dix heures passées. Mamita est peut-être debout à se demander où on est. Mon cœur bat toujours trop vite, mais c'est beaucoup moins agréable, maintenant.

– Ça s'est terminé quand ?

– Il y a près d'une demi-heure, me répond Joaquin sèchement alors qu'Amy nous rejoint, le visage luisant de sueur.

– Salut, lance-t-elle, à bout de souffle.

– Désolée que tu aies dû partir à ma recherche.

– Pas de problème. Joaquin voulait le faire, mais je lui ai dit d'attendre à côté de la voiture. J'avais peur qu'il pète un câble quand il te trouverait.

Elle lui donne un coup de poing sur l'épaule et lui sourit. Dans la lumière du lampadaire, ses dents paraissent encore plus blanches, et le contraste avec son noir à lèvres est encore plus frappant.

– Allez, lâche ta frangine, plaisante-t-elle en le poussant vers la voiture, ce qui conclut de façon très efficace la conversation entre Joaquin et moi.

Je me glisse docilement sur la banquette arrière.

– Je dois déposer Amy d'abord, annonce mon frère, à bout de nerfs.

Alors qu'on roule, je regarde par la vitre. Des femmes en jean et petit haut à bretelles fument des cigarettes sur leur porche. On est dans un quartier ouvrier comme le nôtre. Des enfants se courent après sur les pelouses miniatures devant leurs maisons, brandissant des cierges magiques consumés en guise de baguettes de sorciers. Joaquin se gare devant une vieille bâtisse bien tenue et descend de la voiture. Avant de le suivre, Amy se tourne vers moi.

– J'espère que c'était sympa avec ton petit copain.

– Merci, dis-je, m'efforçant de ne pas avoir l'air trop stupide.

Je me rends alors compte que Joaquin s'est arrêté devant la maison voisine de celle d'Amy. Il ne veut pas que je le voie la ramener jusqu'à sa porte. Une minute plus tard, il est de retour.

– Tu peux monter devant, propose-t-il en ouvrant ma portière.

– Je peux rester derrière, dis-je, toujours trop honteuse pour l'affronter.

Je préfère l'éviter quand il est dans cet état. Les sensations délicieuses procurées par J.C. ont disparu depuis longtemps.

– Vous êtes partis où ? m'interroge Joaquin en croisant mon regard dans le rétroviseur.

Je détourne les yeux.

– Et va pas me faire croire que vous êtes restés regarder les feux d'artifice.

En soupirant, je croise les bras.

– On est allés chez lui.

– Super, lâche-t-il, exaspéré.

– Arrête. Je me suis déjà excusée, non ?

– OK.

On finit le trajet jusqu'à la maison en silence. Les lumières sont éteintes. Ouf ! Mamita doit dormir.

Joaquin se gare mais laisse le moteur tourner.

– Quoi ?

– Explique-moi juste une chose... pourquoi il ne t'a pas au moins ramenée à la voiture ?

– Hein ?

– Je t'écoute, Elena. Pourquoi J.C. ne t'a-t-il pas raccompagnée à la voiture ce soir ?

– J'en sais rien.

Je pose la main sur la poignée de la portière pour qu'il comprenne que je ne veux pas continuer cette discussion.

Une fois le contact coupé, il se tourne alors vers moi pour me faire face.

– Il aurait dû, en tout cas. C'est tout ce que je dis. Un garçon ne doit pas laisser une fille rentrer seule. Il faut qu'il la ramène jusqu'à sa porte ou jusqu'à sa voiture. Sache-le, c'est tout.

– D'accord, dis-je en levant les yeux au ciel. Il voulait le faire. Vraiment. Mais je lui ai dit que c'était pas la peine.

J'ouvre la portière.

– Je vois.

– Joaquin, on peut rentrer maintenant ?

Il jette un regard vers la maison.

– Les lumières sont éteintes. Avec un peu de chance, elle s'est écroulée.

– Ouais.

Il change enfin de sujet. Je suis soulagée.

– Bon, allons-y.

On sort de la voiture, les graviers de l'allée crissant sous nos tennis. Je réalise que je n'ai rien vu des feux d'artifice, ce soir... Tant pis, ce sera pour l'an prochain.

CHAPITRE 9

Michelle doit être furieuse qu'on ne se soit pas retrouvées sur la plage pour les feux d'artifice. Le dimanche matin, je profite de la sieste de Mamita après la messe pour l'appeler, mais son beau-père me dit qu'elle ne peut pas me répondre. C'est la première fois qu'elle me met un vent comme ça.

J'hésite aussi à téléphoner à J.C., mais je ne veux pas donner l'impression que je lui cours après. Deux jours seulement se sont écoulés depuis le 4 juillet.

J'ai un baby-sitting tout à l'heure parce que M. et Mme Callahan sortent dîner. J'ai tout prévu : on ira sur la promenade fleurie et on s'empiffrera de pâtisseries. Ensuite, j'emmènerai les enfants dans la salle d'arcade. Et enfin, retour à la maison pour leur lire *Mrs Piggle-Wiggle* au lit en prenant des voix différentes pour chaque personnage. Ça les fait toujours mourir de rire. Ils adorent *Mrs Piggle-Wiggle*. Et moi aussi, à vrai dire. J'ai lu toute la série en douce les rares fois où Mamita nous emmenait à la bibliothèque. Jennifer et Matthew ont l'intégrale à la maison.

Même si les Callahan n'ont besoin de moi qu'à l'heure du dîner, je peux dire à Mamita que mes services sont requis dès le déjeuner. J'irai voir Michelle.

Et J.C. aussi.

L'image de nos corps enlacés traverse mon esprit. Ses mains sur ma peau, son odeur… Je prends une profonde inspiration. Avec J.C., j'ai l'impression d'être tout le temps affamée.

Mamita sort de sa chambre et interrompt mes pensées : j'espère que je ne suis pas écarlate. Elle se frotte les paupières, encore ensommeillée. Quand elle ouvre les yeux, elle semble dépitée de se retrouver dans cette maison. Pourtant, on habite ici depuis que j'ai trois ans.

– Où est ton frère ? demande-t-elle en regardant autour d'elle.

– Au travail.

Elle range la table basse, empilant les dessous de verre et quelques magazines.

– C'est le bazar, ici, grommelle-t-elle.

– Je vais t'aider.

Je replie le plaid qui était déjà plié sur le dossier du canapé et tape les coussins miteux pour leur donner un peu de volume.

– Tu as nettoyé ton placard comme je te l'avais demandé ? m'interroge-t-elle en allant dans la cuisine se préparer un verre.

Non. Je mens :

– Oui, la semaine dernière. J'ai fait le tri dans mes vêtements et je les ai apportés aux Callahan pour la fille de leur femme de ménage.

Mamita adore faire la charité. Joaquin dit que ça lui permet de se sentir supérieure. Il m'a avoué que plusieurs de nos cadeaux de Noël venaient de l'église, quand on était petits. La famille de son copain Billy Goodwin avait donné une boîte de Lego et un jeu Hippos gloutons spécialement pour nous. Joaquin était un peu gêné, je pense, mais moi, j'étais trop jeune pour m'en soucier. Tout ce qui m'embêtait, c'était que Mamita ne nous laissait jouer à notre jeu que sur la terrasse, parce que ça faisait trop de bruit.

Assise à la table de la cuisine, ma mère sirote son cocktail, les yeux dans le vide. Je me crispe, m'attendant au pire.

– Qu'est-ce que ton frère t'a dit sur son projet de partir en Californie ? demande-t-elle enfin.

Je m'empare d'un chiffon et du produit à vitres. J'ai une boule dans la gorge.

– Alors ?

– Euh… Je crois qu'il l'a vaguement évoqué.

Je vaporise la fenêtre, les yeux fermés pour éviter de recevoir des gouttes. Mamita fait tout le temps ça : elle interroge l'un de nous pour avoir des informations sur l'autre. Joaquin arrive bien à se taire. Moi, je galère, et Mamita en profite toujours.

– Qu'est-ce que ça veut dire, « vaguement évoqué » ? Je vous ai entendus en parler, l'autre jour.

Elle s'interrompt pour reprendre une gorgée.

– Tu penses que je ne vous entends pas à travers cette porte ? Eh bien, tu te trompes.

Les glaçons s'entrechoquent dans son verre. Elle va bientôt le « rafraîchir ». Comment peut-elle boire un truc pareil aussi rapidement ?

– Il m'en a parlé une fois. Il veut y aller pour visiter.

– Visiter ou s'installer ?

– Je sais pas trop.

Longue pause.

– Pourquoi il ferait ça ?

Elle le sait et elle a envie que je le lui dise. Le silence envahit la maison. Elle ne cédera pas avant que je lui réponde.

– Je pense que… que peut-être, il veut retrouver notre père.

Nouveau silence. Je frotte encore la vitre parfaitement propre, qui finit par couiner comme une souris.

– Qu'est-ce qu'il s'attend à trouver ? La dernière adresse de lui que j'avais remonte à 1974.

C'est rare qu'elle ouvre ainsi la conversation.

– Oui, dis-je en me tournant enfin pour saisir la perche qu'elle me tend. Je vois vraiment pas ce qu'il cherche. C'est quoi, l'intérêt d'aller retrouver l'homme qui nous a abandonnés ?

Mamita me sourit. C'est inhabituel, ça aussi. C'est toujours grisant pour moi, l'idée que j'aie pu lui faire plaisir. Elle se lève pour se resservir.

– Tu as parfaitement raison, déclare-t-elle, la tête dans le congélateur. C'est pour ça que j'ai mis en place toutes ces règles. C'est pour ça que je veux te protéger. Je ne veux pas qu'il t'arrive ce qui m'est arrivé. Je ne veux pas qu'un homme détruise ta vie.

– Je sais… Mamita, ne lui dis pas que je t'en ai parlé, d'accord ? Il serait furieux contre moi.

– Pas un mot, promet-elle, visiblement ravie de notre petit complot.

Elle remplit son verre et revient s'asseoir en faisant tourner les glaçons dans son cocktail.

– Au fait, je dois sortir cet après-midi pour un baby-sitting, dis-je, profitant de sa bonne humeur. Mme Callahan veut que j'emmène les enfants à la plage avant son dîner avec son mari.

– Parfait, acquiesce Mamita.

Quel soulagement !

– Comment vont-ils ? Les Callahan ?

– Je crois que tu as raison pour M. Callahan. Il a une maîtresse, c'est sûr.

C'est faux, évidemment, mais Mamita adore les ragots. Surtout s'ils salissent l'existence idyllique des Callahan. Et comme ça, elle est encore plus contente de moi.

– Ah oui ?

– Oui. Quand j'ai gardé les enfants, la dernière fois, Mme Callahan est rentrée bouleversée. Je pense qu'ils s'étaient disputés. En me raccompagnant à la maison, M. Callahan a dû fumer aux moins trois cigarettes dans la voiture. Et il m'a dit que le mariage n'était pas toujours une partie de plaisir.

– C'est très mauvais de fumer, commente-t-elle en secouant la tête.

– C'est clair, dis-je fermement.

– Il le fait à côté des enfants ? demande-t-elle, inquiète.

– Je sais pas. Maintenant, vu la situation, peut-être.

Je me sens un peu coupable de dire du mal de mes employeurs gratuitement. Jamais M. Callahan ne toucherait à une cigarette et, s'il me parlait de mariage, il me dirait juste combien c'est merveilleux. Il suffit de les voir rentrer à la maison main dans la main. Et il embrasse toujours Mme Callahan avant de me ramener. Sérieux, qui prend le temps de faire un bisou à sa femme avant un si petit déplacement ? M. Callahan le fait, lui.

Seulement, avec ces médisances, je remporte le droit de sortir quand je veux. Alors, dans ma tête, je lui présente mes excuses.

– Bon, j'espère qu'ils vont régler leurs problèmes, conclut Mamita.

Je sais qu'elle pense exactement le contraire : elle se régale des malheurs des autres. Soudain, elle change de sujet.

– Est-ce qu'ils te posent des questions sur moi, parfois ? Est-ce qu'ils savent que je viens d'une bonne famille cubaine ? *¿Una buena familia?*

– Bien sûr.

Je lis la fierté sur son visage.

– J'ai parlé à Mme Callahan de ton *quince* quand elle m'a dit que Jennifer fera son bal de débutante dans leur club à Houston quand elle sera grande. Elle était éblouie.

C'est faux. Pourquoi je l'ennuierais en lui racontant la vie de ma recluse de mère ? Mais je gagne encore des points.

– Un bal dans ce pays n'a aucune chance d'égaler mon *quince*, mais je suis persuadée qu'ils auront une jolie fête.

– Sans doute.

Je suis contente de la rendre aussi joyeuse.

– Il faut que j'aille me préparer, M. Callahan vient bientôt me chercher.

– D'accord, répond Mamita en finissant son verre. Mais ne range pas le produit, tu as laissé des traces.

• • •

Je prends le bus pour aller chez Michelle. C'est ma meilleure amie, je devrais lui rendre visite plus souvent, mais c'est compliqué avec Mamita, surtout pendant l'année scolaire.

– Elena, ça fait plaisir de te voir ! s'exclame la mère de Michelle en m'ouvrant la porte.

Ses boucles brunes mêlées de quelques cheveux gris sont attachées avec une pince et elle porte un bébé sur la hanche. Toute barbouillée d'une substance verte, Ashley, la nièce de Michelle, suce ses doigts.

– On tente les petits pois pour la première fois, m'explique sa mère en reculant pour me laisser passer. Pas son légume préféré, pour l'instant.

Mal à l'aise, je ris en m'avançant dans l'entrée. D'ici, j'aperçois la table de la cuisine, couverte de journaux et de verres vides. L'évier déborde de vaisselle sale. Mamita ferait une crise si elle voyait ça, mais la mère de Michelle est cool. Selon Mamita, même si ses filles commettaient un meurtre, elle ne dirait rien. Et c'est pour ça, selon elle, que la grande sœur de Michelle a été danseuse dans un club et est tombée enceinte d'Ashley sans être mariée. Pourtant, je sais bien, moi, comment ça s'est passé, parce que Michelle me l'a raconté. Elle a vu sa mère pleurer quand sa sœur lui a annoncé sa grossesse, puis insister pour qu'elle revienne vivre à la maison afin de l'aider avec le bébé.

Et Michelle peut tout dire à sa mère. Quoi qu'elle ait fait, elle l'embrasse toujours sur le front en lui répétant combien elle est extraordinaire (même si Michelle fait mine d'être agacée et la supplie d'arrêter d'être bizarre).

– Elle est en haut, dans sa chambre.

Dans l'escalier, j'enjambe les piles de linge plié, de livres et de chaussures qui attendent sagement sur les marches d'être rendus à leurs propriétaires.

Nerveuse, je frappe à la porte sur laquelle est affiché un grand poster des Journey. Un jour, Joaquin m'a dit que c'était sans doute la musique qui passait continuellement en enfer. Michelle en est fan.

– Maman ? demande une voix étouffée par des notes de musique.

– Non, c'est Elena.

Longue pause. Michelle me manque. J'ai beau être avec J.C., je serais perdue sans ma meilleure amie. La pause se prolonge. Et si elle me laissait en plan ?

– Allez, Michelle. Laisse-moi entrer, s'il te plaît.

La porte finit par s'ouvrir. Mon amie porte un tee-shirt usé et un jean sur son bronzage époustouflant. Elle paraît furieuse, mais je sais qu'en me voyant, sa colère va s'estomper. Je suis tellement soulagée.

– Tu as de la chance que j'accepte de te voir, dit-elle en s'écroulant sur son lit défait.

Dans la chambre de Michelle, comme dans le reste de la maison, c'est le bazar total. Un bol de céréales encore à moitié plein trône sur une commode surchargée. Une montagne de vêtements s'empile sur un fauteuil rose qu'elle a trouvé un jour dans une allée et qu'elle a supplié sa mère de garder. Et la moquette est jonchée de cassettes, de magazines et de papiers de bonbons.

Je pousse quelques habits pour m'asseoir dans le fauteuil. Michelle s'allonge sur son lit pour baisser le volume de sa chaîne hi-fi.

– Michelle, je suis désolée.

– Bon début, lâche-t-elle, les jambes dans le vide, les yeux rivés au plafond.

– J'ai un peu perdu la tête…

– C'est pas plutôt autre chose que t'as perdu ?

Sidérée, je lui balance un tee-shirt sale.

– Qu'est-ce que tu racontes ? N'importe quoi ! Je suis toujours vierge.

L'ambiance se réchauffe. Michelle se redresse et me sourit. Tout ira bien.

– Genre vierge, vierge ? Ou juste techniquement vierge ?

Elle se penche vers moi, son sourcil gauche levé. Cette grimace, elle la fait depuis le primaire.

– T'es dégueu !

– Si tu peux pas en parler, alors tu peux pas le faire.

– C'est marrant, parce que toi, t'en parles en boucle, mais tu l'as jamais fait !

J'éclate de rire, entraînant Michelle dans mon hilarité.

– Je parie que ton frère l'a fait. Avec cette Amy.

– Arrête ! dis-je en me bouchant les oreilles. J'entends rien, j'entends rien !

Je n'ai aucune envie de penser à l'intimité de mon frère.

Michelle est pliée en deux. Elle me torture avec ça pour se venger. Une fois qu'on est calmées, elle m'envoie un chewing-gum et en prend un pour elle. Après un petit moment de silence à mastiquer, elle redevient sérieuse.

– Bon, j'imagine qu'avec J.C., c'est... intense ?

– Plutôt, dis-je en haussant les épaules. Je pense qu'il vend de l'herbe.

Je n'ai pas pu me retenir.

– Moi, j'en suis sûre, rétorque Michelle.

– Ah oui ?

– Ouais. Il y a plein de gamins sur la plage qui se fournissent chez lui.

Je me recroqueville sur moi-même, les genoux sous le menton. J.C. est dangereux. Et excitant. Son trafic de cannabis devrait me déranger, mais je n'arrive pas à trouver ça grave.

– Il embrasse super bien, dis-je pour changer de sujet. T'en reviendrais pas, sérieux. C'est le meilleur du monde.

– Et tu te bases sur quoi pour affirmer ça ? demande Michelle, exaspérée.

– Mon expérience.

– Le cousin de Tara Morgan quand on a fait tourner la bouteille ? Pas sûr que ça compte.

– Bien sûr que si ! Il avait mis la langue.

Michelle fait mine de vomir. Je jette un nouveau tee-shirt sur elle et on se tait un moment. Les cris du petit voisin nous parviennent depuis l'allée de sa maison.

– *Caché ou pas caché, j'arrive !*

– T'as fait comment pour sortir de chez toi ? demande Michelle. T'étais plus venue chez moi depuis les vacances de printemps.

– Je lui ai dit que j'avais un baby-sitting.

– Pour changer.

– Ouais… Hé, monte le son, j'adore cette chanson !

Michelle s'exécute et on écoute la musique qui couvre les jeux des enfants dans la rue. Quand la chanson se termine, Michelle rembobine pour qu'on l'écoute encore. À la fin, elle éjecte la cassette.

– Elena, avec J. C… tu feras attention, OK ? demande-t-elle, radoucie et sincèrement inquiète.

Je dévisage cette fille qui comprend pourquoi je ne peux pas dormir chez elle, ni aller à des soirées pendant l'année, ni même parler au téléphone quand je veux. Cette fille qui me supporte malgré tout ça sans se moquer de moi. Et qui pense quand même que je suis cool et drôle. Qui veut quand même être mon amie. Ma meilleure amie, la plus ancienne.

– Oui, Michelle. Je ferai attention.

Mais je ne suis pas sûre de savoir de quoi elle parle. Attention pour ne pas avoir le cœur brisé ? Parce que J.C. est un dealer ? Pour ne pas tomber enceinte ? Rien que de penser à la dernière option, je me sens à la fois angoissée et survoltée.

– Tu as le temps de manger avant de partir ? me propose Michelle, et je sors aussitôt de mes rêvasseries. On pourrait se faire une pizza.

Je consulte ma montre. J'ai le temps.

– Bonne idée !

– Et je pourrais te boucler les cheveux, ajoute-t-elle en souriant. Avant que tu partes.

– Je serai la plus belle baby-sitter de l'île de Mariposa, dis-je, enchantée.

– Si tu le dis, me taquine-t-elle.

Au moment où elle ouvre la porte de sa chambre, je mets mon bras autour de son épaule et on descend ensemble l'escalier vers la cuisine.

– Et si tu me maquillais ? Ce serait amusant. Je le fais jamais.

Michelle peut utiliser tout le matériel de sa sœur, eye-liner, mascara… tout ce que je n'ai pas le droit d'acheter.

On traverse le salon où la mère de Michelle regarde la télé en jouant avec Ashley.

– Carrément ! répond mon amie. Mais ta mère, elle va dire quoi ?

– Je me laverai le visage avant de rentrer. Tu sais ce que je dis toujours : ce qu'elle ignore ne peut pas lui faire de mal.

– Ça, c'est clair que c'est ta devise ! plaisante Michelle en ouvrant le congélateur.

CARIDAD

ÉTATS-UNIS

1961

La capacité d'adaptation de l'être humain est incroyable. Comme le constata Caridad, il peut s'habituer à tout s'il le doit vraiment. Après avoir dormi toute sa vie dans un lit douillet avec des draps propres et le murmure de l'océan pour la bercer, elle se retrouvait soudain dans le Sud de la Floride, dans un immeuble sans âme, perchée sur un lit superposé au matelas si peu confortable qu'elle avait dû apprendre à se rouler en boule pour éviter d'en sentir les ressorts. Elle avait aussi appris à ne pas entendre les ronflements de la fille qui dormait sous elle, et à ignorer l'éclairage de sécurité, allumé toute la nuit devant l'immeuble.

En revanche, elle n'avait jamais appris à apprécier les briques de lait qu'ils recevaient au petit déjeuner, au déjeuner et au dîner. Il avait un goût rance, comparé au bon lait frais crémeux que le livreur dans son bel uniforme blanc leur déposait devant la porte tous les matins et que lui réchauffait Juanita. Dans le réfectoire, Caridad donnait volontiers sa petite brique froide et humide. Blanca l'acceptait toujours avec un grand sourire. C'était la seule de tout le centre d'accueil qui prenait du poids. Caridad et les autres filles luttaient pour ne pas en perdre trop, décontenancées par ce qu'on leur servait à manger.

Contrairement à Caridad, Blanca étudiait l'anglais avec enthousiasme. Elle était plus jeune, ce qui représentait un avantage conséquent : elle parvenait à prononcer n'importe quel mot sans buter sur les sons. Son regard s'illuminait quand elle disait avec un accent parfait « Floride », « pop-corn » et « shampoing ». C'était une élève brillante. Le cœur lourd et débordant de frustration, Caridad se rappelait les prix que les ursulines lui avaient décernés à Cuba, les médailles qu'elles avaient cousues sur son uniforme. Elle les avait laissées derrière elle avec tout le reste.

Elle découvrit que ce centre n'était qu'un refuge temporaire. Elle y resta plus que le mois promis par ses parents, mais, au bout de quelque temps, elle dut quitter les lits superposés, l'éclairage de sécurité, le lait rance et la parfaite petite Blanca pour déménager au Texas. Une des responsables du foyer déplia un plan des États-Unis pour lui montrer sa nouvelle destination, à des milliers de kilomètres de Miami.

– C'est là que tu vas, lui expliqua-t-elle en élevant la voix et en articulant chaque syllabe. Dans une ville qui s'appelle Healy.

Pourquoi pensait-elle que si elle parlait fort, Caridad comprendrait mieux son anglais ?

On l'emmena dans des friperies pour lui acheter de nouveaux habits. Elle repensa à ses armoires remplies de robes magnifiques, mais, résignée, accepta tous les vêtements d'occasion qu'on lui proposa. Le chemisier blanc avec le col jauni, la jupe délavée qui avait été vert foncé autrefois, les petites socquettes usées. Caridad se contentait de hocher la tête sagement. Avait-elle le choix ?

Intérieurement, elle bouillonnait.

Ses parents l'appelaient rarement. Ils ne restaient jamais longtemps au bout du fil et Caridad les entendait à peine entre les grésillements. Elle tentait de se représenter la maison quand ils lui parlaient. Le cendrier en argent en forme de coquillage, la baie vitrée qui donnait sur la rue, le ventilateur du plafond qui tournait lentement au-dessus de leurs têtes tel un vautour curieux… Toutes ces images rendaient leurs voix plus réelles, plus présentes.

« *¿Cómo estás, preciosa?* » « *Estoy bien.* » « *¿Estás comiendo bien?* » « *Sí, muy bien.* »

Leurs conversations manquaient de fluidité et de naturel. Comme répétées à l'avance, elles se limitaient à des banalités superficielles. Est-ce que la nouvelle domestique cuisinait bien ? Quel temps faisait-il à La Havane ? Les voisins avaient attrapé la grippe. Ces échanges semblaient lointains, impersonnels.

Le jour où elle partit pour Healy, elle noya son regard dans le hublot de l'avion, tandis qu'à côté d'elle, une de ses camarades du centre qui allait dans une autre ville du

Texas pleurait et se tordait les doigts. Caridad ne se tourna pas une seconde vers elle, ne lui adressa pas la parole, ne tenta pas de la consoler. Qu'y avait-il à dire ? Chacune sa vie, personne n'y pouvait rien. Autant se laisser porter par le courant sans se débattre. Survivre, c'était tout ce qui lui restait.

• • •

Le pire de tout, c'était qu'elle dormait juste à côté de la cuisine. Et elle n'avait même pas une vraie chambre, mais une espèce de débarras mal réaménagé, avec des murs peints dans un jaune immonde, sûrement dans le but d'égayer la pièce. Des draps râpés et une couette miteuse équipaient le petit lit au-dessus duquel deux fenêtres donnaient sur le jardin, un espace ridiculement petit où se dressait une balançoire rouillée.

Les cinq enfants de la famille Finney étaient pratiquement tous plus jeunes que Caridad. Ils avaient tous les genoux écorchés et de la morve au nez. La jeune fille avait tout de suite été submergée par le niveau sonore, les visages curieux, les sourires à pleines dents et les phrases en anglais prononcées trop fort et répétées en boucle.

« Ravi de te rencontrer ! » « Heureux de t'accueillir parmi nous ! » « Qu'est-ce qui te ferait plaisir ? » « Si tu as besoin de quoi que ce soit, n'hésite pas à nous le demander ! »

Elle aurait dû leur être reconnaissante, elle le savait. Elle aurait dû être contente d'avoir un toit au-dessus de la tête et une chambre à elle, alors que beaucoup de ses camarades avaient été envoyées dans des orphelinats où elles partageaient des dortoirs.

Elle fit donc de son mieux pour se montrer amicale et polie. Et quand Frank, l'aîné de la fratrie, l'aida à défaire sa valise, elle lui sourit gentiment. Au moins, il n'était pas désagréable à regarder, avec ses grands yeux marron et ses belles dents. À table, elle mordit avec enthousiasme dans ce qu'ils appelaient un pain de viande et elle accepta de débarrasser sans rechigner. Elle ne se rebella pas quand on lui demanda de récupérer les restes déjà mâchonnés dans les assiettes pour ne pas gâcher la nourriture et de faire la vaisselle. Même quand elle repensa à Juanita dans son uniforme blanc, elle ne protesta pas.

Comme l'espagnol lui avait été arraché, elle finit par parler anglais et même par penser dans cette nouvelle langue. Elle s'inscrivit au lycée de Healy et, après les cours, la sympathique Mme Morelli l'aidait à rattraper son retard, même si elle était à peine plus âgée que Caridad. Dans le confort de la maison des Morelli, Caridad se retrouvait enfin au calme, seule avec sa professeure. Installée dans la jolie cuisine aux rideaux en vichy jaune, elle conjuguait des verbes et récitait des phrases apprises par cœur.

Selon Caridad, l'anglais était une langue stupide, mais, grâce à la patience de Mme Morelli et aux bavardages incessants des enfants Finney, elle parvint à l'intégrer. Alors, quand Frank l'invita à se promener avec lui, un soir après le dîner, elle répondit « oui » sans réfléchir. Le mot lui vint simplement.

Ils marchèrent dans les rues de Healy, enveloppés par la chaleur poisseuse et suffocante du printemps : rien à voir avec la douceur cubaine et sa brise marine rafraîchissante. Les mains dans le dos, Caridad avançait la tête haute.

– Je suis heureux que tu vives chez nous, Caridad, confia Frank en choisissant soigneusement ses mots.

La jeune fille sentait bien qu'elle le rendait nerveux. Sans savoir pourquoi, cela lui plaisait.

– Appelle-moi Carrie, proposa-t-elle.

C'était le nom que lui donnaient les enseignants au lycée. C'était plus facile à dire et à retenir, plus américain. Ce nom la scindait en deux, préservant la meilleure moitié d'elle — la moitié cubaine — quelque part dans les tréfonds de son esprit.

– D'accord, Carrie, si tu préfères.

Ils échangèrent remarques idiotes et commentaires sans intérêt et, quand Frank l'attira derrière un chêne pour plaquer contre sa bouche des lèvres sèches et impatientes, Caridad ne put s'empêcher de penser à Ricardo, beau et sûr de lui, intelligent et séduisant. Et d'une si bonne famille. Si elle avait eu la chance de l'embrasser, cela ne se serait pas passé de cette façon, précipitée, maladroite et idiote. Mais Ricardo était mort et elle était là. Elle s'appuya donc contre l'arbre et échangea son premier baiser avec un garçon américain. Aussi incroyable et insupportable que ça lui paraissait, c'était sa vraie vie désormais. Il fallait faire avec.

• • •

Les appels de ses parents s'espacèrent encore. Elle recevait des lettres aussi, mais de moins en moins. Sa mère semblait se forcer à écrire des formules toutes faites. Elle lui répétait qu'elle leur manquait et lui parlait de la météo sur l'île. Caridad passait des heures à regarder les photos qu'elle avait emportées, s'attardant sur celles prises dans leur maison, l'après-midi de son *quince*, par le professionnel engagé par ses parents.

La nuit, elle restait assise sur son lit à regarder par la fenêtre, s'imaginant entendre l'océan. Elle rêvait de rentrer chez elle, même si, au plus profond de son être, elle savait qu'elle ne reverrait jamais son pays. Parfois, en pleine nuit, elle prenait sous l'évier un chiffon et du produit à vitres et frottait les fenêtres de sa chambre, se rappelant que Juanita ne laissait jamais la moindre trace. Ce simple mouvement silencieux la calmait.

Elle allait au lycée et étudiait avec Mme Morelli, mais demeurait solitaire. Elle refusait de s'embarrasser d'amis. Le temps passant, se montrer courtoise et sympathique devint de plus en plus difficile. Elle détestait récurer la crasse sur les assiettes des petits Finney. Elle ne supportait plus que Mme Finney lui demande avec le sourire de « donner un coup de main » et de sortir la poubelle ou de nourrir le vieux cabot sans dents que les Finney considéraient comme un membre de leur famille, alors qu'aux yeux de Caridad ce n'était qu'un chien sale et puant. Rien de tout ce qu'elle faisait dans la journée ne lui apportait le réconfort qu'elle trouvait en lavant ses fenêtres.

Elle laissait sa colère et sa rancœur se transformer en une plaie purulente, sans jamais chercher à la panser.

Le week-end, Frank l'emmenait se promener et, dans la voiture, avec la radio toujours allumée, il la pelotait, sans jamais aller trop loin. On aurait dit que Caridad l'émerveillait. Il se montrait toujours trop fougueux. Et elle aimait la sensation de pouvoir qu'il lui procurait, même si elle n'appréciait pas particulièrement le garçon.

– J'adore être avec toi, lui disait-il avant d'enfoncer la langue dans sa bouche.

Dans ces moments-là, Caridad se rappelait les avertissements de sa grand-mère à Cuba, à la fin de sa vie : avant son mariage, une jeune fille se doit de rester pure comme du cristal de Baccarat. Seulement, comme tant de souvenirs de son pays natal, les mots de la vieille dame s'embrouillaient et lui échappaient malgré tous ses efforts pour les retenir.

Un week-end, un an environ après son arrivée aux États-Unis, M. et Mme Finney la convoquèrent dans le salon. Caridad fut surprise d'y trouver le père O'Dell de la paroisse, assis sur le triste canapé vert à l'accoudoir taché et recouvert d'affreux napperons cousus main. Installée à côté de lui, Mme Finney avait les yeux rougis. Dans le fauteuil, M. Finney affichait un air sévère, la bouche pincée en une ligne droite. Les mains posées sur ses genoux, il semblait incapable de trouver une position confortable. Il croisa les doigts, les décroisa et toussa.

Caridad se figea.

– Carrie, viens donc t'asseoir, l'invita Mme Finney en tapotant le coussin à côté d'elle comme quand elle voulait que le cabot rachitique vienne la rejoindre.

Caridad obéit et croisa les chevilles. Elle se rappela la petite *salita* à La Havane, Juanita qui leur servait de la limonade rose et le cendrier en argent en forme de coquillage. Elle aurait tant voulu être là-bas !

Le prêtre prit alors la parole et Mme Finney se mit à pleurer. M. Finney se frottait les mains encore et encore en toussant. Si seulement il avait pu arrêter de tousser !

Il est question d'émeutes à Cuba.

Ils parlaient de son pays comme s'il s'agissait d'un simple nom sur une carte, pas d'un endroit réel.

Carrie, ce que nous devons te dire n'est pas facile à entendre.

Les cigarettes de sa mère et son doux parfum.

Les dernières nouvelles indiquaient qu'il serait arrivé malheur à tes parents.

La valse avec son merveilleux père lors de son *quince* avant que tout dégénère. La douleur sur son visage quand elle l'avait regardé une dernière fois à l'aéroport.

Nous avons reçu la confirmation qu'ils ne sont plus en vie.

Pas morts, remarqua Caridad. Simplement plus en vie. Comme les mots pouvaient être adroits. Même dans une langue aussi stupide que l'anglais.

Ils lui expliquèrent les tensions avec les pro-Batista et les dénonciations entre voisins, mais plus rien ne s'imprimait dans son esprit. Elle était devenue hermétique aux mots.

Caridad recula aussitôt quand Mme Finney tendit la main pour la réconforter.

– C'est arrivé quand ? demanda-t-elle.

Elle aurait voulu pleurer pour ressentir quelque chose, mais en fut incapable.

– Nous avons reçu un rapport il y a environ un mois, mais nous avons attendu d'être certains pour te l'annoncer, déclara le prêtre.

Le souffle court, Caridad dévisagea le vieil homme.

– Vous le saviez ? s'indigna-t-elle, une vague de colère remplaçant enfin sa paralysie émotionnelle. Vous saviez qu'ils étaient sûrement morts et vous ne m'avez rien dit ?

– Carrie, nous voulions en être sûrs, et on ne peut pas toujours se fier aux rapports, se défendit Mme Finney.

– Mais vous aviez entendu parler des émeutes ? Vous connaissiez la situation ?

Quel soulagement d'avoir quelqu'un contre qui diriger sa rage. Elle serra les poings et les enfonça dans le canapé. Comment avaient-ils osé ? Comment ces imbéciles avaient-ils pu la laisser se faire peloter dans la voiture, laver la vaisselle, regarder par la fenêtre en rêvant de son pays natal, alors qu'ils savaient ce qui était arrivé à ses parents depuis des semaines ?

– Vous auriez dû me le dire ! hurla-t-elle.

Elle ne criait pourtant jamais. Sa propre voix lui parut étrange.

– Nous voulions que tu restes heureuse aussi longtemps que possible, se justifia Mme Finney, un sourire stupide placardé sur son visage blême et vide.

Caridad la transperça du regard. Heureuse. Mme Finney pensait qu'elle était heureuse.

M. Finney toussa de nouveau. *Qu'est-ce qu'il fait là ?* se demanda Caridad. C'était le plus pitoyable des trois.

Mme Finney s'était renfoncée dans le canapé comme pour s'éloigner au maximum de la jeune fille. Caridad se délecta de son malaise. Elle aurait dû lui être reconnaissante, elle en était consciente. Elle aurait dû pleurer sur son épaule parce que, en bonne chrétienne, Mme Finney s'était montrée charitable avec elle. Caridad ne lui donnerait pas cette satisfaction.

– Nous devrions peut-être prier, suggéra le père O'Dell.

Seulement parce que sa mère l'aurait souhaité, Caridad pencha la tête et se tut pendant que le prêtre parlait de deuil, de la sagesse de Dieu et d'autres platitudes.

À la fin de son discours, elle rassembla son courage et se leva.

– J'ai besoin d'être seule, leur annonça-t-elle. Laissez-moi tranquille.

Elle traversa la cuisine pour s'enfermer dans sa petite chambre triste. Allongée sur le ventre, l'odeur d'assouplissant bon marché de sa couette lui inondant les narines, elle fut assaillie par des images de Juanita. De draps propres. De l'*agua de violetas*. De la vie sur l'île, la vie qui lui était due et qui lui avait été arrachée.

Et ce ne fut qu'à cet instant que les larmes déferlèrent.

ELENA
CHAPITRE 10

Quand j'ai abordé le sujet pour la première fois, Mamita ne m'a pas crue. Alors ce soir, j'attends qu'elle entame son deuxième rhum-Coca pour retenter ma chance. M. et Mme Callahan veulent que je passe la nuit de samedi chez eux parce qu'ils partent à un dîner de bienfaisance à Houston et en profitent pour s'offrir une escapade en amoureux. J'explique à Mamita que c'est sûrement pour tenter de sauver leur mariage.

– Tu passeras la nuit seule chez eux avec les enfants ? Et s'il se passe quelque chose ?

– Mamita, qu'est-ce qui peut arriver à Point Isabel ? Ils vivent barricadés, là-bas, avec un gardien de jour comme de nuit. Et je serai payée double.

Mamita fronce les sourcils. Mon cœur s'arrête de battre. *Dis oui, dis oui, dis oui. S'il te plaît ! Je ne demanderai plus rien de toute ma vie si tu acceptes.*

– Je ne sais pas…

Elle se lève et part dans la cuisine rafraîchir son verre.

– Je m'en occupe, dis-je en tendant la main.

Elle me repousse et je me retrouve comme une idiote entre le salon et la cuisine tandis qu'elle se prépare un autre cocktail.

– Tu sais, mes parents étaient très riches, mais ils passaient quand même beaucoup de temps avec moi, lance-t-elle, penchée sur la bouteille de rhum.

Glou glou. Cling cling.

– Je n'ai jamais manqué de rien et ils ne m'abandonnaient pas constamment avec le petit personnel. *¡Qué barbaridad!*

Je retiens mon souffle. Quand elle commence à parler de Cuba, c'est généralement que la conversation est close. Elle va refuser. J'étais tellement excitée à l'idée de pouvoir m'échapper de la maison toute une nuit… Mamita referme alors la porte du réfrigérateur un peu trop fort et se tourne vers moi. Elle mélange son cocktail avec son petit doigt avant de le goûter. Quand ses yeux se posent sur moi, ils sont plus durs que du marbre.

– D'accord, tu peux y aller. Sinon, ces pauvres gosses n'auront personne pour veiller sur eux !

N'importe quoi ! Je me garde bien de le lui dire et confirme que sans moi, ces enfants sont perdus. Je promets aussi de l'appeler dès que je les aurai couchés.

– J'espère bien.

Le lendemain, quand Joaquin rentre à la maison, je prépare mes affaires pour la nuit chez les Callahan.

Mamita lit dans sa chambre, son verre sur la table de chevet.

– J'ai un baby-sitting, je ne rentre que demain matin, dis-je à mon frère en ouvrant mon sac de classe pour en sortir les feuilles froissées au fond.

J'aurais bien aimé avoir un sac normal pour ranger mes vêtements et ma brosse à dents, mais tant pis.

– Tu passes la nuit là-bas ? demande Joaquin en s'appuyant contre la porte.

Je tourne la tête vers lui ; est-il furieux, inquiet ou juste surpris ? Je ne saurais le dire, et, malgré mon besoin soudain de le rassurer, je me tais. C'est ma vie. Et mon cœur bat de toutes les possibilités qui s'offrent à moi.

– Oui, les Callahan vont à Houston pour un dîner de charité et…

– Elena, te fatigue pas, Mamita ne t'entend pas, m'interrompt-il.

Je ne réagis pas et fouille dans mon tiroir à sous-vêtements et pyjamas. Ce serait plus simple si je ne sentais pas son regard sur ma nuque.

– Tu peux me laisser faire mon sac ? dis-je sans me retourner.

Ma main s'arrête sur mon soutien-gorge préféré, un rose clair qui s'agrafe devant. Je m'empourpre.

– Je ne bouge pas d'ici ce soir, si tu as besoin de moi. Alors n'hésite pas à appeler.

– J'ai promis de lui téléphoner quand les enfants seront au lit.

Je frôle le tissu et des images envahissent mon esprit, me faisant rougir encore plus. J'aimerais vraiment que mon frère sorte de ma chambre.

– D'accord, lance-t-il.

– Tu peux fermer la porte ? dis-je en espérant qu'il comprendra le message.

J'ose alors jeter un coup d'œil par-dessus mon épaule. Il se ronge l'ongle du pouce, une vieille habitude qu'il a depuis l'enfance et que Mamita a essayé de lui faire passer en lui trempant les doigts dans du vinaigre. Ça n'a pas marché, mais je n'ai jamais su si c'était parce que le goût ne le dérangeait pas ou juste parce qu'il voulait la faire rager.

– Très bien, Votre Altesse, je vais fermer la porte, répond Joaquin en sortant le doigt de sa bouche et en s'inclinant légèrement.

Je ris, contente qu'il parte enfin.

Un quart d'heure plus tard, et cinq minutes avant que M. Callahan vienne me chercher, je passe à côté de la chambre de Mamita, mon sac à dos sur une épaule. Je n'ose pas lui dire au revoir, de peur qu'elle change d'avis à la dernière seconde. Seulement, elle est encore réveillée – je n'entends pas son léger ronflement. Je frappe doucement à sa porte.

– Mamita ?

– Tu pars, *mija* ? Entre une minute.

Quand je passe la tête par l'embrasure de la porte, j'ai la bouche trop sèche pour déglutir. Allongée sur le ventre, dans sa chemise de nuit, Mamita a mis son roman de côté. Un verre à moitié entamé l'attend sur sa table de chevet. Devant elle sont étalées plusieurs photos en noir et blanc, témoignages de sa vie à Cuba. Elle aime bien les regarder de temps en temps, en général après son troisième ou quatrième cocktail. Ses préférées sont celles où elle pose dans sa robe de *quince*. Elle décrit toujours cette soirée magique comme la plus belle de toute son existence.

– M. Callahan ne va pas tarder, dis-je, hésitante.

– Est-ce que je t'ai déjà montré cette photo de ton *abuela* ? me demande Mamita sans tenir compte de ma remarque.

Elle appelle toujours sa mère mon *abuela*, comme si on avait un lien spécial. Comme si on avait passé nos samedis à faire de la pâtisserie et toutes les activités qu'une grand-mère adore partager avec sa petite-fille. Enfin, j'imagine, parce que je n'ai jamais eu de grands-parents, alors je ne peux pas vraiment savoir. En tout cas, je préférerais qu'elle dise « ma mère ». Là, c'est flippant.

Mamita se tourne sur le côté et me tend la photo d'une femme ravissante assise sur un canapé, les chevilles croisées. Chaque fois qu'elle me la montre, j'ai l'espoir égoïste d'avoir hérité de ses pommettes saillantes et de ses grands yeux.

– Elle était très belle, dis-je, pour faire plaisir à Mamita, mais surtout parce que c'est vrai.

– Oh oui, confirme-t-elle. Et contrairement à moi, elle n'est jamais devenue vieille et moche.

Elle passe les doigts dans ses cheveux teints en noir.

– Tu n'es pas moche, Mamita.

Je vérifie l'heure. M. Callahan devrait arriver d'ici deux minutes.

– C'est ça, oui. Merci du compliment, crache-t-elle en m'arrachant le cliché des mains.

– Je t'assure ! C'est sincère…

Plus jeune, Mamita était une très belle femme, mais, les années passant, elle est devenue dure et sèche, son visage traversé de petits vaisseaux sanguins disgracieux.

Après avoir contemplé le cliché encore quelques instants, elle se penche pour attraper son verre et boit deux gorgées.

Encore une minute et je file.

– Ton *abuela* était belle, mais surtout, c'était une grande dame, déclare-t-elle en prenant tout son temps. Elle l'a toujours été. Une dame doit se préserver comme du cristal de Baccarat jusqu'au jour de son mariage, voilà ce qu'elle me disait, et sa mère avant elle.

– Oui, je me souviens que tu me l'as raconté.

– Ah oui ? Tu t'en souviens ?

Bien évidemment. Elle le répète sans arrêt.

– Oui, Mamita. Écoute, il faut que je parte…

– Alors si tu t'en souviens, ne fais pas de bêtises, *mija*. Personne ne respecte les putes.

J'ouvre de grands yeux. Mamita ne jure jamais. D'ailleurs, elle aussi a senti son écart de langage, parce qu'elle grimace comme une petite fille prise en faute.

– Je t'appelle tout à l'heure.

Pas de bisou, pas de câlin : pas de ça chez nous. Je tourne rapidement les talons. Sur le canapé, Joaquin boit une bière en regardant la télé.

– Tu appelles, OK ? dit-il sans lever les yeux.

– Ouais, t'en fais pas.

Et je sors enfin.

• • •

Avec un grand sourire, J.C. m'accueille dans sa voiture au coin d'Esperanza et de la 15e Rue. Il se penche pour m'embrasser, se fichant complètement de bloquer la circulation. Des Klaxon retentissent, mais il ne s'arrête que lorsqu'il en a envie.

– Dis pas bonjour, surtout !

Et je jette mon sac sur la minuscule banquette arrière de sa Coccinelle.

– Bonjour, lâche-t-il en m'adressant un clin d'œil désarmant.

Il est tellement beau… je n'en reviens toujours pas de lui plaire. Avant de redémarrer, il consulte sa montre.

– J'ai juste une petite course à faire et après, je suis à toi toute la nuit.

Toute la nuit… Ces mots me donnent le tournis, mais je suis prête. Il est temps que je grandisse.

Dommage qu'il doive s'arrêter. C'est pour vendre de l'herbe, je le sais. Une partie de moi regrette qu'il ne m'en parle pas, mais il pense sûrement que ça gâcherait l'ambiance romantique entre nous. Pendant qu'il monte deux à deux les marches de la résidence *Surf's Up*, je reste dans la voiture, les vitres remontées pour que la chaleur ne s'engouffre pas à l'intérieur, et je compte jusqu'à cent plusieurs fois afin de m'occuper le cerveau.

Toute la nuit. Je suis à toi toute la nuit.

Il réapparaît alors, son rictus irrésistible sur les lèvres. Le soleil se couche déjà quand on arrive à son appartement.

– Ton coloc n'est pas là ?

– Il est parti à Austin voir ses parents pour le week-end.

Il pose sur le plan de travail la pizza que nous avons achetée chez *Tony's* et se tourne vers moi pour m'embrasser. Ses mains descendent sur mes hanches et il me serre contre lui. Il est si passionné que tout mon corps se ramollit.

– Je suis vraiment content que tu sois là, murmure-t-il quand nous reprenons enfin notre souffle.

– Moi aussi.

Et je ne peux pas m'en empêcher : je me penche vers lui pour reprendre notre baiser. Je l'embrasse comme si c'était notre dernière soirée ensemble, avec fougue et désespoir. Mes doigts se glissent sous son tee-shirt noir et remontent jusqu'à son torse. Sa peau est chaude et douce.

– Waouh ! lâche-t-il en reculant légèrement.

Je ne dis rien, je ne cherche pas à plaisanter. Je n'ai que cette nuit, je dois saisir ma chance. Je l'attire contre moi et il retire son tee-shirt en un mouvement rapide pour le laisser tomber à ses pieds. Je me sens affamée. Sur son cou, ses épaules, je sens le goût de sa crème solaire et du sel.

– Elena, lâche-t-il d'une voix rauque, plus du tout aussi taquine qu'au début. Tu es… sûre ?

Je réponds en le dirigeant vers sa chambre. Il me suit sans un mot et on se retrouve sur son lit défait aux draps dépareillés, à côté de sa table de chevet couverte de cannettes vides et de papier à cigarette. Seul un tableau rompt la monotonie des murs blancs : un coucher de soleil sur une plage bien plus belle que celles de l'île de Mariposa.

– Je suis sûre, dis-je en le regardant droit dans les yeux pour qu'il n'ait aucun doute.

– Pas besoin de se presser, on y va à ton rythme.

Il parle d'une voix suave et rassurante, et je suis tellement heureuse de le faire avec lui, un garçon plus âgé, avec de l'expérience et un appartement. Un garçon qui a l'air de beaucoup tenir à moi.

– D'accord.

Le mot sort dans un murmure et je ne peux rien prononcer d'autre. *C'est en train de m'arriver. De m'arriver vraiment.* Dans un brouillard délicieux, nous nous défaisons de nos vêtements pour explorer nos corps. Mes mains sont hésitantes, les siennes beaucoup plus assurées. J'essaie d'imprimer dans ma mémoire le moindre instant, le moindre son (même celui de l'air conditionné et de la circulation sur Esperanza Boulevard). J'ai besoin de tout archiver dans mon cerveau, de savoir que c'est bien réel.

Et, plus rapidement que je ne m'y attendais, je suis sur le dos, au seuil d'un territoire inconnu dont on ne revient pas.

Je ferme les yeux et je m'abandonne.

• • •

J.C. revient avec la pizza qu'il a récupérée dans la cuisine. Elle est encore chaude. Nus, au milieu de son lit, on mange, on boit de la bière et je glousse dès qu'il m'adresse des regards entendus. On ne parle pas beaucoup, mais ça me va. Je ne suis pas aussi gênée que je l'aurais pensé. Enfin, c'est un peu gênant quand même, mais c'est surtout sympa. Puis je vais dans sa salle de bain, où je m'examine dans le miroir sale de l'armoire à pharmacie.

– Tu viens de faire l'amour, je murmure à mon reflet.

J'éclate de rire si fort que je dois mettre une main sur ma bouche de peur que J.C. pense que j'ai perdu la tête. J'essuie la cuvette crasseuse des toilettes avant de m'asseoir dessus. J'ai un peu mal et un petit filet de sang coule entre mes jambes. J'espère que c'est normal. Même si elle risque de se fâcher que je l'aie fait avec J.C., j'ai hâte d'en parler à Michelle. À moins que je décide de ne rien lui dire…

Je retourne au lit et J.C. arrête de manger pour m'embrasser.

– T'es tellement belle, Elena.

Je lui souris. Si seulement je pouvais me sauver de chez moi pour m'installer dans son appartement miteux. Je le nettoierais bien et on vivrait simplement. On n'a pas besoin de beaucoup, de toute façon, du moment qu'on est ensemble. C'est ridicule, mais je ne peux pas m'empêcher d'en rêver.

Quand on a terminé la pizza, je vérifie l'heure. Ça me fait bizarre de n'avoir que ma montre sur moi.

– Je ferais mieux d'appeler chez moi, dis-je à contrecœur.

Je prends le téléphone sur le lit et compose mon numéro. Pendant que la tonalité sonne, j'entortille le fil autour de mon doigt.

– Allô ?

C'est Joaquin.

– Hello.

Je ferme les yeux afin d'atténuer un peu mon malaise.

– Hello, tout va bien ?

– Oui, super.

J.C. allume une cigarette à côté de moi. J'espère qu'à l'autre bout du fil, Joaquin n'a pas entendu le *clic* du briquet et la profonde inspiration qui a suivi.

– Mamita est là ?

– Oui, attends.

Quand elle s'adresse à moi, elle prend le même ton que quand elle veut s'assurer que je suis bien à la maison en train de faire les corvées demandées.

– Comment ça se passe ? demande-t-elle, autoritaire.

Je l'imagine debout dans la cuisine, un verre à la main.

Et je m'imagine dans la maison luxueuse des Callahan à Point Isabel, assise sur le canapé en cuir blanc du salon avec une cannette de soda.

– Les enfants dorment. J'ai dû les consoler. Ils étaient très malheureux quand leurs parents sont partis. C'est vraiment triste, tu avais raison.

– Je te l'avais bien dit, répond Mamita.

C'est bon, je l'ai dans la poche. Tout ira bien.

– Ils sont censés rentrer demain autour de midi.

J.C. prend une autre bouffée et je me détourne par acquit de conscience.

– Je t'appelle à la première heure.

– Très bien, oui.

– Je vais voir si les petits dorment bien.

– Ils étaient bouleversés, hein ?

Elle est ravie.

– Ils ont pleuré toutes les larmes de leur corps. C'était déchirant.

Mamita claque sa langue, satisfaite. Je raccroche et rends le téléphone à J.C., qui me regarde, amusé.

– C'est l'apocalypse chez les Callahan ? m'interroge-t-il en écrasant son mégot dans le cendrier avant de passer son bras autour de ma taille.

Il est à la fois chaud, enveloppant, doux et fort. Ses doigts effleurent mon nombril.

– Carrément.

Je me laisse aller dans ses bras en frissonnant tandis qu'il m'embrasse la nuque.

– Tu penses qu'elle va finir par le découvrir ?

Je me crispe, étonnée par la question.

– Parfois… je me demande si elle ne le sait pas déjà.

– Quoi ? Qu'ils n'existent même pas ?

Je sursaute. Les deux autres personnes à connaître cette vérité, Michelle et Joaquin, en parlent si rarement que l'entendre prononcer à haute voix me déstabilise. Je suis soulagée que J.C. ne voie pas mon visage à cet instant. Mes yeux sont sûrement plus écarquillés que ceux d'une enfant perdue. J'arrive enfin à articuler une réponse.

– Parfois, je me dis que c'est impossible qu'elle ne le sache pas. Je pense aussi qu'elle aime croire qu'ils sont réels.

J.C. rit doucement dans mon cou et ça m'agace profondément. Ce n'est pas drôle.

J'ai construit les Callahan avec tellement de soin... Je connais les dates d'anniversaire de Jennifer et Matthew et toutes leurs allergies. Je connais tous les recoins de leur maison à Point Isabel, et je l'ai même dessinée une fois dans mon journal intime que je cache dans mon placard. Je sais exactement à quoi ils ressemblent : c'est le portrait craché des cousins de Michelle qui sont venus de Corpus Christi l'été dernier. Ce sont eux sur le Polaroid que j'ai montré à Mamita.

Je sais quel pédiatre ils consultent quand ils sont sur l'île et à quelle sororité Mme Callahan appartenait quand elle était à l'Université du Texas. Je sais que M. Callahan l'a demandée en mariage dans le salon de ses parents à Houston, à côté du sapin de Noël, alors qu'ils étaient seuls dans la pièce. Les yeux de Mme Callahan pétillaient comme les lumières sur l'arbre.

Je sais tout ça parce que je les ai inventés. Et je les ai inventés pour être là aujourd'hui, avec les bras d'un garçon autour de moi et ses lèvres sur ma peau. Pour avoir quelques heures de liberté dans le vrai monde pendant l'été.

Une vie normale.

– Je suis perdu, continue J.C., refusant de passer à autre chose.

Il s'éloigne de moi et s'allonge sur le côté. Je roule sur le dos pour qu'on puisse se regarder. Seulement, je garde les yeux rivés au plafond.

– Si ta mère sait que tu mens, pourquoi elle voudrait croire que les Callahan existent vraiment ?

J'examine les cercles marron qui s'étendent au-dessus de ma tête. Sûrement des traces d'une ancienne fuite d'eau. Je réfléchis un instant à la question de J.C. avant de répondre.

– Parce que les Callahan sont la preuve qu'elle a toujours été une bonne mère. Elle se dit que jamais elle ne laisserait ses enfants à une baby-sitter toute la journée alors qu'ils sont en vacances. Et aussi que même si les Callahan sont riches, ils ne sont pas meilleurs qu'elle.

Je m'interromps une seconde.

– En fait, ça lui plaît qu'ils soient riches. À Cuba, elle est née dans une famille aisée. Elle espère sans doute que ça va déteindre sur moi.

Je continue à fixer les marques. Je n'ai jamais dit ça à personne, même pas à Joaquin.

– C'est un peu barge..., dit J.C.

Il grimace, ennuyé sans doute que je parle dans le vide, comme s'il n'était pas là.

Je finis par me tourner vers lui.

– Ouais, un peu.

Il plisse les yeux et se rassoit.

– Je vais me prendre quelque chose à boire. Je te sers un verre ?

– Avec plaisir.

Il sort du lit. J'aurais voulu qu'il m'embrasse avant, mais bien sûr, il va juste à la cuisine. Rapidement, j'entends les sons familiers d'un cocktail qu'on prépare. Le *gling gling* des glaçons, le *glou glou* de l'alcool, le *clac pschh* de la cannette. Je revois Mamita à côté du réfrigérateur, qui prend sa première gorgée. Et Joaquin dans sa chambre qui écoute un de ses groupes déprimants en examinant la carte de la Californie. Joaquin qui rêve de nous quitter dès qu'il le pourra, même s'il refuse de l'avouer.

Et je me représente même M. et Mme Callahan, plus beaux que des stars de cinéma, plus gentils que n'importe qui. Je les imagine blottis l'un contre l'autre sur leur canapé en cuir blanc, chacun un verre à la main. Ils discutent de Matthew et Jennifer en souriant, attendris par leurs exploits et leurs bêtises sur la plage. Mme Callahan sirote du vin blanc, M. Callahan lui embrasse le cou, exactement comme J.C. avec moi. Il est peut-être même plus doué – après tout, il est plus âgé, il a donc plus d'expérience.

Je me surprends à sourire en pensant à eux, aux Callahan, à la famille que je me suis si minutieusement créée. Si tendrement. Je les imagine en sécurité dans leur maison de Point Isabel, bien rangés comme des figurines dans une maison de poupée, toujours là pour moi quand j'ai besoin d'eux, toujours prêts à m'aider pour que je déploie mes ailes.

JOAQUIN FINNEY

ÎLE DE MARIPOSA, TEXAS

1986

CHAPITRE 11

Amy Mitchell a un goût de menthe et de cigarettes. Elle sent la laque pour cheveux et la vanille, même à l'heure de pointe au *Mirador*, et elle marche avec une grâce féline, ses fesses se balançant de gauche à droite à chacun de ses pas.

Quand Carlos l'a embauchée en mai, je ne pouvais pas m'empêcher de la mater de temps en temps, et je me sentais mal de me comporter ainsi. Je ne suis pas un saint, loin de là, mais je n'aime pas l'idée d'être un mateur non plus.

Avec quelques efforts, j'ai réussi à me contrôler, mais un jour, elle est passée à côté de moi pendant que j'étais au bar et elle s'est retournée au pire moment, comme si elle savait qu'elle me prendrait en flagrant délit. Je me suis rapidement concentré sur les couverts que j'enveloppais dans des serviettes, mais trop tard.

– Regarder, c'est gratuit, mais pour toucher, il va falloir payer, a-t-elle lancé d'une voix amusée, mais si forte que même Miguel, le garçon de cuisine, l'a entendue et a éclaté de rire.

Je n'ai rien répondu et me suis senti rougir. Par la suite, je me suis répété ses mots en boucle un bon milliard de fois. *Regarder, c'est gratuit, mais pour toucher, il va falloir payer.* Et il suffit que je les entende dans ma tête pour être hyper excité.

Peu de temps après, une cassette m'attendait dans mon casier au restaurant. Sur le côté, elle avait écrit « Bisous, Amy », et elle y avait enregistré des chansons de Social Distortion, Black Flag et Really Red.

Amy Mitchell est trop cool.

Je l'ai embrassée pour la première fois une semaine après, quand elle m'a invitée chez elle un après-midi. Ses parents étaient au travail et son petit frère, chez un copain.

Je me l'étais imaginée en punkette agressive, mais, dans sa cuisine, on a préparé tout tranquillement des œufs brouillés en silence. J'ai compris à sa façon de se tordre la bouche et de triturer ses cheveux courts qu'elle devait être nerveuse. Et c'était moi qui la mettais dans cet état ! Ça m'a tout de suite détendu. Elle m'intimidait moins dans son environnement, avec le sol en lino miteux et le frigo vert avocat recouvert des dessins de son petit frère. En plus, elle ne se débrouillait pas très bien pour cuire les œufs, alors j'ai dû prendre les choses en main.

– C'est pas un peu dommage d'avoir à ingurgiter cette bouillie alors qu'on aurait pu avoir du tex-mex gratuit ? a-t-elle demandé en me servant.

– On est des rebelles, je vois que ça, ai-je rétorqué, pince-sans-rire. On n'obéit qu'à nos propres règles.

Amy a ri aux éclats. Ça aussi, ça me fait craquer chez elle. Elle me trouve drôle – et peut-être qu'en sa compagnie, je le suis.

Une fois les œufs avalés, elle m'a demandé si je voulais écouter de la musique dans sa chambre. Assis en tailleur sur son épais tapis bleu, on a passé un peu de Minor Threat et de Circle Jerks, et j'ai écrit une liste de pistes à lui enregistrer. Et pendant que les 7 Seconds chantaient, on s'est soudain regardés dans les yeux. On s'est penchés l'un vers l'autre et je lui ai entouré la nuque de la main pour l'attirer à moi et l'embrasser. Allongés par terre, on a continué un moment.

J'en ai eu des marques rouges dans le dos, mais le moment passé avec Amy Mitchell le valait bien !

Et deux semaines plus tard, c'est toujours vrai. Parfois, quand on se retrouve dans son lit, comme aujourd'hui, je suis encore sidéré de vivre ça, même si je connais désormais sa chambre par cœur – les posters sur les murs, les rangées de vernis à ongles noir sur sa table de chevet et les piles de romans, de carnets et de cassettes qui occupent littéralement tout l'espace.

– Il faut que je rentre, dis-je en roulant sur le dos pour remettre mon jean.

J'ai laissé Elena avec Mamita toute la matinée, prétextant que je devais aider Carlos au restaurant. Je me sens coupable. Amy se redresse, les joues en feu. Elle enfile son tee-shirt. Avec beaucoup d'efforts, je me rassois aussi. Si je ne pars pas maintenant, je ne partirai jamais.

– On se voit après notre service ce soir ? demande-t-elle, revenant avec peine à la réalité.

– Avec plaisir.

Je passe une main dans mes cheveux. Mon corps est encore brûlant de ses caresses. Un bruit nous parvient alors depuis le couloir et on se regarde, affolés.

– Merde, ma mère est rentrée plus tôt, murmure-t-elle, ses grands yeux bleus écarquillés.

– Le placard ?

Mon cœur bat à tout rompre.

– La fenêtre ! me répond-elle en me poussant.

– Amy ! appelle sa mère dans l'entrée.

Totalement paniqués, on arrive tout de même à ouvrir le châssis en aluminium usé et je me précipite dehors pour atterrir sur le dos dans les buissons. Amy sort la tête, hilare à présent. Elle me jette mes chaussures et je m'écarte pour les éviter. Je me relève, lui adresse un grand sourire et époussette mes vêtements. Amy referme la fenêtre. Je respire profondément. On a eu chaud.

Je récupère mon vélo et rentre chez moi, la tête remplie d'elle. Ses lèvres, ses seins, son corps. Son odeur, son rire, ses goûts musicaux, ses livres bizarres. Je me sens si heureux avec elle. Je n'ai jamais été aussi heureux de toute ma vie.

La barre n'est pas très haute, je l'admets. Je ne suis pas envoûté par Amy au point de ne pas en être conscient.

– Fais attention, connard ! hurle un gars derrière moi.

Je tourne brusquement mon guidon pour laisser passer une vieille Dodge qui visiblement n'apprécie pas de partager la route avec des cyclistes. J'adore sentir le vent dans mes cheveux quand je roule. Malgré tout, j'aimerais avoir ma propre voiture. Même une vieille Dodge. Grâce à elle, je pourrais quitter cette foutue chaleur texane.

Assise sur les marches de notre porche, Elena se ronge les ongles.

– N'entre pas, m'avertit-elle, le visage renfrogné.

– Pourquoi ?

Mais je me doute de la réponse. J'examine plus attentivement ma petite sœur. Pieds nus, elle porte un de mes vieux tee-shirts, un rouge et blanc de l'époque où je faisais partie de l'équipe d'athlétisme du lycée. Ça veut sûrement dire qu'elle ne s'apprête pas à sortir avec son crétin de petit ami. Enfin, je l'espère.

– Mamita est déchaînée, grommelle-t-elle en se penchant pour gratter un bouton de moustique sur sa cheville.

Ça doit être grave pour qu'Elena soit dans cet état. Généralement, elle est très douée pour minimiser et passer outre. Pour faire semblant, en fait.

Je couche mon vélo dans notre minuscule cour et m'assois à côté d'elle.

– Qu'est-ce qui s'est passé ?

Je jette un coup d'œil par-dessus mon épaule pour m'assurer que Mamita ne nous espionne pas. On ne sait jamais : elle est tellement petite et fluette qu'on ne l'entend jamais arriver, même quand elle est bourrée. Machinalement, je mâchonne l'ongle de mon pouce.

– Elle est complètement ivre et je n'ai pas bien nettoyé les plinthes, me répond Elena en fixant la rue devant nous. Elle m'a insultée en espagnol et m'a obligée à frotter le même endroit pendant cinq minutes.

– C'est quoi, des plinthes ?

Je rêve d'une bière bien fraîche pour supporter les quarante degrés qu'il fait dehors... Peut-être que je pourrais aller en choper une vite fait sans que Mamita me voie.

– *C'est quoi, des plinthes ?* répète Elena, son regard se voilant aussitôt de colère. Tu vois, c'est exactement ça, le problème. Tu penses que la vie serait plus facile pour moi si j'osais m'exprimer, mais c'est pas toi qui es coincé ici à nettoyer les foutues plinthes ! C'est pas aux garçons de le faire, selon elle ! Toi, tu peux sortir te taper ta petite amie.

– Waouh, Elena, tout doux !

Je n'ai aucune envie qu'on parle d'Amy. Ma relation avec elle, c'est mon espace à moi et je ne veux pas que ma sœur l'envahisse. Mais Elena lève les yeux au ciel, visiblement excédée.

– C'est faux, peut-être ? T'étais pas en train de te la taper ?

– Elena...

– D'accord, abdique-t-elle en posant le menton dans ses mains. En tout cas, c'est pas toi qui nettoies les plinthes.

La fine cicatrice blanche sous sa bouche apparaît entre ses doigts écartés. Je tente de repousser l'effroi mêlé de culpabilité qu'elle m'inspire.

– Tu as raison, dis-je.

Elena ne me regarde pas, mais ses épaules se détendent un peu, alors je continue.

– C'est plus dur pour toi. Je suis désolé.

– On n'a plus qu'à attendre qu'elle s'écroule... Après, j'ai baby-sitting.

Je m'adosse contre les marches. Vu son humeur, j'ai intérêt à prendre des pincettes, mais je ne peux pas me taire non plus. Je m'inquiète pour elle. C'est ma petite sœur.

– Vous allez où ?

Elle hausse les épaules.

– J'en sais rien. Voir un film, sûrement.

– D'accord.

Elle ment, c'est clair. Il ne doit pas l'emmener beaucoup plus loin que le canapé de son appartement minable, avec au mieux un pack de bières. Moi, au moins, avec l'argent que je gagne au *Mirador*, j'invite Amy au cinéma de temps en temps, parce que c'est ce qu'un putain de type bien doit faire. J'aimerais le dire à Elena, mais elle est trop à cran pour m'écouter.

On reste assis dehors un moment encore, sans rien dire. Quand je décide que ça a assez duré, je passe la tête par la porte pour inspecter le salon et la cuisine mal éclairés. L'air est suffocant à l'intérieur, la clim est toujours un peu poussive au plus chaud de l'été. Le *tic tac* de l'horloge de la cuisine est le seul son à couvrir le ronron du réfrigérateur.

Le souffle court, les sens aiguisés, je fais un pas dans l'entrée. Personne sur le canapé. Pas de visage aigri dans le fauteuil. Tel un enfant en pleine chasse aux œufs de Pâques, je récupère les tongs usées d'Elena abandonnées dans un coin de la pièce.

– Elle a dû se traîner jusqu'à sa chambre, dis-je une fois de retour dans le monde des vivants.

Je jette ses sandales à Elena.

– Alors, c'est notre jour de chance, réplique-t-elle en se levant et en s'étirant.

Il nous en faut peu pour nous sentir en veine.

– On va se promener ?

– OK, mais tu m'épargnes tes leçons de vie, répond-elle, sur ses gardes. Je suis pas d'humeur.

– On va juste parler du temps qu'il fait, promis.

On longe plusieurs maisons à différents stades de décrépitude. Quand on était enfants, les fois où Mamita se fâchait contre nous et nous chassait pour ne pas avoir à nous regarder, on faisait plusieurs fois le tour du quartier. On essayait d'estimer le temps qu'il lui faudrait pour se calmer. Une fois, on est revenus trop tôt et on a été accueillis par une chaussure jetée dans notre direction. Depuis, on fait toujours un tour supplémentaire, histoire d'être sûrs.

– Je veux pas te soûler avec une conversation sérieuse, mais tu as besoin d'argent pour ce soir ?

Elena fronce légèrement les sourcils, embarrassée. Elle a honte d'accepter. J'aurais dû lui donner un billet sans demander, comme je le fais d'habitude.

– Si ça ne te dérange pas..., répond-elle doucement.

– D'accord.

J'aurais plus d'économies si je ne filais pas de l'argent à ma sœur tout l'été, mais elle n'a aucun autre moyen d'en gagner, alors je trouve ça normal. Un jour, j'ai entendu Elena expliquer à Mamita que M. Callahan investissait une partie de son salaire de baby-sitting dans un fonds de placement pour payer son école d'infirmière. Ça a beaucoup impressionné notre mère et elle a arrêté de lui poser des questions. Elena n'a pas anticipé les conséquences de ce mensonge, mais ça finira par la rattraper. Et si jamais elle y a pensé, elle a décidé de fermer les yeux, comme sur tant d'autres choses.

Après quelques tours, nous voilà de retour chez nous. Elena me laisse passer devant, comme quand on était enfants.

Je reviens faire mon rapport, en bon petit soldat que je suis.

– Elle est encore K.-O.

Soulagée, Elena me suit à l'intérieur. Dans la cuisine, je lui file un billet de cinq dollars. Elle le plie et, avec un sourire reconnaissant, le range dans sa poche de derrière.

– Si j'en ai pas besoin, je te le rends, promet-elle.

– Garde-le pour plus tard.

• • •

Elena a peut-être inventé son job d'été, mais moi, j'en ai un vrai et je dois y aller. Mamita est toujours écroulée dans son lit et Elena se prépare dans la salle de bain pour son rendez-vous avec son petit ami. Le robinet fuit. Il faudra que je pense à le réparer avant que Mamita me tombe dessus.

Je déteste qu'Elena sorte avec ce crétin de la plage. C'était mieux quand elle n'utilisait les Callahan que pour voir Michelle et aller à des fêtes. Des trucs d'adolescente normale que Mamita lui interdisait. Et maintenant, tout tourne autour de ce J.C. de malheur. Je ne l'ai jamais rencontré, mais je ne l'aime pas.

Sur mon vélo, je pense à Elena et J.C., à Mamita et aux plinthes, à Amy, à la Californie et à l'avenir incertain qui se profile devant moi.

Pressé de me mettre au travail pour m'occuper le cerveau, je pédale plus fort sur Esperanza Boulevard. Je devrais demander plus d'heures à Carlos.

Seulement, ça m'obligerait à laisser Elena seule à la maison avec Mamita plus souvent.

Et si je pars en Californie, elle restera tout le temps seule avec notre mère.

Et je ne verrai plus Amy non plus.

Merde !

Arrivé au restaurant, j'ai une forte envie de bière, mais en entrant, le parfum du *queso*, des *enchiladas verdes* et des tortillas chaudes me calme un peu. Les petites lumières de Noël au-dessus du bar m'accueillent en clignotant. Dans les enceintes, Antonio Aguilar chante de sa voix tremblante qui répond à l'éclat des trompettes.

– Hello, me salue Carlos depuis le comptoir où il prépare un cocktail pour un habitué.

Je lui adresse un geste de la main tout en me dirigeant vers la salle de repos.

– Salut ! lance une voix familière.

Amy.

– Salut.

Je me retourne et je la vois sortir de la cuisine en s'essuyant les mains. Elle se penche vers moi pour déposer un baiser sur ma joue.

– Le coup de flippe cet après-midi ! Heureusement qu'on s'est pas fait prendre, murmure-t-elle dans mon oreille.

La chaleur de son souffle me fait frissonner.

– Carrément. Sauvés par mon agilité !

Elle s'écarte, un magnifique sourire aux lèvres, et on reste un moment à se regarder sans rien dire. Carlos tousse un peu trop bruyamment pour nous ramener sur terre.

– Hé, vous deux ! Au travail !

– D'accord, *Papa*, plaisante Amy en lui adressant un clin d'œil.

Carlos rit. Les clients au bar l'imitent. Et quand j'enfile mon tablier, seul dans la salle de repos, je me rends compte que mon visage se fend d'un sourire si large qu'il me fait presque mal.

CHAPITRE 12

On va encore à la messe, même si Mamita n'est pas particulièrement pratiquante. Parfois, quand ça lui chante, on prie avant le repas. Elle a accroché dans sa chambre un petit tableau de la Vierge Marie, qu'Elena a acheté à une vente de charité de l'église. C'est vraiment notre seule décoration religieuse. Elle ne nous reprend pas si jamais il nous arrive de dire « Bon Dieu ! », mais tous les autres jurons, en tout cas ceux qui ne sortent pas de sa bouche, sont interdits.

Une fois, quand on était petits, je lui ai demandé pourquoi on avait besoin d'aller à l'église.

– J'allais à la messe à Cuba, et je continue maintenant, m'a-t-elle répondu.

Ça ne m'a pas vraiment expliqué pourquoi elle nous l'imposait aussi, mais Mamita est comme ça. C'est son monde et on vit dedans.

Quand on était enfants, on suivait le catéchisme avant la messe. On fouillait dans les pupitres des gamins de l'école catholique pendant que les mamans bénévoles de la paroisse, investies et souriantes, nous préparaient à nos premières confessions et communions. Je me rappelle encore la démangeaison provoquée par le costume râpé en polyester bleu que je portais le jour de la cérémonie. Je frottais mes paumes moites sur mon pantalon en remontant la nef pour recevoir l'hostie – ou, selon le prêtre et les mamans zélées, le corps du Christ lui-même.

– Tu es très beau, avait lancé Mamita en prenant une photo de moi devant la maison.

Elle fait aussi peu de compliments qu'on a de tempêtes de neige au Texas. Celui-ci est imprimé à tout jamais dans mon esprit. Je ne me souviens pas de ce que j'ai fait de la carte avec le billet de cinq dollars qu'elle m'a offerte après l'eucharistie, quand on est allés manger au *Mirador* pour un de nos rares déjeuners au restaurant. Je ne pense pas l'avoir gardée.

Aujourd'hui, j'occupe la même place que le matin de ma première communion, dans la rangée du milieu. Elena était en maternelle à l'époque, et aujourd'hui elle a presque dix-sept ans. Assise à côté de moi, elle feuillette le recueil de cantiques tandis que le père Harrison récite son sermon. Une expression grave sur le visage, Elena me montre un verset dans son livre à la couverture en cuir rouge : « Ô Seigneur ! Pénètre nos âmes. » Un petit plaisantin a ajouté au stylo noir un *d* devant

« âmes ». Nos regards se croisent. Je lève les yeux au ciel en souriant et Elena doit mettre sa main devant sa bouche pour ne pas éclater de rire.

Mamita toussote, contrariée. Ma sœur referme le livre et s'assoit. Le père Harrison parle toujours en agitant ses mains de vieil homme, marque une pause dramatique et nous fixe longuement de ses yeux chassieux.

Quand je pense que ce gars n'a vraisemblablement jamais couché avec personne ! Et ne pourra jamais le faire. C'est le truc qui me tue avec les prêtres. Mon cerveau m'entraîne toujours vers cette zone-là… je n'en suis pas très fier. Je crois qu'ils n'ont même pas le droit de se masturber, c'est vraiment inhumain ! Et du coup, je pense à Amy Mitchell et à son déhanchement hyper sexy. Les yeux fermés, je secoue la tête pour chasser les images qui me viennent. Ce n'est pas le lieu pour m'imaginer en train de faire l'amour avec elle, merde !

Je ne devrais sans doute pas jurer non plus. Même pas dans ma tête.

Le père Harrison termine enfin son homélie. On se lève, on s'agenouille, on s'assoit et on chante. Elena me montre une dernière fois « Ô Seigneur ! Pénètre nos (d)âmes » avant la bénédiction finale pour essayer de me faire rire ; avant de sortir, on trempe nos doigts dans l'eau bénite tiède pour se signer. Mamita me tend les clés de sa Honda.

– Prends le volant.

Elle doit avoir la gueule de bois. Ou elle ne veut simplement pas conduire. Difficile à dire.

– OK.

Je n'ai même pas encore quitté le parking qu'elle commence.

– Vous avez vu comment était habillée cette bonne femme devant nous ? C'était d'un vulgaire !

Comme pendant la messe, je tente de me mettre en veille. Même l'église n'a pas une influence positive sur Mamita. À vrai dire, sur moi non plus.

– Elle portait quoi ? demande Elena, sûrement pour que je ne réagisse pas.

Je décide de ne pas m'en mêler et de laisser notre mère déblatérer sur une jupe trop courte, indécente. Seulement, alors que je tourne sur la 13e Rue, elle s'adresse directement à moi.

– Alors, Joaquin, il paraît que tu vas en Californie ?

Les mains agrippées au volant, je respire profondément pour garder mon calme. Pourvu qu'elle ne me voie pas transpirer ! C'est la règle numéro un, mais je l'enfreins toujours.

– Quoi ?

Ça l'énerve quand je fais semblant de ne pas l'avoir entendue, mais j'adore ça. La faire répéter me donne l'ascendant. Je jette un regard dans le rétroviseur. La tête tournée, Elena contemple la rue, mais son visage est tendu.

– Tu pars en Californie, à ce que j'ai entendu dire.

Je m'arrête à un feu rouge. De la voiture d'à côté, qui a les vitres baissées, s'échappe du *heavy metal* dégueulasse et tonitruant. Je ne réponds rien. Peut-être qu'elle va lâcher l'affaire.

Je rêve ! C'est Elena qui a ce genre de raisonnement, d'habitude.

– Je me disais que tu pourrais informer ta mère d'un tel projet. Ou alors tu pensais t'enfuir dans la nuit, comme un voleur ?

Elena a dû le lui dire. C'est même sûr. Pourquoi ne sait-elle mentir que quand ça la concerne, elle ? Il faut tout de même avouer que Mamita a un don pour nous soutirer des informations.

– Je n'ai aucun projet d'aller en Californie, dis-je en redémarrant dès que le feu passe au vert.

Je suis content de pouvoir au moins me concentrer sur la conduite.

Mamita inspecte un de ses ongles et la tension monte.

– Très bien, lâche-t-elle après une longue pause. Parce que si tu veux retrouver ton père qui vous a abandonnés, ta sœur et toi, c'est totalement idiot. Tu n'as jamais été un bon élève, mais je ne te croyais pas aussi bête.

Sérieux, Elena !

Je me retiens de tout déballer. De lui dire qu'elle nous a toujours tout caché sur notre père. Elle nous a juste expliqué qu'il était parti quand on était petits. Je n'ai pratiquement aucun souvenir de lui, ni son odeur, ni sa voix, rien ! Et elle n'a même pas essayé de le retrouver. Je lui en veux tellement de garder précieusement dans sa chambre les rares photos qu'on a de lui. Ça fait des années que je n'ai plus revu un seul de ces clichés délavés par le temps.

– C'est vraiment une idée idiote, tu ne trouves pas ? insiste-t-elle d'une voix calme, mesurée.

On est presque arrivés. Je jette un nouveau coup d'œil dans le rétroviseur. Elena a l'air triste.

– Je ne sais pas encore ce que je ferai à la fin de l'été. On n'est que mi-juillet.

– Tu devrais suivre mes conseils et t'inscrire à la fac. Ils ont un excellent cursus d'imagerie médicale.

Mamita veut que je devienne radiologue et Elena, infirmière. C'est une obsession chez elle : des professions respectables avec un salaire correct. Elle nous tanne avec ça depuis toujours. En CE1, pour un exposé sur notre futur métier, j'ai préparé un poster débile à propos de radiologie pour lui faire plaisir. Les autres ont choisi footballeur ou archéologue et moi, je me suis retrouvé à parler de rayons X comme si c'était mon rêve.

Je m'engage dans notre allée, les roues de la Honda crissant sur le gravier. À bout de nerfs, je me tourne vers Mamita.

– Ce qui est vraiment une idée idiote, c'est de penser que je sais ce que je vais faire de ma vie alors que je n'ai que dix-huit ans ! Je n'en sais rien du tout.

Mamita hausse les épaules, faussement calme.

– Va retrouver ton père, alors, lâche-t-elle, cherchant les mots qui feront le plus mal. Tu es comme lui. Une déception.

Elle tend la main et je lui donne les clés. Elle claque violemment la portière derrière elle en quittant la voiture.

– Eh merde, grommelle Elena.

– Je te le fais pas dire !

Je me tourne vers elle, furieux. Je sais que c'est dégueulasse de m'en prendre à Elena. Je ne résiste pas mieux qu'elle aux interrogatoires de Mamita, mais j'ai besoin de me défouler sur quelqu'un.

– Tu le lui as dit ? Pourquoi tu lui as parlé de la Californie ?

Elena croise les bras.

– Je n'ai pas envie de me disputer avec toi, Joaquin.

– Tu veux jamais te disputer. Tu veux jamais voir la vérité en face, non plus.

– T'es injuste...

Des petites taches rouges apparaissent sur son visage et son cou.

– T'es vraiment injuste.

– Mais dire à Mamita que je pars en Californie sans me prévenir, c'est juste ?

Elena se penche brusquement en avant, comme un chat enragé.

– Elle nous a entendus quand tu m'en as parlé l'autre soir. J'ai simplement confirmé.

Elle s'écroule ensuite sur la banquette, les larmes aux yeux. C'est vrai qu'elle déteste se disputer avec Mamita ou avec moi. Elle déteste les conflits. À ce rythme-là, elle risque encore d'habiter avec notre mère à vingt-cinq ans. L'idée me désespère.

La Honda est en train de se transformer en étuve. J'ouvre ma portière et Elena, la sienne.

Un moustique curieux s'engouffre à l'intérieur et me tourne autour. Je le chasse, agacé.

– C'est vrai, ça ? Elle nous a entendus ?

Je m'en veux de m'être emporté.

– Oui, répond-elle sans me regarder.

Elle baisse la voix.

– Mais je lui ai dit que tu voulais chercher notre père. Ne te fâche pas contre moi, s'il te plaît.

J'ai l'impression d'avoir devant moi une petite fille apeurée. Elle pose un doigt sur sa cicatrice au menton. Elle ne l'a pas fait exprès, mais mon estomac se tord.

– Je ne suis pas sûr de le retrouver, tu sais.

Elena acquiesce d'un hochement de tête. Il fait une chaleur à crever ici. Vivement la clim dans la maison. Seulement, je ne suis pas impatient d'y entrer et de voir Mamita se servir un verre. Ou peut-être qu'elle est assise sur le canapé à ressasser la conversation et à se préparer pour le deuxième round : les cris, les larmes et les portes qui claquent. Prévisible et épuisant.

– Il vit en Californie, selon toi ?

Je tente de dévier le sujet loin de Mamita et loin de nous. Elena hausse les épaules.

– Peut-être. Qu'est-ce que ça peut faire ?

Je me ronge l'ongle du pouce. Elle a raison. Alors pourquoi je me pose la question ? Pourquoi je m'interroge sur cet homme qui est à l'origine de mon existence, cet homme qui nous a laissés tomber avant même qu'Elena fasse ses premiers pas et moi mes premières phrases ?

– Écoute, je n'ai pris aucune décision pour l'instant.

Elena lève enfin la tête et croise mon regard, reconnaissante.

– J'espère que tu vas rester. Même si c'est pour Amy et pas pour moi.

Je détourne les yeux, gêné.

– Si je reste, ce sera pour moi, OK ?

Je sors de la Honda pour m'étirer et prendre un peu l'air.

– D'accord, réplique Elena en me suivant dehors et en refermant sa portière. Je suis désolée d'avoir parlé de Papa à Mamita.

Marrant comme elle dit ça. Papa. Est-ce qu'il mérite vraiment ce titre ? Je m'abstiens de le lui faire remarquer.

– J'ai pas envie de rentrer, lâche Elena en regardant vers la maison.

– Je me ferais bien une petite bière.

– Joaquin, c'est à peine l'heure du déjeuner.

– J'ai pas le droit à une bière avec mon déjeuner ?

Elena rit comme une petite fille. On est réconciliés. Je pense.

– Viens, on marche jusqu'au magasin, lui dis-je. Ça te va si je me prends un soda, au moins ?

– Oui, ça me va, répond-elle en jetant un coup d'œil désabusé vers notre petite maison en bois.

On se met en route sans un mot. On ne marche même pas vraiment côte à côte. Je suis légèrement devant Elena, mes pieds avançant machinalement sur le rebord du trottoir craquelé.

– Tu m'offres un Snickers ?

– Tu peux pas te le payer toi-même avec l'argent de tes baby-sittings ? dis-je pour la taquiner, sans me tourner vers elle.

– Très drôle, réplique-t-elle, agacée.

Le petit coup qu'elle me donne dans l'épaule prouve que je ne l'ai pas vexée.

– Je dois au moins avoir de quoi t'en offrir un, *hermanita*.

Elle déteste ce surnom.

– Juste un seul, c'est tout ce que je te demande, insiste-t-elle en me passant devant, plus légère qu'une gazelle.

Sa queue de cheval se balance au rythme de ses pas. Elle a l'air tellement insouciante en cet instant.

Comme si personne, de toute sa vie, ne l'avait jamais laissée tomber.

CARRIE

TEXAS

1967

Elle avait accepté de l'épouser à la seule condition qu'il l'emmène loin de Healy. Elle voulait qu'ils s'installent dans une ville où elle pourrait sentir l'air de la mer. Même les eaux ternes du golfe du Mexique lui iraient, du moment qu'ils quittaient cette ville paumée entourée de rien. Le Noël suivant l'assassinat de Kennedy, elle avait presque accueilli la demande en mariage de Frank avec reconnaissance. Il s'était mis à genoux dans le parc municipal pour sortir maladroitement de sa poche une bague de fiançailles. Une nouvelle vague l'emportait, mais, cette fois, en imposant ses conditions, Carrie avait eu l'impression de prendre un peu le contrôle du courant.

Elle avait terminé le lycée et travaillait au guichet d'une banque. Elle dormait toujours dans sa chambre jaune et attendait que Frank rentre, le week-end, de l'université de Houston, où il n'étudiait rien de particulièrement utile ou intéressant. Les Finney faisaient désormais payer un loyer à Carrie. À contrecœur, elle leur versait une partie de son salaire, même si elle savait que c'était tout à fait normal. Quand Frank l'avait demandée en mariage, le changement qu'elle attendait tant était enfin arrivé.

– Et si on se mariait sur-le-champ ? avait-il proposé. Je t'emmènerai où tu voudras.

Elle était consciente de l'effet qu'elle exerçait sur lui. Elle lui faisait tourner la tête au point qu'il en devenait complètement idiot. Il ne voyait même pas qu'elle le trouvait toujours pitoyable et empoté, avec ses membres trop longs et trop maigres et ses cheveux en bataille. Son visage n'était pas si mal, ça, elle le lui concédait, et, avec les années, il avait appris à mieux embrasser. Elle y prenait même parfois du plaisir.

– Quand pourrons-nous quitter Healy ? l'avait interrogé Carrie, heureuse de sentir la bague sur son doigt. Je veux vivre au bord de l'océan.

Tout d'abord, il avait fallu organiser les noces. Les Finney avaient assisté avec des sourires crispés à la cérémonie, dont les invités se limitaient au père O'Dell et à la famille. Ils avaient compris depuis longtemps que la petite Cubaine se trouvait trop bien pour eux et ils regrettaient amèrement de l'avoir hébergée. Et maintenant, comble de malheur, elle leur volait leur fils en lui empoisonnant l'esprit. Elle lui fit arrêter ses études et ils s'installèrent sur l'île de Mariposa, où ils dépensèrent bien trop d'argent pour meubler leur petit nid d'amour.

Carrie se fichait que Frank ait dû s'endetter et elle se fichait plus encore de l'opinion de ses parents. Elle était heureuse, autant qu'elle pouvait l'être, et sûrement plus qu'elle ne l'avait jamais été depuis son départ de Cuba. C'était grâce à Frank, qui lui avait offert un endroit où elle pouvait enfin se retrouver chez elle. Tout lui paraissait nouveau et possible. Le matin, il partait vendre des matelas dans une boutique en ville et elle nettoyait l'appartement jusqu'à le faire briller du sol au plafond. Elle pliait et repliait le linge en carrés parfaits et alignait soigneusement les boîtes de conserve et les plats surgelés. Elle n'était plus Caridad de la Guardia, mais Carrie Finney. Au début, elle avait accepté volontiers d'échanger son nom exotique et haut en couleur contre un autre d'une banalité à pleurer et qui écorchait la langue. Surtout le jour où elle avait posé ses pieds nus sur le sable pour marcher jusqu'à l'océan. Les premiers temps, elle avait réussi à ne pas comparer les plages de l'île de Mariposa avec celles de son pays natal ; elle aimait se dire qu'elle touchait la même eau que celle dans laquelle elle avait pataugé avec son *abuela*, enfant, à Miramar.

Pendant une courte période, tout avait été merveilleux.

Seulement, l'ennui avait pris le dessus. D'autres jeunes épouses se réunissaient dans la cour de leur immeuble l'après-midi, pour discuter et fumer ensemble pendant que leurs maris étaient au travail. Mais Caridad les trouvait inintéressantes et préférait les ignorer. Certaines venaient à peine de se marier et pourtant, déjà, elles se négligeaient. Elles avaient pris du poids, ne se coiffaient pas, s'habillaient mal. Carrie les évitait pour ne pas devenir débraillée comme elles, mais le temps lui paraissait long jusqu'au soir. Et si elle se laissait aller à réfléchir, ses pensées la ramenaient toujours à Cuba. Elle revoyait ses parents, Juanita, son horrible *quince*. Même si les images devenaient de plus en plus floues, elle n'en voulait pas dans son esprit.

À Healy, les Finney l'avaient autorisée à boire un verre de vin au dîner les soirs de fête, et la sensation de douce chaleur que l'alcool procurait lui avait tout de suite plu. Rapidement, elle se mit à acheter du merlot bon marché pour se verser plusieurs verres devant la télévision en noir et blanc qu'ils n'avaient pas encore fini de payer. Légèrement éméchée, elle avait l'impression que l'attente était plus intéressante, ou moins insupportable. Quand Frank rentrait du travail, il l'entraînait directement au lit. Un ou deux verres de vin lui rendaient l'acte presque plaisant, parfois.

Elle n'était pas tombée enceinte tout de suite. Devant Frank, elle se montrait inquiète, mais, secrètement, elle n'était pas pressée de devenir mère. Lui, au contraire, ne parlait que d'avoir un fils, qu'il appellerait Frank Junior.

– Peut-être que quand on aura des enfants et qu'ils auront un peu grandi, on pourra retourner à Healy. Pour être proches de mes parents et aller avec eux à l'église Saint-Martin le dimanche matin. Pour que les petits grandissent à côté de leurs cousins.

Il avait dit tout ça un soir après l'amour, la tête remplie de l'avenir qu'il espérait pour eux.

– Peut-être, avait répondu Carrie en fixant le plafond, inquiète de ce qui pouvait être en train de se passer dans son corps.

Au fil des années, l'idée d'avoir un bébé devenait de plus en plus absurde. Tout d'abord, parce que Carrie et Frank n'étaient pas compatibles. Une fois la nouveauté de leur mariage derrière eux, ils se rendirent compte qu'ils n'avaient pas grand-chose en commun. Frank avait toujours le nez fourré dans les journaux ou devant les informations à la télévision. Il voulait connaître l'opinion de Carrie sur la situation au Vietnam. Elle détestait décortiquer les nouvelles, ça la déprimait. Et ils ne riaient pas des mêmes choses. Ils n'aimaient pas les mêmes films, ne lisaient pas les mêmes livres. Le temps passant, la nervosité et la maladresse de Frank en présence de Carrie avaient disparu, et, avec elles, le peu de charme qu'elle lui trouvait. Elle avait perdu son pouvoir sur lui.

Et de toute façon, ils ne pouvaient pas se permettre d'avoir un enfant. Ils devaient de l'argent au magasin de meubles, à l'épicier, à leur propriétaire. Frank se mit à reprocher à Carrie de s'acheter trop de vêtements et de babioles pour la maison. Elle aurait pu se défendre en lui expliquant qu'elle essayait de leur créer un foyer chaleureux, mais c'était un mensonge, et elle le savait. Elle voulait juste être heureuse, ou plutôt supporter sa situation. Elle étouffait dans cet appartement. La peinture bon marché aux murs commençait à s'écailler ; dans l'immeuble, les nouveau-nés grandissaient et, bientôt, les femmes se mirent à passer leurs après-midis dans la cour à fumer et à hurler sur leur progéniture, dont les pleurs et les cris remontaient jusqu'aux fenêtres impossibles à laver de son logement du deuxième étage. Carrie remplaça le vin par du rhum, en partie parce que le rhum lui rappelait Cuba, mais aussi parce qu'il ne lui tachait pas les dents.

Durant l'été 1967, le fameux « *Summer of Love* », alors que tant de jeunes couples rejetaient les conventions auxquelles Frank et Carrie essayaient tant bien que mal de se raccrocher, Carrie n'eut pas ses règles pour le deuxième mois consécutif, et elle comprit. Elle sut avant même la confirmation du médecin rayonnant. Sur la route du retour, les yeux rivés sur la vitre sale du bus, elle se demanda ce que ses parents auraient pensé. Et Juanita. Ils ne l'avaient jamais connue adulte, bien sûr. Ils auraient sûrement été scandalisés d'apprendre sa grossesse, du moins avant de savoir qu'elle était une jeune femme mariée à présent. Une bonne épouse américaine, avec des plateaux-repas au congélateur et pas un flacon d'*agua de violetas* pour adolescente dans les placards.

Ce soir-là, Carrie tenta de donner une ambiance festive à l'appartement et prépara un poulet pour le repas. Quand, en rougissant, elle lui annonça la nouvelle, fou de joie, Frank la serra si fort dans ses bras qu'elle se sentit presque coupable de ne pas vraiment désirer cette grossesse. En pleine nuit, elle sortit sur le balcon qui surplombait la cour minable de l'immeuble et fut prise de panique. Son cœur s'emballa, sa gorge se serra.

Elle inspira dans l'espoir que le parfum de l'océan la calmerait, même si le golfe n'était qu'un lamentable substitut. Les mains agrippées sur la rambarde, battant des paupières dans l'obscurité, elle attendit que l'angoisse passe, remplacée par une profonde tristesse. Quelque part dans le monde se trouvait sa vraie vie, celle qu'elle aurait dû mener, mais les flots l'avaient poussée trop loin et désormais, Carrie se noyait.

JOAQUIN
CHAPITRE 13

Une cannette de Milwaukee's Best à la main, Amy m'ouvre avec un grand sourire.

– Hello !

On s'embrasse sur le seuil de la porte. Son baume à lèvres a un goût de cerise. Quand on se sépare enfin, elle m'entraîne dans la cuisine.

– Mon père vient d'en acheter un carton entier, annonce-t-elle en sortant une bière du réfrigérateur. Il ne remarquera rien s'il en manque quelques-unes.

– Merci.

Appuyée sur le plan de travail, Amy prend une longue gorgée et renverse quelques gouttes sur son tee-shirt noir. Elle s'essuie le menton, amusée.

– Je crois que j'ai un problème de boisson, lance-t-elle, et elle éclate de rire.

– Tu es sûre qu'on a la maison pour nous ?

Je n'ai aucune envie de sauter de nouveau par la fenêtre.

– Oui, mes parents sont partis avec mon petit frère rendre visite à mes grands-parents à Houston. Ils dorment là-bas. Je leur ai dit que j'étais pas en forme. Je suis la pire petite-fille du monde, hein ?

– Oui, mais la meilleure petite amie.

Oups ! C'est la première fois que j'appelle Amy ma petite amie.

– Viens là, gros naze.

Après un autre baiser, on part s'écrouler sur le canapé usé du salon. On se pelote un moment, avant de reprendre d'autres bières. Amy allume la télé sur MTV et un groupe de rock aux cheveux longs apparaît.

– Quelle merde ! commente Amy.

– C'est clair.

Le chanteur grogne en agitant ses hanches vêtues de lycra.

– Ils valent combien, à ton avis, ces gars-là ?

– Des millions, répond Amy en levant les yeux au ciel.

– Et si on se faisait un concert à Houston ?

Les musiciens se déplacent rarement jusqu'à l'île de Mariposa, et on n'a pas beaucoup de groupes de punk, ici. Je nous imagine tous les deux sur l'autoroute, la musique à fond.

– Ce serait cool, confirme Amy. On devrait essayer avant la fin de l'été ! Quand les cours vont reprendre, j'aurai plus le droit de sortir.

– Ouais, les cours...

Mon estomac se noue. Je déteste penser à la fin août, à la rentrée et à mon avenir nébuleux.

– Tu t'en fiches, toi, réplique Amy en cognant mon genou avec le sien et en se glissant un peu plus près de moi. Tu ne retournes pas au lycée.

– Ouais. Mais au moins, si j'y retournais, je n'aurais pas à prendre des décisions pour mon futur...

Amy se blottit contre moi, m'entourant la taille de son bras. Elle pose la tête sur mon torse. C'est tellement bon de la sentir près de moi, j'en ai la chair de poule. À la télé, le groupe de chevelus a laissé la place à un autre groupe de chevelus.

– Et... tu envisages toujours d'aller en Californie ? demande-t-elle, hésitante, en regardant l'écran.

– Peut-être...

Je lui embrasse le haut du crâne.

– J'ai pas envie d'y penser.

J'ai juste envie d'être avec Amy. J'ai envie que sa maison soit mon refuge et qu'elle me fasse oublier tout le reste : Mamita, Elena, et tout ce qui n'est pas elle. Mais elle insiste.

– Tiens bon encore une année, et après, on pourra aller ensemble à Austin. On s'inscrira à l'université là-bas.

– Peut-être, oui.

Je ne sais pas si je dis ça pour lui faire plaisir ou si je crois vraiment que c'est une bonne idée.

Amy voudrait étudier l'anglais à l'Université du Texas, pour ensuite s'installer à New York et devenir romancière. Elle a tout planifié et je suis sûr qu'elle va réussir.

Je tente de me représenter une autre année sur l'île de Mariposa, à travailler au *Mirador*, à attendre qu'Amy termine le lycée pour ensuite la suivre à Austin. Pourquoi pas ? Je me vois l'annoncer à Mamita. Et à Elena. Est-ce qu'elles préféreront ça à la Californie ? Elena sera sans doute contente que je reste encore un an. Un an de plus à supporter Mamita qui boude et qui cherche les conflits, un an de plus à me disputer avec elle chaque fois qu'elle ne s'est pas écroulée sur son lit après un verre de trop. Et Elena. Comment va-t-elle pouvoir continuer à sortir avec J.C. à la rentrée, quand sa famille imaginaire aura quitté la ville ?

Je siffle ma bière. J'en veux déjà une autre, mais le clip se termine et Amy se lève.

– On va dans ma chambre ? propose-t-elle.

– Ouais.

• • •

Et dire qu'il y a quelques mois, Amy me rendait incroyablement nerveux ! Jusqu'à ce qu'elle m'invite chez elle. C'est dingue. Bien sûr, ça me fait toujours de l'effet d'être avec elle, parce qu'elle est sexy, drôle et intelligente, mais désormais, je me sens super à l'aise en sa compagnie. Je me sens bien. On parle de musique et de ciné, parfois de livres. Je lui ai raconté deux, trois trucs sur ma famille, même si je préfère garder ça pour moi. Je ne sais pas pourquoi. Sûrement parce que c'est gênant. La dernière fois que je l'ai vue, je lui ai raconté le mensonge de ma petite sœur sur les Callahan, en lui faisant promettre de garder ça pour elle. Elle a eu l'air impressionnée par Elena, mais, en même temps, ça se voyait qu'elle trouvait cette histoire bizarre – « semi-tragique », comme elle l'a appelée. Heureusement, ça ne l'a pas fait trop flipper et elle a continué à vouloir sortir avec moi.

Ce soir, assis sur son tapis bleu, on évite les sujets pesants.

– Et ça ? demande-t-elle en me montrant une cassette.

Elle les range toutes dans une boîte à chaussures par ordre alphabétique. Sa chaîne hi-fi trône sur un petit tabouret, alors on se retrouve toujours par terre, comme si on était au coin du feu.

– C'est super !

Elle l'insère dans l'appareil et appuie sur « Play ».

On fait des commentaires sur sa collection de cassettes en se demandant quels groupes vont venir jouer à Houston. Quand je découvre la bande-son de *Grease*, je ne peux pas m'empêcher de la brandir devant son visage avec un air accusateur.

– Pense ce que tu veux, rétorque-t-elle sur un ton faussement en colère. John Travolta est canon dans ce film. Et j'étais au collège quand je l'ai achetée.

– Sérieux ! Travolta m'arrive pas à la cheville.

Amy éclate de rire et me pousse gentiment. Je m'écroule sur le dos en l'attirant dans ma chute. C'est ce qu'on voulait depuis le début. Je frissonne d'envie.

– Hé, baby, embrasse-moi comme Danny Zuko, dit-elle en prenant une voix grave de femme fatale de cinéma.

– Je vais faire mieux encore.

Je me glisse au-dessus d'elle, m'inquiétant vaguement de ne pas embrasser aussi bien que les personnages de fiction de ses fantasmes d'adolescence. Elle cherche ma bouche avec fougue et se déhanche sous moi au point de me rendre dingue. Au bout d'un moment, elle m'entraîne dans son lit.

Sans un mot, on se glisse sous les couvertures comme dans un cocon douillet. Amy tend une main pour fermer le store. Plus aucun rayon de soleil ne filtre dans la pièce. J'entends d'abord les voitures dans la rue, mais, rapidement, mes oreilles ne perçoivent plus rien que nos gémissements et le frottement de nos corps sur le matelas. On se déshabille sans réfléchir. On glousse un peu en retirant nos jeans.

La première fois qu'on a fait l'amour, il y a quelques semaines, j'ai trouvé le courage de chuchoter à Amy que je ne l'avais jamais fait. Elle, si. Elle est sortie avec Nico Ricci pendant toute l'année. Elle a juste dit « t'inquiète pas ». Et elle m'a guidé sans jamais me donner l'impression que je ne savais pas ce que je faisais, même si c'était le cas. J'ai fini par mettre de côté mon embarras et ma nervosité pour profiter de chaque instant dans les bras d'Amy Mitchell.

Je l'embrasse encore. Mon cœur bat la chamade, mon corps brûle pour elle. Je suis bien conscient que je ne suis pas devenu un expert, mais j'espère être meilleur que ce Nico Ricci.

– T'en as envie ? dis-je tout bas en taquinant son cou.

– Oui, et toi ?

Carrément.

– Carrément.

Amy rit. Moi aussi. Les yeux fermés, je respire son odeur.

– Hé ! lâche-t-elle. Attends une seconde.

Je la regarde sortir du lit dans sa petite culotte en dentelle rose pâle. Ce n'est pas le genre de sous-vêtements que j'aurais imaginé sur elle, mais quelle importance ? Ses fesses y sont parfaitement dessinées. Elle insère une cassette dans sa chaîne. Je reconnais directement les premières notes.

– C'est *Psychocandy* ?

Le premier album de The Jesus and Mary Chain. Un de mes groupes favoris, Amy le sait.

– Oui, répond-elle, ravie de ma réaction. Je me suis dit que ça mettrait une bonne ambiance.

Je lui offre mon plus beau sourire.

– Et t'as eu raison.

Cette fille !

La première chanson est vraiment démente. La voix de Jim Reid est extra cool. J'embrasse Amy, j'ai tellement envie d'elle.

Et après, quand on reprend notre souffle, allongés sur le côté à se contempler en souriant et en s'embrassant encore et encore, je me demande comment j'ai pu penser partir en Californie.

• • •

On somnole un moment, soulagés de savoir que personne ne viendra nous interrompre. Amy finit par se rasseoir et se frotte le visage en bâillant.

– Tu dois bientôt partir ? Je t'en prie, dis non.

Je repense à ce qui m'attend à la maison, ce soir. Mamita m'ignore depuis notre dispute dans la voiture la semaine dernière. Tout à l'heure, après plusieurs verres pendant le dîner où on n'a pratiquement pas échangé un mot, elle est partie dans sa chambre et elle y était encore quand j'ai laissé un message sur le frigo pour la prévenir que je rentrerais tard de mon service au *Mirador*. Elena s'est moquée de moi en disant qu'elle n'était pas la seule à s'inventer un boulot. Comme elle devait retrouver J.C., je lui ai encore filé cinq dollars et je lui ai rappelé au moins trois fois d'être prudente. Ensuite, j'ai pris la voiture pour aller chez Amy.

– Pas tout de suite, dis-je en consultant le radio-réveil.

Il est presque dix heures. Je me demande si je ne pourrais pas rester toute la nuit. Ses parents ne reviendront pas. Elena a bien découché une fois. Si je reviens assez tôt le matin, peut-être même que Mamita ne s'apercevra de rien.

– Je nous rapporte des bières, propose Amy en sortant du lit.

Elle enfile sa culotte et un tee-shirt. Je la regarde partir et me rallonge, les bras croisés derrière la tête, m'imaginant dans son lit jusqu'au lever du soleil.

Le téléphone sonne, Amy décroche dans la cuisine. Je n'entends pas ce qu'elle dit. J'imagine que ses parents appellent pour savoir si tout va bien.

– Joaquin, viens vite !

Je me dis tout de suite que Mamita a découvert le pot aux roses. Mais comment serait-ce possible ? Même si Elena a parlé d'Amy, et je doute qu'elle l'ait fait, elle ne connaît ni son nom de famille ni son numéro de téléphone. Alors qui est à l'autre bout du fil ?

Je me dépêche de remettre mon caleçon et mon jean et je fonce torse nu dans la cuisine. L'air grave, Amy me tend le combiné.

– C'est qui ?

Mais je n'attends pas qu'elle me réponde pour coller l'appareil contre mon oreille.

– Oui, allô ?

– Joaquin, c'est Miguel. Du travail.

Bien sûr, le garçon de cuisine. Il se présente comme si je pouvais l'avoir oublié alors qu'on travaille ensemble depuis deux ans déjà. Ce gars est presque touchant.

– Salut, Miguel. Qu'est-ce qu'il y a ?

En fond sonore, des voitures roulent et klaxonnent, et des gens crient. Il appelle de dehors.

– Euh, c'est un peu gênant, commence-t-il.

Une pause. Du bruit derrière lui. Mon malaise monte. Je sens mon cœur s'emballer.

– T'es où ?

Je parle un peu plus fort pour être sûr qu'il m'entende. Amy est tout près de moi, les sourcils froncés. « Qu'est-ce qui se passe ? » demande-t-elle tout bas. Je hausse les épaules. *Aucune idée.*

– Dans une cabine à côté de la 34e Rue, répond Miguel lentement.

Il choisit ses mots avec soin.

– J'ai essayé d'appeler chez toi, mais personne n'a répondu. Alors j'ai pensé à Amy. Carlos m'a donné son numéro.

– Miguel, qu'est-ce qui se passe ?

Il m'agace et m'inquiète.

– Il y a une fête sur la plage, et ta sœur…

J'agrippe le combiné à pleine main. Je tourne le dos à Amy et m'éloigne autant que le fil me le permet, c'est-à-dire pratiquement pas.

– Miguel, elle va bien ?

– Ouais. Enfin… je pense. Elle n'est pas blessée ou quoi, hein. C'est juste que… elle est avec ce type. Je me fais du souci pour elle. C'est difficile à expliquer… L'alcool coule à flot, et… d'autres choses, aussi…

Je veux des détails, mais je ne veux pas perdre de temps.

– J'arrive. Garde un œil sur elle, OK ? Si tu peux…

– Oui, bien sûr.

Je raccroche sans lui dire au revoir. *Garde un œil sur elle.* Quelle idée débile. Je me précipite vers la chambre d'Amy. En cherchant mon tee-shirt et mes chaussures, je lui raconte la conversation. Je contemple un instant le lit avec ses draps défaits et ses oreillers écrasés, incapable de croire que seulement quelques minutes plus tôt, on était dans notre monde, heureux et comblés.

Maintenant, je dois m'occuper d'Elena.

– Je viens avec toi, lance Amy en s'habillant à la hâte.

J'ai envie de lui dire non, de la préserver de ma famille de barges. J'ai honte de penser comme ça, mais c'est la vérité.

– T'es pas obligée, dis-je sans conviction, parce que je sens que je vais avoir besoin d'elle.

– Laisse-moi venir, insiste-t-elle sans me laisser le choix.

Elle a déjà mis ses sandales.

– Allons-y ! lance-t-elle.

On fonce vers la voiture. Dehors, il fait noir et lourd, mais je n'ai pas le temps de m'en préoccuper. On roule déjà sur Esperanza Boulevard, vers ma petite sœur et ses ennuis.

CHAPITRE 14

À peine garés, on fonce vers la plage. La fête bat son plein à côté d'une des jetées en pierre qui s'avancent vers la baie. Il doit y avoir au moins cent lycéens bruyants et éméchés accompagnés de leurs radiocassettes et de leurs packs de bières. Étonnant que les flics n'aient pas encore débarqué, mais c'est sûrement parce qu'on est loin des résidences de vacances les plus luxueuses. Dans ce quartier, on trouve surtout des habitants de la ville.

– C'est pas la crème de la crème, on dirait, commente Amy alors qu'on s'approche.

L'odeur de l'herbe se mêle à celle du tabac. Les néons du parking projettent une lumière irréelle sur les fêtards. Un peu à l'écart des autres, un gars écrase une cannette sur son front et les abrutis autour de lui l'applaudissent et l'acclament.

– Tu vois Miguel ? Ou ma sœur ?

Je n'arrive à distinguer personne dans cette foule compacte.

– Là-bas, répond Amy.

Miguel accourt vers nous. Il a l'air plus jeune que les autres et absolument pas à sa place.

– Elle est à côté de la jetée, lance-t-il tout de suite en montrant les rochers noirs qui dominent les eaux calmes. Avec son copain.

Son visage se voile d'aigreur.

– Michelle est là ?

– Elle est partie pour le week-end, je pense. Je ne l'ai pas vue dans le coin.

Il y a trop de monde, je n'arrive toujours pas à apercevoir Elena. Amy retire ses sandales pour pouvoir avancer plus vite sur le sable. Sans prendre le temps d'enlever mes chaussures, je me précipite vers l'endroit que Miguel nous a indiqué. Je bouscule des filles aux cheveux longs et des types que je reconnais vaguement des couloirs du lycée. Moi aussi, j'allais à ce genre de rassemblements de dégénérés, avant. Jusqu'au printemps. Maintenant, ça me paraît complètement débile.

Je repère enfin Elena, dans un short en jean et un haut de bikini rose fluo. Où est-ce qu'elle a trouvé ça ? Elle tient une cigarette dans une main, une cannette dans l'autre. Pieds nus, en équilibre instable sur les rochers au bord de la jetée, elle fixe l'eau. Quelques autres gamins boivent et fument, assis à côté d'elle.

– Elena ?

Je ne suis plus qu'à quelques mètres d'elle, Amy et Miguel sur mes talons.

– Elena ?

Elle se tourne et me regarde en plissant les yeux.

– *Hermano !*

Elle se fend d'un sourire tellement large que ses gencives apparaissent.

– Salut, dis-je, troublé.

– *Hermano*, tu as déjà observé l'océan ?

Elle jette sa cigarette et pose sa bière à ses pieds. Quand elle se redresse, elle croise les mains sous son menton en signe de prière et contemple le golfe du Mexique comme s'il s'agissait d'une apparition. D'un miracle.

– Je veux dire, est-ce que tu as *vraiment* pris la peine de te concentrer sur cette eau ? me demande-t-elle, articulant chaque mot soigneusement. Elle est fascinante.

Elle m'adresse un nouveau sourire dentifrice.

– Oui, ça m'est arrivé. Et si tu descendais ?

Je cherche des yeux ce connard de J.C., mais je ne sais pas à quoi il ressemble. Tous les demeurés ici sont bien du genre à sortir avec des filles plus jeunes. Ça pourrait être n'importe lequel d'entre eux.

– Je peux pas, répond-elle d'une voix traînante. Je suis avec l'océan ce soir.

Elle s'agenouille pour caresser les pierres noires.

– Je fais corps avec les rochers, aussi.

Sa main s'attarde sur la surface rugueuse. Elle est totalement hypnotisée. Deux gars rient tout bas. Un autre lève les yeux au ciel.

– Elle est défoncée, me lance Amy doucement. À l'acide, je te parie.

Elena lève alors brusquement la tête vers Amy et moi.

– Hé ! lâche-t-elle d'une voix surexcitée. C'est *Bisous, Amy* ? Mais oui, c'est bien toi ! C'est Bisous Amy !

Presque euphorique, elle se dirige vers nous, mais ses jambes flageolent et elle glisse.

– Elena, attention !

Je m'élance vers elle. Hilare, elle m'attrape la main en tentant de retrouver son équilibre.

– Allez, viens.

Je panique. Il faut que je reste avec elle, je ne peux pas la laisser là, mais comment la ramener à la maison dans cet état ? Si Mamita la voit, ça va la rendre dingue. Elena va être consignée à vie.

– Qu'est-ce qu'elle a ? demande Miguel, inquiet.

J'avais presque oublié qu'il était là.

– Ça va passer d'ici demain, déclare Amy. Mais cette nuit, elle va pas dormir.

Merde, merde et merde.

Elena me lâche la main et retourne sur son perchoir contempler les eaux sombres. Perturbé par la musique à chier et les éclats de voix des fêtards, j'essaie de décider quoi faire quand une silhouette passe devant moi. Je sais tout de suite que c'est lui : short délavé, pas de chaussures et tee-shirt des Grateful Dead. Je le déteste aussitôt, plus encore qu'avant.

– Hé, Elena ! l'appelle-t-il, revenant de je ne sais où.

Il est visiblement défoncé, lui aussi.

– Elena, qu'est-ce que tu vois ?

Fou de colère, je le regarde gravir péniblement les rochers. Plié de rire, il glisse, se rattrape, recommence. Il arrive enfin à sa hauteur et passe un bras autour de la taille de ma petite sœur. J'ai la nausée.

– Hé, je vais devoir ramener Elena à la maison.

J.C. baisse la tête en clignant plusieurs fois des yeux dans ma direction.

– T'es qui, toi ? me demande-t-il, une expression béate sur le visage.

Ça suffit avec vos tronches de débiles !

– Je suis le grand frère d'Elena. Je suis venu la chercher.

Il ne manquerait plus maintenant que Mamita se lève en pleine nuit et la voie contempler pendant des heures les aimants sur notre frigo. Quel enfer !

– Mec, eh, du calme, lance J.C., toujours le sourire aux lèvres. C'est cool que tu sois là. C'est... providentiel.

Amy rit, mais je ne trouve rien de drôle à la situation. J'ai envie de ramener ma sœur en lieu sûr, mais, surtout, j'ai envie de retourner dans la chambre d'Amy et qu'on ne soit de nouveau que tous les deux.

– Hé, Elena, viens voir mon nouveau vernis à ongles ! l'appelle Amy. Il est super beau. Tu vas voir, il va te plaire.

Elle tend la main, sûre d'elle. Elena détache enfin son regard de l'océan pour le diriger vers les doigts d'Amy.

– C'est joli, Bisous Amy, la complimente-t-elle en lui prenant la main.

– Viens avec nous, continue Amy en l'attirant vers elle.

J.C. observe l'échange et appelle ma sœur à son tour.

– Elena, on a dit qu'on allait nager ! Dans ce magnifique océan sous le clair de lune !

Miguel retient son souffle. Partagée, Elena lâche aussitôt Amy.

– Oh ! C'est vrai. On devait prendre de l'acide et piquer une tête dans l'eau. C'est super pour nager, tu sais, l'acide ?

Elle éclate de rire comme si elle venait de sortir une blague hilarante.

– Elena, fais pas ça, intervient Miguel. C'est dangereux.

– Panique pas, lance Amy tout bas à Miguel.

Elle tend de nouveau la main.

– Elena, tu iras nager dans une minute, mais d'abord, viens voir mon vernis. Ça me ferait super plaisir que tu me donnes ton avis.

Elena fronce les sourcils. À côté d'elle, J.C. se dandine d'un pied sur l'autre, sans se soucier d'elle. Je prends sur moi pour ne pas lui refaire le portrait.

– Bon, d'accord, mais une minute seulement, concède Elena en se laissant lentement guider par Amy.

Elle se jette alors dans ses bras en gloussant.

Je respire mieux maintenant que ma petite sœur ne risque plus de tomber à l'eau. De ses deux mains, elle entoure celle d'Amy pour étudier ses ongles.

– Ravissant, commente-t-elle. Pas autant que l'océan, mais quand même beau.

Elle lève la tête pour regarder Amy.

– Et toi aussi, tu es ravissante. Je suis contente, parce que tu vas retenir mon frère ici. Sans toi, il irait en Californie.

Amy grimace, embarrassée. C'est tellement humiliant… Je ne sais plus où me mettre, alors je me tourne vers J.C.

– Hé, connard !

Je hurle de toutes mes forces, me fichant complètement que mes cris attirent les curieux. Je ne me suis plus bagarré depuis le collège, mais la colère qui gronde en moi m'empêche de réfléchir.

– Qu'est-ce qui te prend, mec ? répond J.C., toujours sur son rocher. Pourquoi tu me parles comme ça ?

– T'as vu dans quel état t'as mis ma sœur ? Et maintenant, tu veux l'emmener nager ?

Je sens qu'Amy essaie d'entraîner Elena plus loin sur la rive, mais sans succès.

– Joaquin, arrête, lance Elena en se dégageant des bras d'Amy. J.C. est super. Je veux que vous soyez amis tous les deux. Je veux que vous soyez les meilleurs amis du monde !

Cette fois, son sourire est hésitant.

– Ça n'arrivera pas, je peux te le garantir.

Amy pose une main sur mon bras.

– Joaquin, viens, on va se balader un peu. Toi, Elena et moi.

Je suis désolé pour Miguel. Ma sœur lui plaît, c'est clair depuis le début, mais Amy a raison. Il vaut mieux qu'il reste là. Avec un peu de chance, J.C. ne bougera pas non plus.

En effet, il ne nous suit pas. Ça lui importe peu de protéger ma sœur ; tout ce qui l'intéresse, c'est de se shooter et d'embarquer les autres dans son délire.

Je remercie Miguel et lui promets de le tenir au courant. Tandis qu'on s'éloigne, Elena s'interrompt parfois pour inspecter un coquillage ou une algue laissée sur la plage par les vagues. Elle est encore de bonne humeur, c'est déjà ça. À un moment, elle court même devant nous. Amy glisse sa main dans la mienne.

– Désolé, dis-je, honteux.

– De quoi ? Ta sœur n'est pas la première à essayer l'acide.

– Tu l'as fait, toi ?

– Non, c'est pas mon truc, répond Amy en secouant la tête. Mais j'ai vu Nico en prendre une ou deux fois.

Je tente de ne pas montrer mon agacement à la mention de son ex. Et lui, est-ce qu'il l'a déjà emmenée courir après sa petite sœur une nuit où ils étaient censés être seuls tous les deux ?

– Je peux pas la ramener à la maison, mais j'ai peur que ma mère se réveille et découvre qu'elle est pas là.

Elena gambade à quelques pas de nous et se tourne de temps en temps pour nous sourire. On dirait une petite fille folle en pleine chasse au trésor.

– Et chez moi ? propose Amy. Elle va mettre quelques heures à redescendre.

– C'est trop, je peux pas te demander ça…

– Mais ta mère ? Si elle la voit comme ça, qu'est-ce qu'elle fera ?

Je repense brusquement à la cicatrice d'Elena sur son menton. Mon cœur s'emballe.

– Rien de bien.

C'est tout ce que j'arrive à répondre.

– Elle va péter les plombs, non ?

– C'est clair.

On continue à marcher un moment en silence. Je jette un coup d'œil par-dessus mon épaule pour voir si J.C. tente de nous rattraper. Il ne se fait donc aucun souci pour ma sœur ? Après une demi-heure à arpenter la plage en évitant les groupes ivres et les couples qui se donnent en spectacle, Amy s'efforce de guider Elena vers la voiture.

– Hé, si on allait manger un truc chez moi ? propose-t-elle.

Elena se fige, les traits déformés par la confusion.

– J.C. peut venir ?

Je croise le regard d'Amy.

– J.C. a dû rentrer chez lui, dis-je. Une urgence.

Pourquoi est-ce que je me sens obligé de mentir pour ce connard ?

– Ah, lâche Elena, et son visage se crispe de nouveau. Alors allons-y. J'aimerais bien voir ta chambre, Bisous Amy.

Elle a soudain l'air de jubiler.

– Super.

Ma sœur nous accompagne sans opposer de résistance et monte à l'arrière de la Honda en riant. À l'avant, nous n'échangeons pas un mot ; Elena, au contraire, entretient un flot continu de paroles. Elle disserte sur la beauté incroyable des feux rouges la nuit et la chance qu'on a de vivre au bord de l'océan. Amy et moi, on se contente de hocher la tête.

– On y est, annonce cette dernière alors que je m'engage dans l'allée.

– Amy, je peux pas te demander de faire ça…

Elle hausse les épaules. Est-ce de l'agacement que je lis sur son visage ? Elle va me larguer demain, c'est sûr.

Je me sens soudain bouillir de rage. Je suis tellement furieux. Contre Mamita, contre J.C., contre Elena. Surtout contre Elena.

– Entrons, lance Amy.

À peine dans le salon, Elena se met à contempler la télé avec passion, alors que l'écran n'affiche que l'image fixe de la fin des programmes. Il est minuit passé. En pensant à Mamita seule à la maison, je me ronge aussitôt les ongles.

– Je devrais passer chez moi pour rassurer ma mère au cas où elle serait réveillée.

Mais je prie pour qu'elle soit endormie ou assommée par l'alcool. Et soudain, je me rappelle.

– On est dimanche demain !

– Et alors ?

– On va à la messe tous ensemble.

– Oh, lâche Amy, surprise.

– Écoute, dis-je en tentant d'élaborer un plan. Je vais vérifier si tout va bien chez moi et ensuite, à l'aube, je reviens récupérer Elena. Tu penses qu'elle ira mieux d'ici là ?

– Elle sera sans doute pas à cent pour cent, mais elle sera sûrement moins à l'ouest.

Elle jette un coup d'œil à ma sœur qui n'a pas quitté l'écran des yeux, un grand sourire aux lèvres.

– D'accord.

Je rassemble mon courage et prends la main d'Amy, plus petite que la mienne sans être trop fine. Amy n'est pas particulièrement menue, et ça me plaît. Je n'ai pas l'impression que je vais l'écrabouiller quand je l'enlace.

J'aimerais beaucoup la serrer dans mes bras en cet instant. Me sentir en sécurité. Disparaître de la surface du globe avec elle.

– Je ne sais pas comment te remercier. Ça me rend dingue que notre soirée se soit terminée comme ça.

Amy se penche et dépose un baiser ferme et rassurant sur mes lèvres.

– Ne t'en fais pas, s'il te plaît, lâche-t-elle en reculant. Vas-y.

• • •

En entrant chez moi, je me glisse dans le salon, certain que Mamita va me tomber dessus. Je l'imagine déjà me hurler qu'elle a appelé la police et tous les hôpitaux de la région. Mais non. La maison est plongée dans l'obscurité et le silence. J'arrache du frigo le message que j'ai laissé et le fourre au fond de la poubelle. Après m'être assuré que la chambre d'Elena est bien fermée, je tends l'oreille vers celle de Mamita pour percevoir son léger ronflement. Elle a dormi tout ce temps, sans doute persuadée que je suis rentré du restaurant et Elena de chez les Callahan.

Ces foutus Callahan !

Je me rappelle parfaitement le moment où on les a inventés, Elena et moi, où on a imaginé tous les détails, choisi les prénoms des enfants. Comme j'étais jeune et agité par mes hormones, j'ai imaginé Mme Callahan en beauté blond platine tout en courbes. Je me suis même laissé aller à fantasmer que je remplaçais Elena un soir ; mais quand j'arrivais, c'était Mme Callahan seule qui m'ouvrait la porte, en soutien-gorge en dentelle et petite culotte. Pour moi, les Callahan ne sont rien de plus qu'un souvenir embarrassant. Un rêve débile de gosse.

Mais pour Elena, cette famille n'a jamais cessé d'exister.

Je me brosse les dents, enfile un tee-shirt et un boxer propres. Allongé dans mon lit, je repense aux événements de la soirée, de mon arrivée chez Amy jusqu'à notre sauvetage sur la plage. C'est à moi de protéger ma petite sœur, et pourtant je n'ai pas su lui éviter de tomber dans les griffes de ce connard. J'étais trop occupé avec Amy.

La culpabilité m'envahit. Je me tourne et me retourne sur mon lit. Si c'est ce qui lui arrive quand je suis à quelques centaines de mètres seulement, qu'est-ce qui se passera si je quitte la ville ?

Et soudain, alors que je viens à peine de m'endormir, j'entends la porte de Mamita grincer. Je me redresse d'un bond.

– Elena ? Elena, tu es à la maison ?

Je reste un instant figé avant de me précipiter dans le couloir, affolé.

– Mamita, Elena dort, dis-je tout bas. Elle avait super mal à la tête quand elle est rentrée de son baby-sitting. Elle a pris un cachet et s'est enfermée dans sa chambre.

Mamita me toise, méfiante, l'éclairage sur la terrasse rendant ses traits étranges, presque effrayants. Elle fait une bonne tête de moins que moi, et pourtant j'ai toujours l'impression qu'elle me domine de toute sa hauteur. Son visage me semble nu et dépouillé sans son maquillage habituel, et ses cheveux teints se dressent sur sa tête. Elle n'a pas l'air de me croire.

– Tu as passé toute la nuit ici ? m'interroge-t-elle.

Elle s'est peut-être levée à un moment et a vu la note que j'avais laissée. Elle va essayer de me piéger. Tant pis.

– Oui.

Elle n'ajoute rien et se dirige vers la chambre d'Elena.

– Elle dort, tu es sûr ? Je ferais mieux de voir si tout va bien.

Mamita ne s'est jamais réveillée en pleine nuit pour venir nous voir ! Pourquoi choisir cette nuit-là pour commencer ?

– Tu devrais la laisser se reposer.

Pitié, pitié, faites qu'elle n'entre pas dans sa chambre…

– Et toi, qu'est-ce qui t'arrive ? Qu'est-ce que tu fais debout ?

Et toi ? Mais je me retiens de lui retourner la question. Peut-être que si je me dispute avec elle, ça fera diversion… J'opte pour un autre stratagème.

– J'ai eu une insomnie à cause d'un film d'horreur que j'ai regardé à la télé.

Quel bobard ridicule ! Elena est bien plus douée que moi pour inventer une histoire quand elle est prise de court. Elle a plus d'expérience, c'est sûr.

Mamita hausse les épaules, barbée par mes réponses. Elle jette un regard vers la porte d'Elena, mais, heureusement, retourne dans sa chambre. Avant d'entrer, elle s'arrête et m'annonce :

– On va à la messe de huit heures, alors vous feriez mieux de vous lever tôt.

Merde.

– Pourquoi pas le service suivant ?

Elle fait volte-face et marque une petite pause avant de me répondre. C'est notre plus long échange depuis notre dispute au sujet de la Californie, la semaine dernière.

– On va à la messe de huit heures parce que j'ai envie d'aller à la messe de huit heures.

Et elle s'enferme dans sa chambre.

Je passe les heures suivantes à m'inquiéter pour Amy et Elena. Et juste avant six heures, alors qu'il fait encore nuit dehors, je file chez Amy au volant de la Honda. Je m'arrête sur la route acheter une douzaine de beignets pour le petit déjeuner. (*Merci d'avoir veillé sur ma cinglée de sœur, Amy, tiens, voici quelques donuts. S'il te plaît, ne me largue pas.*)

Amy m'accueille en bâillant dans son pyjama usé.

– C'est pour toi, dis-je en brandissant la boîte rouge et blanche.

– Il fallait pas, réplique-t-elle en bâillant encore une fois. En fait, si, se corrige-t-elle aussitôt.

À l'intérieur, Elena dort sur le canapé du salon où je l'ai laissée, seulement, maintenant, elle porte un des tee-shirts des Black Flag d'Amy. J'imagine qu'elle ne connaît même pas ce groupe. La situation est franchement risible.

– Elle s'est endormie il y a une demi-heure, murmure Amy en posant les donuts sur le bar de la cuisine. T'imagines pas à quel point le carrelage de ma salle de bain est passionnant. On a passé plus d'une heure à en parler.

Génial.

– Je suis désolé, Amy.

– Pas grave, mais j'ai vraiment besoin de dormir.

Il me faut bien deux ou trois minutes pour faire émerger Elena. Une fois assise, elle cligne des yeux avant de me regarder. L'expression de démente sur son visage a laissé la place à de la fatigue et de la confusion.

– Salut. On est chez ta petite amie, c'est ça ?

Je suis furieux. La situation est ridicule. Je ne devrais pas être là à m'occuper de ma sœur. Je devrais être en train de me réveiller à côté d'Amy, ou au moins seul dans mon lit, mais après une bonne nuit de sommeil.

– On doit y aller. Mamita veut qu'on assiste à la messe de huit heures.

– Merde ! lâche Elena en se frottant les yeux. Attends, tu es rentré à la maison ?

– Je t'expliquerai dans la voiture, OK ?

J'espère qu'elle perçoit mon impatience et qu'elle se sent un peu coupable. Elle baisse les yeux sur le tee-shirt d'Amy, complètement perdue.

– Je te le rapporterai au travail, dis-je à Amy qui mange un beignet recouvert de chocolat en nous regardant, installée sur un tabouret de bar.

– C'est pas pressé.

Je n'arrive pas à lire dans sa voix si elle est sur le point de me larguer ou si elle est juste fatiguée.

– Je suis vraiment désolée, lance Elena en direction d'Amy alors qu'on part.

Au moins, elle lui présente des excuses.

– T'inquiète pas, réplique Amy, soulagée qu'on s'en aille enfin.

– Je t'appelle ?

Je ne peux cacher mon angoisse.

Amy hoche la tête sans vraiment sourire.

– Mais dans six, sept heures, pas avant. Je vais au lit. Heureusement, je bosse pas aujourd'hui.

– Oui…

Et je sors sans l'embrasser ni la toucher. Ça me déchire le cœur.

Sur le chemin du retour, je débriefe Elena sur l'essentiel (« Mamita s'est levée en pleine nuit, je t'ai couverte »).

Et le silence s'installe dans la voiture. Quand on arrive dans l'allée, le soleil commence tout juste à colorer le ciel en rose.

– Joaquin…

– Pas maintenant, dis-je en levant une main. Je peux pas, là.

– D'accord.

Visiblement blessée par ma réaction, elle se ratatine sur son siège.

– Juste une chose, dis-je, incapable de me retenir. Tu réalises que J.C. t'a laissée partir sans broncher, hier soir ? Il t'a plantée alors que t'avais pris de l'acide. Il a même pas cherché à savoir si tu rentrais chez toi.

Mon visage s'enflamme de colère.

Elena se recroqueville encore plus sur elle-même. Elle a les larmes aux yeux. Sans rien dire, elle me regarde telle une gamine apeurée.

– Il aurait pu t'arriver quelque chose de vraiment grave.

Toute ma hargne de la nuit jaillit enfin.

– Et je suppose que tu t'en fiches, parce qu'il est pas *hyper cool*, mais c'est Miguel qui a appelé chez Amy pour me prévenir.

Ce serait le moment idéal pour sortir de la voiture et claquer la portière, mais on doit être discrets pour ne pas se faire prendre. Alors je reste assis à fulminer et Elena reste muette un long moment avant de prendre la parole.

– Je suis désolée.

Le visage dans les mains, elle se met à sangloter si fort que ses épaules s'agitent violemment dans le tee-shirt d'Amy.

Merde.

– Hé, dis-je, toujours en colère, mais pris de remords à présent.

Merde, merde et merde.

– Je suis désolée, répète-t-elle, sa voix étouffée dans ses paumes. Je savais pas ce que me ferait l'acide. J.C. a dit que ce serait marrant. Je suis désolée.

Mal à l'aise, je pose une main sur son dos, m'efforçant de ne pas m'imaginer l'appartement minable dans lequel J.C. a entraîné ma petite sœur pour lui refiler de la drogue. Je ne veux même pas savoir comment il l'a baratinée pour la convaincre. J'attends qu'elle arrête de pleurer, les yeux rivés sur la maison. Elle renifle, prend une grande inspiration et s'essuie les joues.

Quand elle se tourne enfin vers moi, son visage est neutre, sa bouche pincée. Elle arrive à donner le change à une vitesse hallucinante. Je suis toujours scotché.

– Elle a vraiment parlé de la messe de huit heures ? C'est tôt.

Je me dépêche de sortir vérifier si la voie est libre et je reviens l'appeler. On prend chacun une douche rapide, on s'habille pour l'église et on attend, nerveux, que notre mère sorte de sa chambre. À sept heures trente, on se demande si on devrait la réveiller, mais on décide de la laisser dormir. Je nous prépare des œufs brouillés et des toasts, qu'on mange sur le canapé en regardant la télé pour s'occuper l'esprit.

Vers neuf heures moins le quart, Mamita apparaît en bâillant. Elle entre dans le salon et nous examine de près.

– Comment vas-tu ce matin, Elena ?

Eh merde ! Je ne lui ai pas parlé de son mal de tête !

– Bien. J'ai pris un cachet, répond-elle, sans sourciller ni quitter des yeux l'écran.

Je souffle. Pourvu que Mamita n'ait pas vu le soulagement sur mes traits. Difficile à dire, car elle change tout de suite de sujet.

– Qu'est-ce que vous faites déjà habillés ?

– Tu m'as dit que tu voulais aller à la messe de huit heures.

Je n'y comprends rien.

Mamita me toise comme si j'étais le dernier des imbéciles et lève les yeux au ciel.

– Depuis quand est-ce que je vais à l'église aussi tôt ? On ira au service de neuf heures trente, comme toujours. Je vais prendre ma douche.

Elena et moi, on échange un regard. Le genre de regard entre frère et sœur qui veut tout dire. Nous n'avons pas besoin de prononcer un seul mot.

CHAPITRE 15

Elena va le bousiller, ce téléphone, à force de tirer comme une malade sur le fil.

– Hé ! dis-je en tambourinant à sa porte comme un malade. Je t'ai déjà dit de pas l'emporter si loin. Et je te rappelle qu'il y a d'autres personnes dans cette maison qui aimeraient passer des coups de fil, au cas où t'aurais oublié.

Elle frappe trois fois en réponse, mais ne raccroche pas. Elle profite que Mamita soit au travail pour parler à J.C., j'en suis sûr. La débâcle de la semaine dernière n'a rien changé. Deux jours après la fête sur la plage, Elena a laissé sur mon oreiller une carte d'excuses (« Je n'aurais pas pu rêver d'un meilleur grand frère. Signé : Ton imbécile de sœur. »), mais je n'ai plus abordé le sujet. Plus envie, plus la force. Elle continue son petit manège. Elle s'échappe de la maison dès que Mamita s'endort ou s'écroule, et revient en empestant la fumée de cigarette et d'herbe. Elle invente des raisons de plus en plus farfelues pour ses baby-sittings. L'autre jour, elle a prétexté une leçon de tennis de dernière minute. Sérieusement ? Et pourtant, Mamita l'a crue. Une grimace de dégoût sur le visage, son cocktail à la main, elle s'est désolée pour les pauvres enfants Callahan abandonnés par leur maman riche.

J'attends encore une minute.

– Elena, s'il te plaît !

Exaspérée, elle m'ouvre enfin la porte et me tend le téléphone.

– Voici, Votre Majesté.

Et soudain, elle affiche un sourire si large que ses fossettes se creusent. Elle est de bonne humeur, parce que la veille, au dîner, j'ai annoncé que je restais. Picorant dans l'espèce de pain de viande infect préparé par Mamita, j'ai expliqué mon projet d'étudier un an sur l'île pour ensuite tenter d'entrer à l'Université du Texas.

– On n'a pas l'argent pour l'inscription, a rétorqué Mamita, enfournant une bouchée miniature qu'elle a fait glisser avec une longue rasade de rhum-Coca. Mais si on fait des économies pendant un an, alors peut-être… Mais l'université ici est abordable. C'est la bonne décision et ça montre que tu as un peu de plomb dans la cervelle, finalement. Contrairement à ton père.

C'est le plus beau compliment qu'elle m'ait fait depuis ma première communion.

Elena a tapé dans ses mains comme une enfant de quatre ans, absolument enchantée.

– Je savais que tu allais rester ! Je le savais !

– Bon, calme-toi. On va pas en faire toute une histoire non plus, ai-je répondu en débarrassant.

Puis Elena est partie se préparer pour un baby-sitting.

Je l'ai jouée excédé, mais, en réalité, j'ai gravé dans mon esprit cet instant étrange où ma famille m'a semblé presque normale. Presque sympa.

Presque.

Et même si je suis content que ça rende Elena heureuse, c'est pour Amy que je reste. J'étais persuadé qu'elle ne voudrait plus me voir après la nuit avec ma sœur. Alors, quand elle est arrivée au *Mirador* pour son service et qu'elle m'a donné un petit coup de hanche coquin, ça m'a scié.

– T'es pas... fâchée ? ai-je demandé, aussi soulagé qu'étonné.

Amy a haussé les épaules.

– C'était chiant, c'est clair, mais surtout, c'était pas ta faute.

J'ai dû prendre un air tellement sidéré qu'elle m'a caressé la joue.

– Tu devrais faire plus confiance aux gens.

Effectivement...

Dans l'après-midi, on a fait l'amour chez elle, pendant que ses parents étaient au travail et son petit frère au centre de loisirs. Encore dans les brumes du plaisir, je lui ai fait part de ma décision.

– Je pense que je vais rester dans le coin encore un moment.

Amy s'est redressée sur un coude et a souri, mais c'était évident qu'elle se retenait de bondir de joie.

– Super ! Reste un an de plus et après, viens avec moi à Austin.

– Qu'est-ce que tu veux que j'étudie à l'université ? ai-je demandé. Je ne suis même pas sûr d'y être accepté.

– Je suis sûre du contraire, mais quelle importance ? Viens avec moi et on trouvera. Pour l'instant, inscris-toi à l'UIM et prends une matière genre histoire ou littérature. Ça t'occupera et tu n'auras pas ta mère tout le temps sur le dos.

Du coup, maintenant, je me retrouve à appeler l'université de l'île pour savoir comment je peux suivre les cours du premier semestre. À l'autre bout du fil, une dame avec un accent texan prononcé m'explique que j'ai besoin de mon acte de naissance et de mes derniers bulletins scolaires. Je note les informations avant de raccrocher.

– Qu'est-ce que tu fais ? me demande Elena en arrivant dans la cuisine.

Elle se met directement à fouiller dans le frigo et prend un morceau de fromage. Elle referme la porte avec son pied et s'appuie sur le plan de travail.

– Je me renseigne pour entrer à l'UIM.

Les bulletins, je peux les demander au lycée. Mais l'acte de naissance…

– Tu as une idée de l'endroit où Mamita pourrait ranger nos actes de naissance ?

Elena a fini de manger et vide le lave-vaisselle, essuyant soigneusement tout ce qu'elle en sort avec le torchon à carreaux accroché sur le four.

Elle s'interrompt pour réfléchir, un bol orange dans les mains.

– Non. Va voir dans sa chambre, suggère-t-elle, hésitante.

La chambre de Mamita est un monde inconnu qui empeste le parfum *Arpège* et le détergent. Et le rhum bon marché transpiré par tous les pores d'une peau barbouillée de maquillage bas de gamme appliqué minutieusement. Elena y entre plus souvent que moi. Mamita considère que lisser ses draps et plier son linge est trop intime pour un garçon. Autant confier ces tâches à son enfant préféré. Si on peut dire…

– Où ça ?

Je consulte la pendule. Il reste au moins deux heures jusqu'au retour de Mamita du travail.

– Son armoire ? Attends juste qu'elle revienne pour le lui demander, non ?

– Je préfère ne pas trop avoir à lui parler, tu sais bien.

Elena lève les yeux au ciel et range le reste de la vaisselle.

– Bien sûr, monsieur J'en-fais-des-tonnes. Je sais. Bonnes recherches, alors. Je vais regarder la télé.

– T'as pas de baby-sitting ?

– Plus tard, peut-être, répond-elle en me tournant le dos.

Je n'arrive pas à savoir si ma question l'a agacée.

J'appuie prudemment sur la poignée de la porte, prêt à voir Mamita surgir de sa chambre. Elle ne nous a jamais interdit d'y entrer sans sa permission, mais je n'en ai jamais eu envie.

Elena monte le son de la télé. Les rires et les applaudissements du jeu débile qu'elle regarde accompagnent mes pas vers l'armoire. Le couvre-lit est parfaitement tiré et une montagne de romans s'empile sur la table de chevet. Sur un mur, ma mère a accroché des photos en noir et blanc de ses parents à Cuba. On dirait des acteurs d'Hollywood en tenue de gala. Avec le tableau de la Vierge Marie que lui a offert Elena, ce sont les seules décorations dans la pièce.

J'entre si rarement ici que j'ai l'impression d'être dans la maison de quelqu'un d'autre. Mon cœur se met à battre plus vite, même si je sais que Mamita ne risque pas de débarquer maintenant. Elle travaille depuis des années pour le Dr Sanders et il ne lui est arrivé qu'une seule fois de quitter le cabinet avant l'heure, à cause d'une méchante grippe. Je fais glisser la porte de l'armoire, qui coince un peu. Les vêtements de Mamita sont rangés par couleur et sont parfaitement espacés sur leurs cintres en plastique. Ses chaussures semblent prêtes pour un défilé militaire. Mes yeux se posent sur l'étagère du haut où j'aperçois quelques albums photos et trois boîtes à chaussures.

Ma gorge se serre sans que je sache pourquoi. D'aussi loin que remontent mes souvenirs, Elena, Mamita et moi, on a toujours habité ici. Je connais tous les coins et recoins de cette maison. L'odeur de renfermé de mon armoire, la tache sur le plan de travail en Formica, la pomme de douche de travers dans la salle de bain. Et pourtant, je pourrais aussi bien me trouver devant les affaires d'une inconnue à Dallas ou San Antonio.

Je prends la boîte du haut, la plus accessible. De peur de froisser le couvre-lit, je m'agenouille sur la moquette usée. Tout doucement, je soulève le couvercle pour trouver à l'intérieur des chéquiers et des chèques rejetés avec la signature tout en boucles de Mamita. Je prends soin de ne rien déplacer.

Je mets la boîte de côté, gardant en tête qu'elle était au-dessus des autres, et attrape la suivante. De vieilles déclarations d'impôts et le certificat de naturalisation de Mamita. Elle est devenue citoyenne américaine juste avant d'épouser notre père. Sur la photo en noir et blanc agrafée au document, elle regarde dans le vide, ne sourit pas. Son visage est inexpressif, impassible. Essayant de retrouver dans ces traits la mère que j'ai maintenant, je l'examine un long moment, mais je ne vois aucun point commun. *Caridad Serafina de la Guardia*. Waouh ! C'est long. Je me murmure le nom avant de tout remettre en place. De l'autre côté du mur, un tonnerre d'applaudissements retentit et le téléphone sonne. Je m'interromps. Les bruits de la télé sont rapidement remplacés par la voix étouffée de ma sœur. C'est sûrement Mamita – son petit appel de contrôle pour s'assurer qu'Elena n'a pas bougé de la maison. Quand le volume remonte, je m'attaque à la troisième boîte.

Mes livrets scolaires et ceux d'Elena, depuis la maternelle. J'ai un élan de reconnaissance pour Mamita. Elle a tout conservé de ce qui nous appartenait, même si, contrairement à chez Amy, nos dessins ne sont jamais restés bien longtemps accrochés sur le frigo.

Je feuillette les bulletins de mon année de quatrième, quand j'avais Mme Gardner en anglais. C'était ma prof préférée, parce qu'on a toujours travaillé en s'amusant avec elle. Elle a choisi de nous faire analyser des chansons des Beatles plutôt que des poèmes incompréhensibles. En commentaire de fin d'année, elle a écrit : « Joaquin a un esprit remarquablement fin pour quelqu'un de si jeune. Il pose des questions pertinentes. Je ne doute pas qu'il ira loin dans la vie. » Je lis et relis les mots de Mme Gardner et j'approche même le papier de mon nez pour le sentir. Je me rappelle vaguement cette année-là. Je levais encore la main pour participer. À la fin du lycée, j'avais élu domicile à l'avant-dernier rang, on ne m'entendait jamais en classe, je rendais mes copies à temps et j'étais abonné aux B sans faire aucun effort.

Je fouille toute la boîte, mais ne trouve que des livrets, pas de certificat de naissance ni de carte de sécurité sociale. Il va falloir que je demande à Mamita, pas le choix. Je remets les boîtes sur leur étagère, dans le bon ordre.

Et à cet instant, je repère, caché dans le fond, un carton plat comme ceux dans lesquels sont vendues les chemises de luxe. Je l'examine quelques secondes, comme pour m'assurer qu'il est bien là. Je repose les trois boîtes par terre en jetant un petit coup d'œil angoissé par-dessus mon épaule, et j'essaie d'attraper le carton. Malgré mon mètre quatre-vingt-deux, je ne le frôle que du bout des doigts. Je l'attire à moi, petit à petit, jusqu'à ce que je puisse m'en saisir. Il est recouvert d'une épaisse couche de poussière.

La télé continue de hurler. J'hésite à apporter ma découverte à Elena pour qu'on l'explore tous les deux. Mais je n'en fais rien.

Tout doucement, je pose la boîte et soulève le couvercle, m'efforçant de ne pas déplacer la poussière, de peur que Mamita s'aperçoive de quoi que ce soit. Je ne respire plus.

À l'intérieur, je trouve quelques clichés, leurs couleurs délavées par les années. Je me reconnais bébé, sur le canapé, un hochet en plastique entre les mains. Sur une autre photo, je suis avec Elena, on est tout potelés et nos tee-shirts sont tachés. Et sur une troisième, un homme me porte au-dessus de sa tête comme si j'étais un trophée. C'est mon père. Ce n'est pas la première photo que je vois de lui, mais celle-ci, je ne la connaissais pas. Elle doit remonter à l'époque où on habitait plus près du quartier d'Amy, dans les résidences qui menacent de s'écrouler au premier coup de vent.

Je tente de garder en mémoire la place et l'ordre de tout ce que je sors du carton. Il y a même des photos du temps où Mamita vivait à Healy avec notre père et ses parents, qui ont coupé les ponts avec nous parce qu'ils ne voulaient pas que leur fils épouse une étrangère. Sur l'un des clichés, Mamita, assise au bord d'un canapé, affiche un sourire de circonstance. Sur un autre, ce doit être le mariage de mes parents. C'est la première preuve concrète que j'en vois. Ils n'ont pas l'air beaucoup plus âgés que moi, et pour cause. Sur les marches d'une église, ils regardent l'objectif. Mamita est radieuse. Je la contemple un moment, parce que je n'ai pas l'habitude de la voir sincèrement heureuse.

Et sous les photos, je trouve un tas de papiers jaunis, entouré d'un élastique si fin et fragile que j'ai peur de le casser. Je pourrais toujours le remplacer. Et de toute façon, Mamita n'ouvre sûrement jamais cette boîte.

Je tends l'oreille. La télé est encore allumée. À présent, Elena regarde un feuilleton. Je fais glisser l'élastique soigneusement et déplie les feuilles. Une coupure de journal se trouve sur le dessus, mais une lettre attire mon attention.

Ma très chère Carrie,

Je t'écris dans la maison où nous nous sommes rencontrés, l'endroit où, dès que je t'ai vue, j'ai compris qu'on était destinés à vivre ensemble pour toujours. Je ne sais même pas quoi te dire. Je suis parti parce que j'ai besoin d'un peu de temps, et je sais que toi aussi. La dernière fois que j'ai appelé, j'ai entendu notre petite Nena pleurer de toutes ses forces. Je t'en supplie, ne m'écarte pas de ta vie.

On peut trouver une solution et tout arranger. Au moins pour les enfants.

Frank

Mon cœur bat de plus en plus vite. Je suis persuadé qu'il va sortir de ma poitrine. Je ne comprends rien. Notre père nous a abandonnés. Il ne voulait rien arranger. Je frissonne, j'ai la bouche sèche. Je devrais m'arrêter. J'ai conscience d'être au bord d'un précipice : si je saute, je ne pourrai plus remonter.

Pourtant, je ne peux pas m'empêcher de lire. Je n'essaie même pas de me réfréner.

Carrie,

J'espère que tu liras cette lettre, puisque tu ne me réponds plus au téléphone. Mes parents ne te le diront pas, mais je sais qu'ils veulent que tu reviennes. Tu n'en as pas envie, j'en suis bien conscient, mais c'est sûrement la meilleure solution. Au moins temporairement. Ils sont contre le divorce, et toi aussi d'ailleurs. Si tu reviens, tu pourras vivre ici, à la maison, pour qu'ils t'aident avec les enfants. Je pourrai retourner à l'université de Houston et ensuite décrocher un meilleur travail, mieux payé. Ça réglerait nos problèmes d'argent. Ce serait un sujet de tension en moins. Il ne reste plus que Deirdre à la maison, il y a donc beaucoup plus de place que dans ton souvenir. Il faut que la situation évolue. Cela fait trop longtemps qu'on ne s'est pas vus, que je n'ai pas vu les enfants. Ils me manquent. Et toi aussi, tu me manques énormément.

Je t'embrasse,
Frank

Mamita nous a raconté qu'un matin, juste avant le deuxième anniversaire d'Elena, il est parti avec la voiture et toutes leurs économies. Et une semaine plus tard, elle a reçu une lettre de lui envoyée de Los Angeles.

Il ne nous a jamais envoyé d'argent.

Il se fichait complètement de nous.

C'est la version officielle qu'elle nous répète encore, et je l'ai toujours crue sans me poser de questions. Toujours.

Elle nous ment depuis le début.

Mon cœur bat à tout rompre. Le sang déferle dans mes oreilles. J'entends d'ici les voix du feuilleton d'Elena, ce qui me tape encore plus sur les nerfs. La musique d'orchestre qui retentit soudain annonce un retournement de situation dramatique dans l'intrigue.

Je feuillette les autres pages. Quatre lettres, non datées. Elles présentent toutes une autre vérité. Frank, mon père, écrit à ma mère depuis Healy, au Texas. Il y vit chez ses parents, mes grands-parents. Il supplie ma mère de communiquer avec lui. Il la supplie de le laisser nous voir. Les lettres n'expliquent pas vraiment pourquoi il est à Healy plutôt que sur l'île de Mariposa. Il a besoin de temps, c'est tout ce qu'il dit. Et elle aussi, apparemment. Leur petite Nena, ça doit être Elena, mais je ne me souviens pas avoir jamais entendu Mamita l'appeler ainsi. Pourquoi est-ce que je suis juste « Joaquin », moi, et pas un petit nom mignon ?

J'examine l'écriture bleue de mon père. Il a touché ce papier. Il a écrit ces mots. Il a fait une rature, ici. Il a légèrement froissé la feuille. Mon père a touché ces lettres !

Mes mains tremblent. Comment pourrais-je l'annoncer à Elena ? Et si j'étalais sur le lit de Mamita toute sa correspondance en attendant son retour ?

La soirée tournerait au drame.

Ce serait carrément mérité.

Je rassemble les lettres rapidement, une, deux, trois, quatre, et, au moment de me relever, mes yeux se posent sur la coupure de journal. Je la déplie.

Il me faut moins de cinq secondes pour comprendre. C'est la notice nécrologique de mon père, parfaitement conservée. Elle date du 2 novembre 1971. Un portrait pris dans un studio de photos professionnel l'accompagne. En costume cravate, il me regarde à travers des années de mensonges et de ressentiment. Comme s'il se demandait quand je le trouverai enfin.

La coupure de presse est plus légère qu'une plume et le papier même pas encore jauni, malgré tout ce temps passé dans une boîte cachée dans le coin le plus sombre de l'armoire la plus profonde de cette maison. Je la tiens dans mes mains telle une relique précieuse.

Le reste de la chambre n'existe plus. Je n'entends plus la télévision. Une vague de nausée me submerge. Je ne peux pas quitter des yeux la notice nécrologique.

Francis « Frank » Patrick Finney ne vit pas à Los Angeles, et il n'y a sans doute jamais mis les pieds, parce qu'il est mort à trente-neuf ans de cause non révélée. Le *Healy Register* précise qu'il laisse derrière lui une mère, un père, quatre frères et sœurs et plusieurs nièces et neveux, habitant tous à Healy. Leurs prénoms typiquement irlandais sont tous cités les uns après les autres, tels des chars dans une parade. Rien sur Elena et moi. Comme si on n'existait pas. On nous a effacés comme on cache la fin tragique d'un conte de fées pour ne pas effrayer les enfants.

On est juste deux petits gamins abandonnés sur une île, laissés aux bons soins de l'abominable sorcière.

CARRIE

1971

Un bébé n'est pas une baguette magique qui transforme un mariage raté en un mariage réussi. C'est une leçon que les couples apprennent toujours trop tard, et Frank et Carrie Finney ne dérogèrent pas à la règle.

Le jour de la naissance de Joaquin se passa bien, sans plus. Les parents de Frank firent le voyage depuis Healy, mais Carrie ne voulut pas d'eux à l'hôpital. Frank eut beau la supplier de changer d'avis, elle refusa fermement. C'était tout de même à elle d'en décider ! Ils repartirent, furieux, certains que leur fils avait gâché sa vie en épousant cette fille qu'ils avaient bêtement essayé d'aider.

Frank avait suggéré plusieurs prénoms pour baptiser le bébé, mais sur ce sujet, Carrie n'avait pas cédé non plus. L'infirmière à l'hôpital prononça son nom « Jo-a-kwin ». Dépité, Frank comprit que son fils devrait supporter ce fardeau toute sa vie, mais, pour Carrie, il y avait plus important : son petit garçon était un lien avec son pays natal qu'elle ne reverrait jamais. Et cela lui faisait plaisir que Frank soit incapable de dire son prénom correctement.

Le bébé était un poupon adorable et charmant. Il pleurait rarement, et toujours pour des soucis faciles à résoudre – il avait des gaz, était fatigué ou avait faim. Une caresse sur le ventre, une sieste ou un biberon suffisaient à le consoler. Et heureusement, parce que s'il s'était tordu de douleur à cause des coliques comme Elena plus tard, jamais Carrie n'aurait fait d'autre enfant. Non pas que cette nouvelle grossesse ait été planifiée...

Seulement, même si Joaquin était un bébé facile, tout était devenu plus difficile pour Frank et Carrie. Financièrement, ils ne s'en sortaient pas. Ils manquaient de temps pour eux et Carrie était constamment de mauvaise humeur, en colère. Malgré tout, Frank tentait de lui faire plaisir avec de petits cadeaux : des boîtes de chocolats bon marché, une bouteille de rhum pas trop chère. En vain. Tout ce qu'il faisait exaspérait Carrie. Sa façon de se moucher, ses bruits de mastication, le soupir qu'il poussait chaque fois qu'il s'asseyait sur le canapé.

Pour Carrie, les jours se suivaient et se ressemblaient. Pour Frank également, mais elle ne s'en rendait pas compte. Tout ce qu'elle voyait, c'était qu'elle se retrouvait coincée à la maison avec le bébé. Elle devait s'occuper de lui en permanence et faire des courses avec un budget insuffisant. Au moins, Frank avait la chance de quitter leur appartement étouffant pour aller travailler.

Pendant le dîner, qui se résumait à un plat surgelé, des pâtes tristes à pleurer ou des sandwiches, Frank faisait de son mieux.

– Tu as passé une bonne journée ?

– Ça va, répondait Carrie, Joaquin sur les genoux.

Il n'attendait pas qu'elle lui retourne la question.

– Moi, j'ai fait deux ventes !

– Bien. On a besoin d'argent.

Après le repas, Frank s'installait sur le canapé pour regarder la télé, tandis que Carrie partait s'enfermer dans sa chambre avec Joaquin qu'elle cajolait, féroce et surprotectrice. Enfin une petite créature qui s'accrochait au moindre câlin et au moindre sourire qu'elle lui offrait. Une petite créature qui l'aimait vraiment, peut-être pour la première fois depuis Juanita. Carrie se détendait enfin un peu quand elle l'avait dans les bras et qu'elle lui chantait les douces berceuses de sa domestique.

– Duérmete mi niño
Duérmete mi amor
Duérmete pedazo
De mi corazón.

Parfois, lorsque Frank trouvait Carrie et Joaquin endormis dans leur lit, il partait, désabusé, se coucher sur le canapé.

Autour du premier anniversaire de Joaquin, un soir un peu trop arrosé de rhum, Carrie céda aux avances de Frank ; elle se retrouva rapidement enceinte. Elena arriva dans leur vie en hurlant du matin au soir et du soir au matin. Les murs du petit appartement se refermèrent encore davantage sur Carrie, centimètre par centimètre. Elle avait l'impression que les petits cubes en bois de Joaquin se démultipliaient dans la nuit pour envahir l'espace. À cause des pleurs perpétuels d'Elena, elle se bouchait les oreilles avec du coton et attaquait ses cocktails dès le déjeuner. Elle n'arrivait jamais à ranger ni nettoyer parfaitement l'appartement. Parfois, elle hésitait à emmener les enfants jouer dans la cour, mais l'idée de parler aux autres mères la paniquait, alors elle passait des journées entières enfermée avec les bébés, la télévision allumée, à compter les minutes jusqu'au retour de Frank, juste pour avoir autre chose sur quoi poser son regard.

Frank offrait à Carrie des « pauses », comme il les appelait. Il emmenait Joaquin d'abord, et plus tard les deux petits, chez ses parents à Healy. Carrie passait ces samedis sans enfants sur le canapé. Elle sirotait du rhum devant la télé avant d'éclater en sanglots en pensant à ses bébés absents. Ils étaient tout ce qu'elle avait dans la vie. Quand Frank revenait, elle l'incendiait systématiquement.

– Tes parents pensent que je suis une mauvaise mère, j'imagine, lançait-elle, les bras croisés, la mine boudeuse.

– Pas du tout, répondait Frank, tendu. Ils veulent qu'on revienne vivre à Healy.

Carrie revoyait alors la chambre jaune, le canapé minable avec les napperons ridicules, la petite ville paumée peuplée de gens mesquins et médisants, ses menteurs de beaux-parents qui la détestaient. L'idée de retourner là-bas lui donnait la chair de poule. En restant sur l'île de Mariposa, elle s'affirmait.

– N'espère pas m'y revoir un jour, annonçait-elle, intransigeante, et Frank savait qu'il ne pourrait jamais la convaincre.

Il regardait autour de lui l'appartement encombré, la montagne de factures, la femme qui avait été son amour de jeunesse et s'était transformée en quelqu'un qu'il ne reconnaissait plus. Peut-être ne l'avait-il jamais connue. La panique le gagna peu à peu.

Un samedi matin, après une violente dispute sur le loyer payé en retard, Carrie trouva une note à son réveil accompagnée de cinquante dollars.

Carrie,

Je suis parti rendre visite à mes parents. Je voudrais qu'on arrange la situation, mais j'ai besoin d'un peu de temps pour réfléchir. J'ai mis ma montre en gage pour que tu aies un peu de liquide. Je t'appelle bientôt.

Frank

Debout dans la kitchenette, elle lut et relut le message. Bouillonnant de colère, elle se retint de tout casser. Les poings serrés, elle repéra une tache sur le mur, sûrement faite par Joaquin qui mettait ses mains partout. Et soudain, elle fut incapable de voir autre chose que la crasse autour d'elle : la rouille sur la poignée de la porte du réfrigérateur, la cafetière ébréchée, la saleté séchée sur la gazinière.

Pendant toute son enfance, on s'était occupé d'elle.

Elle avait eu la plus belle robe de toute l'histoire pour son *quince*.

Elle avait été une princesse sur une île magnifique. Une vraie île, pas ce pitoyable bout de terre.

Quand les bébés se réveillèrent, elle leur versa des Cheerios dans des bols (achetés d'occasion !) et relut encore plusieurs fois la lettre de Frank en attendant que les larmes coulent. Mais rien ne vint. Elle passa les jours suivants dans l'appartement à subir les pleurnicheries d'Elena et les coups sur la porte de Joaquin qui voulait sortir. Carrie se contenta de le regarder depuis le canapé, incapable de bouger. Elle parvint tout de même à les nourrir, avec des Cheerios, du lait, de l'eau et des quartiers d'orange. Trois jours d'affilée.

Les lettres commencèrent à arriver, ainsi que les coups de fil. Frank la suppliait de venir habiter à Healy et de répondre au téléphone. Mais comme personne d'autre n'appelait, Carrie décida de ne plus décrocher du tout. C'était plus facile, mais un peu moins satisfaisant.

Elle pliait les lettres qu'elle recevait et les rangeait dans le tiroir de sa table de chevet. La nuit, quand les enfants dormaient, elle les lisait et retrouvait un peu du pouvoir qu'elle avait exercé sur Frank pendant leur adolescence.

S'il voulait tant me parler, il n'avait qu'à rester. C'est lui qui est parti !

Cette sensation de supériorité l'aida à sortir enfin de l'appartement. Elle emmena les enfants à la supérette et au débit de boissons. En se baladant, elle sourit, heureuse de voir Joaquin fermer les yeux pour se délecter de la brise sur ses joues rondes de poupon.

Un samedi après-midi, on frappa à la porte. Craignant que ce ne soit le propriétaire venu réclamer le loyer, Carrie ouvrit lentement et trouva sur le palier deux agents de la police de Mariposa. Ils avaient une coupe en brosse et le visage rougeaud. Carrie se demanda si le plus jeune des deux la trouvait jolie. Elle glissa une mèche de cheveux derrière son oreille. Il fallait qu'elle commence à faire plus attention à son apparence.

Elle invita les policiers à entrer et leur offrit un verre d'eau. En buvant une gorgée de son rhum-Coca, elle se demanda s'ils l'avaient senti dans son haleine, mais il était déjà presque quatre heures, rien d'étonnant à ce qu'une jeune mère se serve un petit verre.

Mal à l'aise, les agents s'installèrent à côté d'elle sur le canapé et regardèrent Joaquin et Elena qui griffonnaient sur de vieux journaux avec des crayons de couleur en mauvais état.

– Que puis-je faire pour vous ?

Elle avait si peu l'habitude de parler à des gens, d'interagir autrement que pour payer ses courses au supermarché, qu'elle se demanda s'ils percevaient son accent. Allaient-ils lui demander d'où elle venait ? Elle adorait qu'on l'interroge sur ses origines. Si peu de monde connaissait vraiment Cuba.

Avant les événements dramatiques, c'était le plus beau pays du monde. C'était ce qu'elle disait toujours. Elle espérait rendre ses interlocuteurs jaloux.

– Madame, êtes-vous bien la femme de Francis Finney, né à Healy ? demanda le policier le plus jeune.

– En effet, répondit Carrie.

Comme elle détestait ce prénom.

– Madame, je suis désolé, mais votre mari a eu un accident.

Carrie hocha la tête sans rien dire, se contentant d'écouter un résumé de ce qu'avait rapporté la police de Healy. La veille au soir, en rentrant chez lui (*mais c'était ici, chez lui*) du centre-ville, Frank était sorti de la route et avait percuté un arbre. Il était mort sur le coup.

– Madame, y a-t-il un ami ou un proche que nous pourrions contacter pour vous ? demanda le plus âgé des deux.

– Malheureusement, non.

Joaquin et Elena continuaient à dessiner, sans se douter de rien. Carrie tenta d'interpréter leurs gribouillages. De gros nuages noirs. Des explosions rouge sang.

– Il est possible qu'il ait bu quelques verres avant de prendre le volant, ajouta le plus jeune, attristé.

L'autre policier grimaça, contrarié qu'il ait eu besoin de révéler ce détail.

– Madame, insista-t-il, êtes-vous sûre qu'il n'y a vraiment personne que nous pouvons appeler ?

Carrie secoua la tête, mais les deux hommes ne voulaient pas la laisser seule. Elle fut horrifiée quand ils allèrent frapper à la porte de plusieurs appartements de la résidence ; des voisines arrivèrent, vêtues de pantalons en soie synthétique ou de robes en polyester, pour lui présenter leurs condoléances. Elles revinrent ensuite les bras chargés de plats cuisinés et les traits déformés par l'inquiétude et la curiosité. Elles avaient enfin l'occasion de voir de près l'« Espagnole bizarre ».

Carrie permit à des inconnues d'envahir son appartement et de donner le bain à ses enfants (« Les pauvres, ça doit faire plus d'une semaine qu'ils n'ont pas vu du savon et de l'eau »). Elle les laissa lui servir à manger, et surtout à boire. « Le rhum guérit la douleur », disaient-elles. Carrie enchaîna les cocktails sans se soucier de ce qu'elles penseraient. Assise sur le canapé minable du salon, aussi minable que celui des parents de Frank, alors qu'elle méritait bien mieux, elle se rappelait le jour où sa ravissante maman et son séduisant papa lui avaient annoncé dans la *salita* à Cuba qu'elle partirait bientôt apprendre l'anglais aux États-Unis. Et le jour où les Finney, à Healy, l'avaient informée du décès de ses parents. Sa vie semblait se jouer sur des canapés où elle restait assise, impuissante, à encaisser les mauvaises nouvelles, entourée par des gens qui pensaient faire ce qu'il y avait de mieux pour elle.

Ses parents l'avaient envoyée aux États-Unis pour son bien. Les Finney l'avaient hébergée chez eux pour son bien. Et ces dames s'affairaient autour d'elle, débordant de charité chrétienne, pour son bien. Et de nouveau, Carrie sentit les vagues la pousser sans qu'elle puisse réagir. Assise là, dans son canapé, elle revit Frank, plus jeune, souriant bêtement dans la cuisine de sa maison à Healy. Elle se représenta ses chemises à manches courtes aux couleurs pastel, la courbure de sa pomme d'Adam, sa voix douce quand il lui promettait de l'emmener au bord de la mer. Elle devait enfin ressentir quelque chose, parce que des larmes chaudes se mirent à couler sur ses joues. Les yeux fermés, elle entendit une des voisines s'exclamer fièrement, parce qu'elle avait été la première à la voir :

– Oh mon Dieu ! La pauvre petite pleure. Elle a enfin pris conscience de ce qui s'est passé.

JOAQUIN
CHAPITRE 16

Carlos m'a prêté sa voiture, et, même si c'est une vieille Vauxhall Chevette qui ne dépasse pas les quatre-vingts kilomètres heure pied au plancher, je lui suis infiniment reconnaissant.

Il me reste encore cinquante kilomètres jusqu'à Healy.

Je n'ai rien dit à Elena. En sortant de la chambre de Mamita, en plein brouillard, comme la fois où j'ai fumé de l'herbe chez Kevin Anderson, je me suis enfermé dans la mienne pour noter sur une feuille les noms des Finney indiqués sur la notice nécrologique. J'ai regardé le visage souriant et heureux de mon père sur la coupure de journal. Machinalement, j'ai tout remis à sa place dans l'armoire. J'ai fait un doigt d'honneur au lit de Mamita et j'ai quitté la maison.

– Tu vas où ? m'a demandé Elena depuis le canapé, les yeux rivés sur l'écran.

Notre mère nous ment depuis toujours.

– Dehors.

Notre père est mort.

– OK, au revoir à toi aussi ! a-t-elle crié à travers la porte d'entrée alors que je dévalais les marches de notre porche en tapotant la poche de mon jean pour m'assurer que j'avais mon portefeuille.

Je comptais sur Carlos pour m'aider.

Je suis monté sur mon vélo et j'ai foncé vers *El Mirador.* J'avais les jambes en feu à force de pédaler.

En ouvrant la porte du restaurant, j'ai été accueilli par l'odeur des tortillas chaudes et la musique d'ambiance. Carlos essuyait des verres au bar. Il a levé la tête vers moi, étonné.

– Tu travailles aujourd'hui ? a-t-il demandé en me souriant.

Mon père, lui, ne sourira plus jamais

– Non, ai-je répondu, et ma voix s'est cassée.

La honte. J'ai essayé de fourrer les mains dans mes poches, mais je n'ai pas pu parce que je serrais les poings. J'ai cherché nerveusement Amy du regard.

– Joaquin, ça va ? m'a demandé Carlos en contournant le comptoir pour s'approcher de moi.

À une table, une famille avec trois bambins encore en maillot de bain m'observait, intriguée, en trempant des frites dans du fromage fondu.

– Oui.

Et soudain, Amy est apparue comme par magie. Mon cœur a explosé. La rage a inondé tout mon corps.

– Hello, ai-je réussi à articuler.

– Hello, a-t-elle répondu tout bas, l'air surprise.

– Joaquin, tu es sûr que ça va ? m'a de nouveau interrogé Carlos. Tu es livide.

Je suis retourné vers le bar et on s'est retrouvés tous les trois dans le petit couloir qui mène à la salle de repos. J'ai bredouillé quelques mots en guise d'explication. J'avais localisé mon père. Il fallait que j'aille à Healy. J'ignore s'ils ont compris quoi que ce soit. Carlos a froncé les sourcils, Amy a ouvert de grands yeux.

– Tu dois aller à Healy ? a-t-elle répété. Mais c'est où ?

Elle a pris ma main entre les siennes. Elles étaient chaudes et douces.

– À côté de Houston. À une heure à l'ouest d'ici environ.

Ils ont échangé un regard.

– Tu veux que je vienne ? a demandé Amy.

J'en avais terriblement envie. Seulement, je savais que je devais affronter cette épreuve seul. Et je ne voulais pas pleurer devant elle.

– Non, Amy.

Elle n'a pas insisté, malgré son inquiétude évidente. Elle m'a juste attiré contre elle pour m'embrasser le cou sans gêne. Carlos a fouillé dans sa poche et m'a donné les clés de sa voiture.

– Prends la Chevette.

J'ai hoché la tête, n'osant pas le remercier de peur de fondre en larmes. Il l'a sûrement compris et a hoché la tête en réponse.

Et maintenant, je suis à trente kilomètres de Healy.

Régulièrement, je m'essuie les yeux pour y voir clair à travers mes larmes.

• • •

En arrivant en ville, je sillonne rapidement la rue principale. Quelques fast-foods, un coiffeur, une pharmacie et un cinéma. Même si j'ignore où je vais, ça ne me paraît pas trop difficile de retrouver quelqu'un ici. À côté de Healy, l'île de Mariposa ressemble à une vraie métropole.

Mamita nous a vaguement parlé de sa famille d'accueil. Ils l'ont traitée de façon ignoble : elle dormait dans le garage et on lui imposait plus de corvées qu'à tous les autres enfants réunis. Les seules fois où elle les a évoqués, toujours après quelques verres, son visage s'est tordu de rancœur. Elle n'avait épousé notre père que pour fuir Healy, mais c'était un bon à rien qui l'a abandonnée quand on était encore des bébés. Et c'est tout. L'histoire résumée en quelques mots.

Je me gare à côté d'une cabine téléphonique et je sors de la voiture, mon dos craquant comme du pop-corn quand je m'étire enfin. La liste de noms à la main, je tourne les pages de l'annuaire de la cabine jusqu'à « Finney ». Ils sont trois. Je me retiens de déchirer la page et décide plutôt d'aller emprunter un stylo dans la station-service d'à côté. Je commencerai par Francis Finney.

Ce doit être… mon grand-père. Je ne prends pas le temps de m'attarder sur la question. Il faut juste que j'aille de l'avant. Quand je rends son stylo au gars de la station-service, je lui demande de m'indiquer l'itinéraire, et je me mets en route, une boule dans la gorge. J'arrive enfin devant une grande maison à un étage avec une large terrasse couverte. Elle est imposante, mais les parterres de fleurs ne sont pas entretenus et le toit aurait besoin de quelques réparations. Un drapeau américain pend misérablement dans la chaleur de l'été, sans qu'aucun souffle de vent ne vienne l'agiter.

Qu'est-ce que je fais là ?

Je jette un coup d'œil dans le rétroviseur pour vérifier que je n'ai pas l'air d'un tueur en série ou d'un cinglé. Je respire profondément. Dommage que je n'aie pas de bière pour me calmer. Il est trop tard pour reculer maintenant.

Je frappe à la porte et c'est une jeune femme qui m'ouvre. Elle a des cheveux roux attachés en queue de cheval, un tee-shirt noir et les pieds nus.

– Oui ? demande-t-elle sans animosité.

– Euh…

Je regrette de ne pas avoir profité du long trajet pour répéter ma présentation.

– Je cherche Francis Finney. Ou Frank ?

Elle fronce les sourcils. C'est peut-être son ancienne adresse. Mon grand-père secret a pu déménager.

– Je suis sa fille. C'est à quel sujet ?

Elle n'a pas l'air rassurée. Je recule pour ne pas l'effrayer.

– C'est dingue, je sais, mais… il se pourrait que je sois son petit-fils.

Elle ouvre de grands yeux.

– Attendez…

Elle m'examine comme si j'étais un sujet d'expérimentation.

– Tu es… Non… Attends, tu es le fils de Frank ? Joaquin ?

Elle me connaît.

– Oui, dis-je, incapable d'ajouter quoi que ce soit.

– Waouh ! lâche-t-elle, sa réaction m'aidant un peu à me détendre. Je suis Deirdre Finney. La vache. Je crois bien que ça fait de moi ta *tante* !

• • •

Il y a quelques heures, je ne savais pas que j'avais un grand-père et jamais je n'aurais pu m'imaginer que ma rencontre avec lui se passerait de cette façon. Dans le salon, juste à côté de la cuisine, sous le regard de Deirdre – de ma tante –, je me retrouve face à un vieux bonhomme dans un fauteuil. Il porte un tee-shirt blanc, un pantalon marron, des chaussettes blanches montantes dans des sandales noires, et son visage est totalement inexpressif.

– Voici Papa, annonce Deirdre en posant une main sur son épaule.

Elle parle fort, directement dans son oreille couverte de mèches grises soigneusement peignées, par elle sûrement.

– Papa, c'est Joaquin. Tu lui dis bonjour ?

Je me baisse et tends la main. Francis Finney Senior la prend sans lever la tête et la presse une fois, puis deux.

– Bonjour, monsieur.

Quand je pense que son sang coule dans mes veines et que je ne connaissais même pas son existence…

Frank Senior me lâche.

– Le chiot ? demande-t-il à Deirdre.

Il a une voix plus douce et féminine que je ne l'aurais imaginée. Deirdre sort de la pièce et revient avec un petit chien en peluche marron aux oreilles pendantes. Mon grand-père le pose sur ses genoux avec un grand sourire qui laisse apparaître des espaces vides entre les dents qui lui restent.

– Tu veux t'asseoir ? me propose Deirdre en me montrant le canapé. Je t'apporte un verre d'eau ?

En fait, je meurs d'envie de boire une bière, mais je n'ose pas le dire.

– Non, merci.

Deirdre s'assoit sur une chaise à côté du fauteuil. Elle observe un moment son père avant de se concentrer sur moi.

– La sénilité. Alzheimer, sans doute. Ça a commencé il y a quelques années, après le décès de ma mère d'un cancer du sein. Sincèrement, je suis contente qu'elle ne l'ait pas vu dans cet état. Ça lui aurait brisé le cœur.

Je hoche la tête et Deirdre grimace.

– Aïe, désolée. Je viens de t'annoncer que ta grand-mère est morte. C'est juste que…

Elle secoue la tête, un sourire triste aux lèvres.

– C'est beaucoup à encaisser d'un coup.

– Je sais. Je suis désolé de te tomber dessus comme ça.

Frank Senior caresse son doudou, l'air béat. Au moins, l'un de nous trois dans cette pièce est détendu.

– Pas grave.

Elle glisse les pieds sous sa chaise en me dévisageant.

– La dernière fois que je t'ai vu, tu étais un bébé. Je me souviens à peine de vos visites. Je n'étais qu'une enfant moi-même.

Gêné, je change de position sur le canapé.

– Je ne me rappelle rien. Je viens à peine de découvrir votre existence.

Deirdre m'écoute lui expliquer comment j'ai découvert la notice nécrologique de mon père. Je lui raconte que je vis sur l'île de Mariposa avec ma sœur et ma mère. Pour moi, mon père nous avait abandonnés et s'était installé en Californie. Elle lève les yeux au ciel.

– La Californie ? Mon frère n'a jamais mis les pieds hors du Texas.

Elle se tourne vers son père, qui s'est assoupi.

– J'espère que c'est pas bizarre de te proposer ça, mais... tu voudrais pas une bière, par hasard ?

– Si, avec plaisir.

Deirdre revient avec des cannettes de Lone Star et, petit à petit, je découvre mon histoire.

– Comme je te l'ai dit, j'étais petite quand mon frère a épousé ta mère et a quitté la maison. Il est venu ici quelques fois avec toi, puis avec ta sœur. On a mangé des hot-dogs et on a regardé la télé, dans ce salon.

Elle fait un geste vers la pièce bien ordonnée, avec ses meubles anciens, ses piles de *National Geographic* et ses rangées de livres dans la bibliothèque.

– Attends, je vais te chercher quelque chose.

Elle se lève et tire un gros album d'une étagère.

– Regarde.

Le papier transparent craque un peu quand elle tourne les pages. Elle s'arrête sur une série de photos : une autre tante, ma grand-mère, Deirdre enfant, quelques cousins. Tout le monde est souriant. Des hommes derrière leur barbecue semblent aussi fiers de leurs bedaines que de leurs steaks. Des femmes rient aux éclats autour d'un repas de Noël.

– C'est toi ! s'écrie Deirdre, enthousiaste, en mettant le doigt sur un cliché. Et ta sœur.

On est en train de jouer dans un jardin, peut-être celui de cette maison. Dans un bac à sable, Elena mord un seau en plastique rouge. Je construis un château avec application. J'ai du mal à réaliser. Après toutes ces années à vivre avec Mamita, j'ai enfin la preuve qu'on a fait aussi partie d'une autre famille. Je n'ai pas les mots. Mes yeux sont rivés sur la scène. Deirdre laisse l'album ouvert sur la table basse.

– À ce qu'on m'a dit, et si j'en crois le peu de souvenirs qui me restent, tes parents ont eu une violente dispute, m'explique Deirdre en se redressant et en regardant son père toujours endormi. Il faut que tu saches que tes grands-parents n'étaient pas ravis de ce mariage.

– Ah non ?

– Ta mère… Enfin, je ne veux pas paraître grossière ou désagréable.

– Dis-moi la vérité, tu ne me blesseras pas.

Elle hoche la tête, mais réfléchit un peu avant de continuer, afin, sans doute, de trouver la meilleure formulation.

– À ce que j'ai entendu dire, ta mère ne s'est jamais faite à sa vie ici. Chez nous. Aux États-Unis. Écoute, je n'étais qu'un bébé à l'époque, donc je n'en ai aucun souvenir. Je pense pouvoir parler en toute objectivité. Elle était jeune et ne parlait même pas anglais quand elle a quitté Cuba. Puis ses parents sont morts.

Elle s'interrompt, prise de scrupules.

– Tu le savais, n'est-ce pas ?

– Oui, dis-je pour la rassurer. Pour Cuba, je suis au courant.

– Ouf, tant mieux. Bref, je pense qu'elle faisait partie de la haute société, là-bas. Et nous, on ne roule pas sur l'or.

Elle hausse les épaules et me montre une nouvelle fois le salon en guise d'illustration.

– Oui, ses parents étaient riches. Les journaux ont même parlé du bal de ses quinze ans. Une fête somptueuse, apparemment.

– Ah oui, elle nous l'a racontée, réplique Deirdre tristement. En tout cas, elle n'a jamais trouvé sa place ici. Mais mon frère, ton père, est tombé amoureux d'elle. D'après les photos, ta mère était une très belle femme.

Je pense à Mamita, son corps d'oisillon et ses yeux injectés de sang. Mais plus jeune, elle était jolie, oui.

– Donc, ils se sont mariés, continue Deirdre.

Et j'ai l'impression que l'histoire qu'elle raconte n'est pas la mienne, mais celle de quelqu'un d'autre. Comme si c'était l'intrigue d'un des films que Mamita et Elena regardent à la télé.

– Ta mère voulait habiter au bord de la mer, parce que ça lui rappelait Cuba, alors ils se sont installés sur l'île de Mariposa. Mon frère a arrêté ses études…

Elle est interrompue par une quinte de toux de son père.

– Papa, ça va ?

Mon grand-père ouvre ses yeux chassieux et regarde autour de lui comme pour se repérer. Il les referme et on attend un moment qu'il se rendorme.

– Il passe tout son temps comme ça, m'explique Deirdre en soupirant. C'est toujours mieux pour lui qu'être éveillé, je suppose.

Elle prend une gorgée de bière.

– Donc, ils s'installent sur l'île de Mariposa, ils ont un bébé, toi en l'occurrence, et ta mère… à ce que j'ai compris, elle ne voulait plus rien avoir à faire avec nous. Elle ne voulait même pas nous rendre visite pour qu'on te voie. C'est grâce à ton père qu'on a eu le plaisir de te connaître. Il venait seul avec vous.

Elle se tait et me regarde. J'attends qu'elle reprenne, mais je comprends qu'elle me laisse la parole.

– Ma mère est… je ne sais pas. Elle n'a jamais fait le deuil de sa vie à Cuba, comme tu l'as dit. Je crois que… que quelque chose ne tourne pas rond chez elle.

C'est la première fois que je le dis tout haut, mais je n'ai plus de doute à ce sujet.

Deirdre hoche la tête et agite sa cannette pour s'assurer qu'elle est vide. Elle la pose sur la table basse.

– On dirait bien, oui. Et un jour, ton père est revenu ici, tout seul. Tes parents s'étaient disputés. Il avait besoin de prendre de la distance.

Elle se ronge l'ongle du pouce, comme moi quand je réfléchis. C'est génétique, les mauvaises habitudes ?

– J'avais dix ans à peu près, et je me souviens que mes parents, autour de la table de la cuisine, lui disaient de retourner vous chercher. Selon eux, ta mère était incapable de s'occuper de vous. Ils voulaient prendre un avocat.

Incapable de s'occuper de nous. Était-ce le cas ? Mamita ne nous a pas laissés mourir de faim, ne nous a jamais enfermés dans une armoire…

– Et tu sais, ton père l'aimait encore, malgré tout. Il espérait encore pouvoir arranger les choses avec elle. Il lui téléphonait, mais elle ne répondait pas. Il lui a envoyé des lettres, aussi, comme tu le sais. C'est étonnant qu'elle les ait gardées, tu ne trouves pas ?

– Oui.

Mais l'était-ce vraiment ? À cet instant, j'ose à peine intervenir, de peur que Deirdre s'arrête de parler.

– Ça l'a beaucoup attristé. Il ne savait pas quoi faire et il était très déprimé… Une nuit, j'ai été réveillée par un hurlement. J'ai dévalé l'escalier et la police était là. Je ne savais même pas que mon frère était sorti…

Elle s'interrompt, jette un regard vers son père.

– Ton père était l'aîné de la fratrie et moi, je suis la plus jeune. On n'a jamais été vraiment très proches, tu vois.

Elle se ronge de nouveau l'ongle du pouce, les yeux dirigés vers la porte d'entrée.

– Mais c'était quand même mon grand frère.

Dehors, le chien des voisins aboie. On se tait quelques instants.

– Je suis désolé, dis-je enfin.

– C'était ton père, réplique Deirdre en sortant de ses pensées. C'est moi qui devrais te présenter mes condoléances. Surtout que tu l'as à peine connu.

– Merci.

Ça me fait bizarre de la remercier, mais je ne sais pas comment réagir autrement.

– Ce n'est pas tout… Il était ivre. Il revenait d'un pub en ville et les clients l'ont vu se soûler.

Elle marque une longue pause.

– Il a foncé dans un arbre.

Je ne sais pas pourquoi elle s'arrête de nouveau. Comme si je devais comprendre quelque chose.

Et soudain, tout devient clair.

– Tu penses qu'il… l'a fait intentionnellement ?

Deirdre pousse un long soupir.

– Peut-être. Bien sûr, on le saura jamais. Ma mère interdisait qu'on évoque seulement cette possibilité. Je pense pourtant qu'on est plusieurs à le penser. J'ignore l'opinion de mon père, on n'en a pas parlé. Mais, après… tout le monde était tellement dévasté. Et je crois… Je suis désolée, mais je crois que pour eux, ce drame, sa mort, c'était à cause de ta mère. Et ils ont tout fait pour l'oublier.

– Et nous avec.

Deirdre hoche la tête en regardant ses mains.

– Maintenant, je vois que ce n'était pas bien. Ta sœur et toi, vous êtes leurs petits-enfants. On aurait pu se battre pour vous. Mais…

– C'est pas grave, dis-je en me penchant vers l'album photos.

Je nous contemple, Elena et moi, dans le bac à sable. J'imagine nos voix, nos rires quand on s'éclaboussait avec le tuyau d'arrosage. Je m'imagine rapidement un univers parallèle où Deirdre est pour nous plus comme une sœur que comme une tante depuis longtemps perdue de vue.

– Une autre bière ? propose-t-elle. Il faut je sache si tu as gardé quelque chose de ton héritage irlandais !

– *Por supuesto*. Et de mon héritage cubain, aussi.

On rit et j'accepte sa proposition.

– Viens avec moi dans la cuisine, je vais te montrer l'ancienne chambre de ta mère. Enfin, si tu en as envie.

Deirdre me guide vers une toute petite cuisine avec des placards et un frigo couvert d'aimants kitsch, et ouvre une porte qui donne sur un local avec vue sur le jardin. La pièce est encombrée de cartons ; sur l'un d'eux, je lis « Décorations de Noël ». Une vieille machine à coudre trône sur une petite table dans un coin.

– Évidemment, la chambre ne ressemblait pas à ça quand ta mère vivait ici, tu imagines bien. Elle avait un lit, une commode… le grand luxe !

Elle fait passer ça pour une plaisanterie, mais je sens qu'elle tient à ce que je ne pense pas en mal de sa famille.

– Je suis sûr que tes parents étaient gentils avec elle.

Les murs sont peints en jaune. Une couleur très gaie, même si elle a besoin d'être un peu rafraîchie. Je touche le cadre de la porte, respire l'odeur de renfermé. Quand ma mère avait mon âge, elle dormait là. Elle regardait par ces fenêtres. Si elle savait que j'étais là, comment réagirait-elle ? Pas bien, je suppose. J'entends sa voix dans ma tête, sévère et tranchante.

Vois un peu, ils me faisaient dormir à côté de la cuisine, comme une domestique. Mais moi, j'avais une domestique à Cuba ! Mes parents ne m'auraient jamais laissée partir s'ils avaient su quelles conditions de vie on me réservait !

Derrière moi, j'entends une cannette qu'on décapsule.

– Tiens, neveu, bois ça, m'offre Deirdre en souriant.

Une bière à la main, je chasse les paroles pleines de venin de ma mère. Elle détestait cet endroit comme elle déteste tout ce qui n'est pas Cuba. C'est systématique et inévitable.

Alors qu'il n'y a aucun problème avec cette maison, quoi qu'elle nous ait raconté quand on était petits. Je le comprends maintenant. En suivant Deirdre dans le salon, je me dis que ça aurait été super de grandir ici.

CHAPITRE 17

La maison est plongée dans le noir quand je reviens sur la pointe des pieds, mes Converse à la main pour ne pas faire trop de bruit. Il est dix heures passées. J'ai garé la Chevette de Carlos plus haut dans la rue, je la lui rendrai demain.

Debout dans le salon, j'écoute le ronron du frigo, le *tic tac* de la pendule, ma propre respiration.

Je ne peux pas attendre jusqu'au matin pour révéler la vérité à Elena. Elle a le droit de la connaître dès maintenant. Je frappe doucement à sa porte.

– Oui ? Joaquin, c'est toi ?

Sa chambre est éclairée par le lampadaire dehors. Quand j'étais petit, c'était ma chambre, mais la lumière m'empêchait de dormir. Elena aime bien ça, alors on a échangé.

– T'étais où ? demande-t-elle, fâchée — mais je lis un profond soulagement sur son visage.

– Je suis désolé, dis-je à peine plus fort qu'un murmure.

– Mamita pense que tu étais au travail, me confie-t-elle en approchant les genoux de son menton.

Quand elle reprend la parole, elle n'a pas l'air de m'avoir complètement pardonné.

– Je ne l'ai pas détrompée. Mais dis-moi où tu étais.

Je dégage quelques vêtements et des magazines pour me frayer un chemin jusqu'à son lit. Elena s'adosse au mur sous son poster ridicule de Madonna.

– Je dois te dire quelque chose. Un truc complètement dingue.

Elena fronce les sourcils.

– Laisse-moi deviner. Amy est enceinte. Je vais bientôt être *Tía* Elena !

– Arrête un peu, c'est pas ça du tout. Il faut que tu m'écoutes.

Elle se redresse, les jambes croisées. Elle porte encore mon vieux tee-shirt du lycée.

– D'accord, vas-y.

Tout bas, interrompu par les questions d'Elena, posées régulièrement et sur un ton calme, je lui raconte l'histoire de la journée la plus étrange de ma vie. À la fin de ma visite, Deirdre m'a raccompagné à la voiture et m'a noté son numéro de téléphone sur un bout de papier.

– Elle m'a proposé qu'on l'appelle si on en a envie. Et si on veut rencontrer le reste de la famille.

Les traits d'Elena se crispent légèrement.

– Joaquin, je sais pas trop… C'est vraiment notre famille ?

Je recule, perdu.

– Ben... oui ? Tu crois pas ?

Elena hausse les épaules.

– Ils n'ont pas cherché à nous voir, n'est-ce pas ? Pourtant, ils auraient pu.

Je n'en reviens pas. Sur le trajet du retour, j'imaginais Elena hurler de rage, hystérique, en train de sortir de la maison en maudissant Mamita de nous avoir menti. Mais pas du tout : ma sœur est parfaitement stoïque.

– C'est vrai qu'ils auraient pu faire un peu plus d'efforts pour qu'on reste en contact, dis-je. Mais tu dois reconnaître que Mamita ne leur a pas vraiment rendu la tâche facile.

Elena réfléchit un instant avant de reprendre la parole.

– Oui, mais tu n'as que leur version des faits, pour le moment.

– Sérieux, Elena ? Mamita nous a menti. Elle nous a raconté que notre père nous avait abandonnés. Mais il est mort. Il s'est tué dans un accident de la route quand tu n'étais qu'un bébé. Ça ne te fait rien ?

Je crache mes mots à présent. Mes murmures montent en volume.

– Chut, tu vas la réveiller.

– Peut-être qu'elle le mérite.

Elena soupire et attrape le sac à côté de son lit. Elle en sort un paquet de Marlboro Lights. Elle s'allume une cigarette et entrouvre la fenêtre.

– Non mais, je rêve ! Quand est-ce que t'as commencé ?

Elena souffle un filet de fumée sans me répondre.

– Depuis que t'es avec J.C., c'est ça ?

– Non, un peu avant.

– En tout cas, t'en achetais pas.

Elle met les cendres dans un verre au fond duquel il reste un centimètre d'eau. Je me demande si elle le garde toujours là, sur sa table de chevet encombrée, pour cet usage.

– J'espère pour toi que Mamita ne sentira rien.

– Je vais dormir la fenêtre ouverte et je me doucherai tout de suite en me levant. Et qu'est-ce que t'en as à faire de ce qu'elle pense ? De toute façon, t'es sur le point de lui faire regretter de nous avoir menti toute notre vie, non ?

Elle tire sur sa cigarette. Elle pense sûrement que ça lui donne un air plus âgé, mais c'est n'importe quoi. Elle a juste l'air d'une gamine qui joue les grandes. C'est débile. Seulement, elle a raison : qu'est-ce que je vais dire à Mamita ? Je n'y ai pas pensé une seconde de tout le trajet du retour. Je n'avais qu'une idée en tête : tout raconter à Elena.

– Dis-moi juste si tu envisages d'aller la réveiller, pour que je me débarrasse de ça avant, me demande Elena en agitant sa clope.

À présent, sa voix est carrément hostile.

– Qu'est-ce qui t'arrive ? Pourquoi t'es fâchée contre moi ?

– Je suis pas fâchée contre toi.

– Tu mens.

– Je ne suis pas fâchée !

Un silence pesant nous enveloppe, interrompu uniquement par le léger bruit de la cigarette d'Elena qui se consume à mesure qu'elle tire dessus. Je me dis que si je patiente assez, elle se remettra à parler. Et ça marche.

– Écoute, Joaquin, tu es arrivé avec tes nouvelles incroyables en t'attendant à ce que je pique une crise, commence-t-elle en me dévisageant.

Elle se trémousse un peu et finit par écraser son mégot sur le bord du verre avant de le lâcher dans l'eau.

– Mais à vrai dire, ça me fait pas grand-chose. Au bout du compte, notre père nous a quand même abandonnés. Il est parti à Healy et nous as laissés ici.

– Mais il voulait qu'on revienne, dis-je en repensant à la grande maison où j'ai rencontré Deirdre et mon grand-père.

Je revois leur album de famille, leur terrasse, leur jardin.

– D'accord, mais il est quand même parti, insiste Elena. À Healy ou en Californie, qu'est-ce que ça change ?

– Ça change qu'elle nous a menti !

Comme d'habitude quand on parle de Mamita, c'est moi qui me mets en colère. Elena est sereine, tranquille. Ça me rend dingue.

– Peut-être qu'elle l'a fait pour qu'on n'apprenne pas qu'il était mort. Elle a sans doute pensé que ce serait plus facile à supporter pour nous.

Et elle bâille. Sa seule réaction, c'est bâiller.

– Comment est-ce que tu peux être fatiguée ?

– Joaquin, je ne veux pas me disputer avec toi maintenant.

Elle frotte la cicatrice sur son menton. Elle le fait toujours quand elle est nerveuse. Les mots de Deirdre me reviennent à l'esprit. *Selon eux, ta mère était incapable de s'occuper de vous.*

– Comment tu t'es fait cette cicatrice sur le menton ?

Elena baisse lentement la main.

– Au cours d'une randonnée sur le Machu Picchu, répond-elle d'une voix neutre, le regard droit. En sautant en parachute au-dessus de l'Himalaya.

– Arrête, Elena.

– Tu sais très bien comment, lâche-t-elle, soudain agressive. Pourquoi tu me demandes ça ?

– J'aimerais que pour une fois, tu arrêtes d'imaginer des excuses pour justifier notre vie de merde.

Je me lève, furieux, prêt à quitter sa chambre.

– J'aimerais que tu comprennes qu'elle va continuer à te contrôler jusqu'à ta mort si tu la laisses faire.

– Ça suffit ! s'exclame Elena en haussant le ton. Si tu trouves que ta vie est tellement merdique, pourquoi tu te tires pas ?

Je secoue la tête et sors de la chambre en refermant rapidement la porte pour ne pas l'entendre pleurer.

• • •

Cette cicatrice…

L'été de ses douze ans, un après-midi, Elena est sortie de la maison pendant que Mamita était au travail. J'étais sûrement parti à vélo avec Kevin Anderson voir si les filles de notre classe étaient déjà en bikini sur la plage. Un truc débile du genre. Contrairement à ma sœur, je n'ai jamais eu à subir les fameux coups de fil de surveillance.

Mamita venait de téléphoner, alors Elena pensait qu'elle avait un peu de temps devant elle. Seulement, ce jour-là, notre mère a dû flairer l'entourloupe, parce qu'elle a rappelé peu de temps après. Trop tôt. Elena était allée s'acheter des bonbons et un magazine avec l'argent qu'elle avait reçu à Noël. Elle ignorait que pendant ce temps, Mamita s'acharnait sur le téléphone. Et il n'y avait personne à la maison pour répondre.

Quand notre mère est rentrée du travail, dans la soirée, Elena et moi, on regardait les infos, vautrés sur le canapé.

– Merde, on devrait préparer le dîner, ai-je lancé en entendant le moteur de sa voiture dans l'allée.

Je venais de commencer à dire des gros mots dans l'espoir de passer pour un dur.

– Merde, merde et merde, a confirmé Elena.

Elle a éteint la télé et s'est précipitée dans la cuisine.

On remplissait une casserole d'eau pour faire des spaghetti et, au moment où Mamita a ouvert la porte, j'ai tout de suite compris que ça allait mal se passer pour nous.

– Tu étais où, cet après-midi, Elena ? a-t-elle demandé en nous foudroyant du regard.

Sans lui laisser le temps de répondre, elle s'est dirigée vers le frigo pour se servir son cocktail. Le cliquetis des glaçons dans le verre ne laissait rien présager de bon.

– Ici, Mamita, a répondu Elena, la casserole toujours à la main.

– *Mentirosa*. Je t'ai appelée et tu n'as pas décroché.

Ma sœur s'est tout de suite empourprée. Planté entre les deux, je les observais l'une et l'autre à tour de rôle.

– Mamita, j'étais ici ! Je devais être aux toilettes.

Par la suite, Elena a appris à mieux mentir, mais là, elle débutait dans le domaine. Mamita l'a toisée de la tête aux pieds. Elle a pris une gorgée de son rhum-Coca, les yeux rivés sur nous. Elle a attendu. Elle avait déjà gagné et elle le savait. Elena n'avait plus qu'à déposer les armes.

– Je suis juste allée au magasin au bout de la rue, a-t-elle commencé d'une voix tremblante. Je voulais juste des bonbons. Et… sortir un peu de la maison.

Terrorisée, elle arrivait à peine à parler. Elle avait les larmes aux yeux. Mon cœur s'est mis à tambouriner dans ma poitrine. C'était ma petite sœur, il fallait que je la protège.

– Mamita, calme-toi. C'est rien du tout.

Je commençais aussi à lui tenir tête pour m'émanciper. Comme avec les gros mots.

Elle a brusquement tourné la tête dans ma direction. À côté de moi, je sentais Elena se ratatiner contre le mur, la casserole remplie d'eau dans les mains, ses phalanges déjà toutes blanches.

– Qu'est-ce que tu viens de me dire ? a hurlé Mamita, en furie.

– C'est rien du tout, ai-je répété, savourant le son de ma nouvelle voix, profonde et puissante. Laisse-la sortir un peu de cette maison. C'est ridicule de l'enfermer toute la journée comme ça.

Pour donner plus de poids à mes mots, j'ai fini par un beau « Merde, quoi ! » sur le ton lourd et las que prend toujours Kevin Anderson quand quelque chose le contrarie.

Mamita s'est alors précipitée vers moi, les mains en avant. Par réflexe, j'ai esquivé. Elle s'en est alors prise à Elena, qui a reçu le coup de plein fouet tandis que la casserole s'écrasait sur le sol. D'une gifle cinglante, elle l'a envoyée valser sur le comptoir de la cuisine : son menton a heurté l'angle et s'est ouvert, laissant jaillir de grosses gouttes de sang.

Je n'aurais pas dû bouger, *hermanita*. J'aurais dû prendre le coup pour toi.

Mais je ne l'ai pas fait. J'ai reculé, comme un lâche.

Sans un mot, Mamita est sortie en trombe de la maison, lâchant son verre qui a éclaté en morceaux sur le porche. Le moteur de la voiture a grondé. Elle n'est revenue que beaucoup plus tard ce soir-là. Entre-temps, j'avais aidé Elena à laver l'entaille sur son visage et à ramasser les éclats de verre sur la terrasse. Je m'étais demandé mille fois si ma sœur avait besoin de points de suture, et c'était probablement le cas. Quand Mamita est revenue, Elena dormait, son oreiller encore trempé de larmes. Je m'étais allongé sur des couvertures au pied de son lit, un drap sur moi, et, régulièrement, je me levais pour voir comment elle allait, mon cœur débordant de culpabilité.

Pendant un moment, après cet incident, j'ai essayé d'être davantage comme Elena. De réagir avec plus de souplesse aux demandes de Mamita, de moins la pousser à bout. J'ai essayé, pour ma petite sœur.

L'été suivant, quand Elena m'a parlé de son plan, j'ai tout de suite été partant. Je lui devais bien ça. Je l'ai aidée à fabriquer la petite annonce qu'elle était censée avoir trouvée au magasin. J'ai choisi avec elle les prénoms des enfants, je l'ai couverte dès que je le pouvais. Ensemble, on a inventé les Callahan pour qu'Elena se crée un monde dans lequel elle pourrait s'enfuir. Un monde dans lequel Mamita la lâcherait un peu. Un monde de mensonges.

Les Callahan ont existé plus longtemps que prévu, et j'ai commencé à leur en vouloir. Pendant qu'Elena s'échappait dans son univers imaginaire et les utilisait pour faire semblant d'obéir à Mamita, je faisais tout le contraire. Je n'arrivais plus à me montrer aussi docile, à me taire, même quand ça aurait été beaucoup plus intelligent. Été après été, année après année, alors que les dîners tendus s'enchaînaient et que la peur d'une nouvelle crise nous tenaillait, je devenais de plus en plus conscient de la réalité sinistre de notre situation.

Je la regardais en face jusqu'à ce que ça me fasse trop mal, et alors je fermais les yeux et tournais la tête. Mais un instant seulement.

CARRIE

1972

Joaquin et Elena ne le sauraient jamais, mais ils devaient aux voisines le peu de stabilité de leur vie. Les premières années, au moins. Elles avertirent leur paroisse de la situation précaire de Carrie et récoltèrent de l'argent pour elle. Elles lui dégotèrent un poste de réceptionniste dans le cabinet du médecin du coin et l'aidèrent même à trouver une baby-sitter pour les enfants. Elles firent de Carrie leur protégée, ce que cette dernière apprécia beaucoup. Cela faisait si longtemps qu'on ne s'était plus vraiment occupé d'elle.

Elle tentait de ne pas remarquer la couleur de leurs cheveux, qu'elles se teignaient elles-mêmes, leur vulgarité de petites gens, et cette habitude qu'elles avaient de toujours porter des vêtements une taille trop petite, comme si ça leur donnait une silhouette plus fine, alors qu'en fait, elles ressemblaient juste à des saucisses. Elle leur souriait toujours quand elles débarquaient sans prévenir, et se forçait à participer à leurs jeux de dés abrutissants et à s'enthousiasmer de leurs anecdotes stupides. Carrie était bien consciente de leur générosité et de leurs attentions. Mais elle n'était simplement pas comme elles. Elle craignait, à force de les côtoyer, de devenir aussi médiocre qu'elles, et de perdre cet écrin de sophistication qui la rendait si spéciale.

Au bout d'un an, elle avait économisé assez d'argent pour louer une maison dans un quartier légèrement meilleur. Elle expliqua à ses voisines qu'elle avait besoin d'un nouveau départ, que son appartement était rempli de mauvais souvenirs. Elle ne leur dit pas qu'en réalité, elle voulait fuir leur mauvaise influence pour ne pas finir comme elles, avec des kilos en trop et toujours une cigarette au bec ou à la main.

Une de ses dernières nuits dans l'appartement, elle les invita toutes pour les remercier et leur servit des biscuits au *dulce de leche*. Les voisines la complimentèrent pour son dessert exotique, et, éméchée par ses rhums-Coca, Carrie les divertit avec des histoires de sa vie parfaite à Cuba. Elle se sentait comme une princesse entourée de ses dames de compagnie. C'était presque amusant. Seulement, quand la dernière invitée prit congé, Carrie referma la porte, épuisée et vidée. Plus tard, dans sa nouvelle maison, si l'une d'elles venait lui rendre visite à l'improviste, Carrie enfermait les enfants dans la salle de bain et éteignait toutes les lumières pour qu'elle pense qu'ils étaient sortis. Au bout d'un moment, plus personne ne vint la voir.

Le matin de son déménagement, Carrie examina soigneusement la maison. C'était bien mieux que l'appartement ! Elle était plus propre et plus neuve. Les placards de la cuisine avaient même été repeints récemment. Et ils passaient de deux chambres à trois, même si celles de Joaquin et Elena n'étaient à l'origine qu'une seule pièce à présent séparée par une cloison. Cette maison représentait un minuscule pas dans la bonne direction. Le signe que la situation allait s'améliorer.

Carrie appréciait même son travail chez le Dr Sanders, et pourtant, elle n'aurait jamais pu imaginer qu'elle aimerait subvenir à ses propres besoins. Ophtalmologue sérieux et posé, le docteur tenait à ce que le calme et le professionnalisme règnent dans son cabinet. Carrie adorait maintenir l'ordre, classer des dossiers, acheter avec de beaux billets des bouquets de fleurs et des magazines. Elle adorait être l'assistante d'un homme important, parce que cela lui donnait l'impression d'être importante elle aussi. Des années plus tard, quand le fils du Dr Sanders remplaça son père qui avait pris sa retraite, il donna à Carrie le titre de responsable administrative, qu'elle notait fièrement tous les ans sur sa déclaration d'impôts.

Il arrivait que Frank lui manque, mais rarement. Ce qui lui manquait surtout, c'étaient leurs premières années ensemble. Avec le vernis du temps, elles lui semblaient avoir été presque agréables. Et elle savait qu'en grandissant, les enfants commenceraient à lui poser des questions sur lui. Des questions auxquelles elle ne voulait pas répondre. Elle craignait même que Joaquin se souvînt encore vaguement de lui. Alors elle se mit à cacher les photos, et elle donna ses vêtements, ses chaussures et ses affaires.

Elle s'inquiétait tout de même. Si elle leur révélait que leur père était mort de façon tragique, ils chercheraient à en savoir plus. Et ils la questionneraient aussi sur son horrible belle-famille qui l'avait traitée comme une domestique. Si elle leur disait que Frank était parti pour toujours, il deviendrait leur héros. Ils s'imagineraient un père merveilleux, parfait. Comment pourrait-elle rivaliser avec un fantôme ?

Leur raconter que Frank les avait abandonnés fut beaucoup plus facile. Et ce n'était pas faux, après tout. N'était-il pas parti un matin en lui laissant à peine assez d'argent pour manger ? Et il n'était jamais revenu. Elle choisit la Californie parce que c'était un endroit où les gens s'enfuyaient. Chaque fois que Joaquin et Elena l'interrogeaient sur lui, son visage se décomposait. Si elle fondait en larmes quand ils lui posaient des questions, si elle leur expliquait tout le mal qu'il lui avait fait, ils finiraient par arrêter. Et le stratagème fonctionna. Ne voulant plus voir leur mère pleurer et s'enfermer dans sa chambre, les enfants n'abordèrent plus le sujet de leur père.

Le soir, après les avoir baignés et couchés, elle se servait un cocktail, parfois deux. Et, quand elle forçait sur la boisson, elle se laissait aller à penser à Cuba. À sa mère, son père et Juanita, aussi. Elle sortait ses vieilles photos, chantonnait de vieilles berceuses. Elle inventait une autre fin à son *quince* où elle embrassait Ricardo dans le noir, à côté des orchidées de son jardin. Il lui arrivait même de se convaincre que cela s'était vraiment produit. Elle pensait à la délicieuse odeur de l'*agua de violetas* et revoyait la plage de Varadero et l'océan d'un bleu infini.

Un peu étourdie par l'alcool, Carrie aimait jeter un coup d'œil à ses enfants avant d'aller au lit. Elle se faufilait dans leurs chambres tard dans la nuit, les bordait, dégageait les cheveux de leurs visages moites de sueur. Joaquin s'endormait toujours avec un livre ou un Lego dans la main, Elena les fesses en l'air. Carrie s'attardait parfois jusqu'à ce que les larmes coulent sur ses joues et qu'une boule grossisse dans sa gorge. Grâce à eux, elle ne serait jamais seule. Ils resteraient toujours avec elle. Jamais ils ne la quitteraient. Ils étaient à elle, et à elle seulement. En grandissant, ils apprendraient à l'aimer et à lui faire confiance et ils comprendraient qu'elle avait toujours fait de son mieux pour eux, malgré les horreurs qu'elle avait traversées.

Et elle se promettait d'être une bonne mère.

JOAQUIN
CHAPITRE 18

Depuis mon retour de Healy, c'est la guerre froide entre Elena et moi. On s'arrange pour ne pas se croiser. Je vais travailler au restaurant et je passe du temps avec Amy quand elle est seule chez elle. On se réfugie dans sa chambre pour faire l'amour, écouter de la musique et oublier le reste du monde.

Je lui ai tout raconté. À la fin, elle m'a embrassé. Elle m'a demandé de tenir bon encore un an. Même moins, si on part à Austin en mai. Elle m'entraîne dans son rêve d'aller vivre à New York ensemble après l'université, de devenir écrivain et d'assister à tous les meilleurs concerts punks. C'est une belle perspective, mais je ne lui demande pas ce que je ferai à New York, moi, à part l'accompagner voir nos groupes favoris. Je ne veux pas casser son enthousiasme.

Est-ce que ça suffit de vivre dans le rêve de la personne qu'on aime ? Surtout si cette personne, c'est Amy ? Va savoir.

Elena enchaîne les baby-sittings et rentre tard à la maison, toujours un peu ivre et empestant la fumée de cigarette, et l'herbe aussi. À ce que je sache, elle n'a plus repris d'acide. À mesure que le mois d'août touche à sa fin, les journées raccourcissent. L'été tire sa révérence.

Mamita ne sait pas que je suis allé à Healy. Je l'observe souvent quand elle est devant ses jeux ou ses feuilletons à la télé, je l'imagine dans sa chambre jaune attenante à la cuisine. J'imagine le grand sourire de Deirdre. Je me rappelle les mains de mon grand-père sur son chiot en peluche. Je me représente une vie parallèle pour Elena et moi, dans notre maison de Healy.

Un samedi matin, Mamita nous demande d'aller faire des courses. Elle est de mauvaise humeur, et je pense qu'elle veut surtout être seule. Sans protester, je m'installe derrière le volant de la Honda. Elena s'assoit à côté de moi, la liste de Mamita à la main.

– Joaquin, arrête d'être en colère contre moi, me demande-t-elle soudain sur Esperanza Boulevard.

Je tourne la tête vers elle. Je ne suis plus en colère. Plus vraiment. Je suis plutôt inquiet. Je me fais toujours du souci pour elle.

– D'accord, dis-je. Alors ne sois pas en colère contre moi non plus.

Elle passe son index sur la vitre.

– Je n'ai jamais été en colère contre toi de toute ma vie.

Je quitte un instant la route des yeux pour la regarder et, quand elle tourne la tête, on est de nouveau les complices de toujours.

Au supermarché, Elena me reproche de prendre des fruits trop mûrs. Je lève les yeux au ciel quand elle met des Frosties dans le caddie.

– Mamita ne va pas aimer.

– Je mettrai le sachet des Frosties dans le paquet des Cheerios, vu qu'elle n'en mange plus, réplique Elena. Ce ne sera pas la première fois.

– Pas bête.

Elle éclate de rire.

On anticipe chaque mot de l'autre, chaque choix, chaque geste.

Personne ne me connaît mieux que ma sœur.

Sur le chemin du retour, elle me laisse écouter The Jesus and Mary Chain sans même se moquer d'eux.

Arrivés devant la maison, on descend le plus de sacs possible de la voiture. Les yeux plissés, Mamita nous attend, appuyée sur le cadre de la porte.

Mon estomac se tord.

Je la contourne pour entrer dans la cuisine, mais elle reste concentrée sur Elena qui monte les marches, un sourire s'étalant sur son joli visage vibrant de jeunesse. La grimace contrariée qu'affiche Mamita creuse ses rides.

– On a pris tout ce que tu avais noté sur la liste, annonce Elena en me suivant dans la cuisine.

Elle sort prudemment les boîtes d'œufs d'un des sacs pour les ranger dans le frigo. Je ressors récupérer le reste des courses. Et juste quand je reviens, j'entends le ton accusateur de Mamita.

– Je sais que tu n'avais pas de baby-sitting hier soir, Elena.

Tous mes sens sont en état d'alerte. Je vois déjà l'histoire qu'on a inventée nous exploser au nez. Je pose un sac sur le plan de travail. Elena range un filet de pommes de terre.

– Comment ça ? demande-t-elle sans se retourner, sans s'affoler, totalement détendue. Bien sûr que j'avais un baby-sitting.

– Tu mens.

Je regarde par-dessus mon épaule. Mamita foudroie Elena du regard comme s'il s'agissait d'une cible à abattre.

– Je viens de recevoir un appel de Mme Callahan. Elle te cherchait parce que tu devais aller chez elle pour garder ses enfants ce matin et tu lui as fait faux bond. Si tu avais vraiment été chez eux hier soir, tu n'aurais pas oublié !

Je reste cloué sur place. *Mamita vient de recevoir un appel de Mme Callahan.* Elena se retourne tranquillement. Sans réfléchir, elle touche la cicatrice sur son menton, la ligne blanche aussi droite que le bord du comptoir sur lequel elle s'appuie à cet instant.

– Sérieusement, Mamita ? lance-t-elle en souriant. Mme Callahan a appelé ?

Mamita tressaille. Elle regarde Elena droit dans les yeux et celle-ci soutient son regard.

– Oui, assure-t-elle, mais avec moins de combativité désormais.

Elena ne dit rien, impassible et froide. Je ne bouge pas un seul muscle.

Quelques secondes passent et Mamita reprend la parole.

– En tout cas, je pense que c'était elle.

La tension dans la pièce baisse un peu. J'attrape deux boîtes de haricots et avance vers les placards, mine de rien, malgré mon cœur qui bat la chamade. J'ai la gorge sèche.

Du coin de l'œil, je vois Elena s'attacher les cheveux.

– Mamita, dit-elle enfin, avec une patience mêlée de fermeté, comme si elle s'adressait à une enfant. J'avais un baby-sitting hier soir. Où est-ce que tu voulais que je sois ? Sérieusement, conclut-elle, amusée.

Elle s'approche alors de Mamita et l'embrasse sur la joue. Un petit bisou, un geste fluide. Sûre d'elle, elle ne trahit aucune inquiétude. Elena vient de gagner la coupe de championne du monde des menteuses. Elle disparaît dans sa chambre, me laissant ranger seul les provisions.

Mamita fronce les sourcils. Elle scrute un moment la porte fermée d'Elena et grommelle quelques mots inintelligibles. Elle se tourne ensuite vers moi.

– Qu'est-ce que tu fais planté là, Joaquin ? Allez, finis de ranger !

– J'ai presque terminé, dis-je en me remettant au travail.

Mamita va s'enfermer dans sa chambre à son tour, un verre à la main. Dans un silence total, j'aligne les conserves dans un placard et je pose les fruits dans le bol. Mon avenir s'étale dans mon esprit tel un océan sans limite : emportées par le tourbillon de leurs mensonges, Elena et Mamita ne distinguent plus le vrai du faux. Elles ne savent plus comment vivre autrement.

Les yeux fermés, je me laisse gagner par la panique. Je sors prendre un peu d'air sur le porche, mais ça ne suffit pas à me calmer. Je continue vers le trottoir, résistant à l'envie de courir, de m'enfuir loin d'ici. Je me force à attendre une minute. L'humidité m'enveloppe telle une couverture lourde et étouffante. Une voiture klaxonne. Un bus embraye plus loin. Des enfants jouent dans un jardin en criant.

J'arrive à peine à respirer.

– *Touché !* s'exclame un petit garçon. C'est toi le chat ! C'est toi le chat !

• • •

Il me faut trois jours pour trouver le courage de leur parler.

Après le dîner, Elena débarrasse la table et pose les assiettes et les couverts dans l'évier.

– Joaquin, tu peux faire la vaisselle ?

– Ouais.

J'ai la gorge sèche. Je jette un coup d'œil à Mamita qui mélange son cocktail avec son petit doigt.

– Mais avant, il faut que je vous dise quelque chose. À toutes les deux.

Elena se tourne vers moi. Mamita boit une gorgée de son rhum-Coca, les yeux rivés sur le mur en face d'elle.

Vas-y, mec.

– J'ai décidé de partir en Californie, dis-je. À la fin de l'été.

Je regarde Mamita. J'entends Elena étouffer une exclamation. Je ne peux pas l'affronter. Ma mère finit par lever la tête vers moi et me transperce de ses yeux plissés.

– Parce que tu penses y trouver ton père ? demande-t-elle d'une voix glaciale.

C'est l'occasion pour elle de me dire la vérité. Elle pourrait la saisir. Elle pourrait tout avouer si elle pense que ça pourrait me faire rester sur l'île de Mariposa. Seulement, pour cela, il faudrait qu'elle reconnaisse ses mensonges.

– Je doute que tu parviennes à le retrouver, continue-t-elle. Je suis même prête à parier que tu n'y arriveras pas.

Et, aussi dingue que ce soit, je me dis qu'elle pense peut-être vraiment que Frank Finney est vivant et habite à Los Angeles.

– Ce n'est pas pour lui que je veux y aller. C'est juste… pour voir comment c'est là-bas. Avant de décider ce que je ferai plus tard, mes études, tout ça…

Ça a l'air tellement bête quand je le dis à haute voix. Mais à quoi bon expliquer ? Je pourrais discuter avec Mamita jusqu'à la fin de mes jours, jamais je ne lui ferais comprendre quoi que ce soit.

Elle acquiesce, fronce légèrement les sourcils. En sirotant son cocktail, elle tourne la tête vers la fenêtre.

– Juanita avait une expression, annonce-t-elle en souriant presque. *Ojos que no ven, corazón que no siente.* Loin des yeux, loin du cœur. Je la comprendrai peut-être bientôt.

Elle se lève en emportant son verre.

– Bonne chance, Joaquin, lance-t-elle froidement en partant vers sa chambre. J'espère que tu t'y plairas.

Elena a le visage écarlate et des taches rouges sur le cou. J'ouvre la bouche pour parler, mais elle lève une main pour m'interrompre.

– Non, lâche-t-elle, à peine capable d'articuler un mot.

Je m'attends à ce qu'elle explose, mais elle reste assise et me laisse assister à sa douleur, aux larmes qui inondent ses joues.

– Elena, s'il te plaît, on peut en parler, dis-je en m'approchant d'elle.

– Non ! réplique-t-elle en reculant. On ne peut pas.

– D'accord.

Je n'insiste pas.

– D'accord.

Elle met fin au spectacle et sort de la cuisine pour s'enfermer dans sa chambre en claquant la porte. Figé sur place, j'écoute ses sanglots à travers le mur.

CHAPITRE 19

Le lendemain, en me préparant pour mon service du midi au restaurant, j'ai des crampes dans le ventre. *El Mirador* représente en général mon refuge, mais pas aujourd'hui.

Parce qu'aujourd'hui, je vais devoir annoncer mon départ à Amy.

Je fais mon travail comme un automate, je souris machinalement aux familles qui profitent de leur dernière semaine de vacances, aux bébés et aux enfants avec du sable coincé dans leurs bourrelets, aux mères fatiguées, aux pères au nez brûlé.

– Qu'est-ce qui vous ferait plaisir ?

– Besoin d'encore une minute ? Prenez votre temps.

– L'addition ? Je vous l'apporte.

Amy commence plus tard. Elle ne va plus tarder et il va falloir que je lui parle. Je pense à la chaleur de son corps, à sa gentillesse, à ses rêves qui ne sont pas les miens.

Ses yeux se posent directement sur moi quand elle entre dans le restaurant. Elle me prend dans ses bras et sent tout de suite mon malaise. Je lui fais un signe de la tête en direction de la salle de repos. Une fois dedans, elle me dévisage, inquiète.

– Joaquin, qu'est-ce qui ne va pas ?

– Amy, je…

Ma voix se casse. Je n'ai encore jamais pleuré devant elle.

– Amy, il faut que je parte d'ici, dis-je tout bas.

– Tu veux dire du restaurant ? demande-t-elle, les sourcils froncés.

Je ferme les yeux pour retenir mes larmes.

– Non. Je parle de ma famille. De cette ville.

Quand j'ouvre les paupières, Amy semble complètement perdue.

– De quoi tu parles ?

– Je ne peux plus vivre ici. Je dois partir.

– L'année prochaine, on va à Austin, me rappelle-t-elle en me prenant les mains. Je pensais que c'était ce que tu voulais.

Je me dégage. Si je la laisse me toucher, je n'y arriverai jamais. Elle grimace.

– Je sais, mais…

Je ne trouve pas les mots pour lui expliquer, alors je lui raconte ce qui s'est passé la veille, la surenchère des mensonges.

– Je dois m'en aller maintenant. Tout de suite. Avant de me laisser engloutir.

– Hé, on peut trouver une solution, me supplie-t-elle, en larmes. Tu pourrais habiter chez Carlos ? Ou louer ton propre appart si tu travailles davantage au restaurant.

Je ferme de nouveau les yeux et secoue la tête.

– Amy, si je ne quitte pas l'île de Mariposa maintenant, je ne partirai jamais.

– Tu veux rompre, c'est ça ? demande-t-elle, furieuse, entre deux sanglots. C'est ce que t'es en train de me dire ? C'est… fini ?

Sa façon de cracher « fini » me brise le cœur. Je craque.

– Amy…

– Je n'arrive pas à y croire.

Elle croise les bras, détourne les yeux, mais reste sur place.

– Amy, je suis désolé.

Les larmes inondent mes yeux et brouillent ma vision. Je la contourne pour sortir et traverse le restaurant en courant, mon tablier toujours sur moi. Dehors, je cours vers le coin de la rue où j'ai parlé et flirté avec Amy pour la première fois. À présent, je me retrouve seul et désespéré, incapable de m'arrêter de pleurer.

• • •

La semaine qui suit ma décision se passe dans un silence total. Ou, pour être plus exact, Elena et Mamita ne m'adressent plus la parole, mais elles continuent à se parler entre elles. Je les entends, le soir, discuter devant la télé.

Quelques jours avant mon départ, je fais le tri dans mes affaires. C'est le moment de choisir ce que je peux emporter et ce que je vais devoir laisser ici. Je trouve quelques cassettes de punk que j'aimerais bien donner à Amy, mais elle m'évite. Elle a demandé à Carlos de ne plus nous programmer sur les mêmes services.

La porte d'entrée s'ouvre alors. C'est Elena qui rentre d'une sortie avec J.C.

Elle marche d'un pas lourd, fait tomber ses clés. Une fois, puis deux.

– *Bordel*, grommelle-t-elle.

Et soudain, elle se pointe dans ma chambre.

Je me tourne vers elle, l'étudie un instant.

– T'as fait une descente dans le bar des Callahan ?

Elle lève les yeux au ciel et s'écroule sur mon lit défait.

– J'ai bu *toutes* leurs bouteilles de vodka, réplique-t-elle, faussement honteuse. Je suis la pire des baby-sitters du monde entier.

Je la retrouve comme elle est toujours. Taquine, fofolle. C'est parce qu'elle est soûle, je sais, mais au moins elle me parle.

– Tu fais ta valise ?

– Oui.

Je tire de mon armoire mon vieux tee-shirt du lycée et le jette sur elle. Il atterrit sur sa tête. Elle le prend et essaie de comprendre ce que c'est.

– Garde-le si tu veux. Tu me le piques tout le temps, de toute façon.

Elle le serre contre elle et se recroqueville sur le côté.

– Merci, grand frère, murmure-t-elle.

Ses mots sont comme un couteau qui s'enfonce entre mes côtes.

– Elena…

Il faut que j'en profite, c'est peut-être ma seule chance.

– Elena, est-ce que je peux te dire pourquoi je dois partir ? On peut en discuter ?

– Joaquin ?

– Oui ?

– Pas maintenant, OK ? Tout va bien. Tu vas en Californie, pas en Chine. On se reverra.

Elle ouvre les yeux et me regarde, retrouvant brusquement sa lucidité.

– N'est-ce pas ?

– Oui. Bien sûr, Elena, on se reverra. Tu pourras peut-être même venir me voir.

Elle rit et roule sur le dos, mon tee-shirt toujours dans les mains.

– Je vois pas comment. À moins que les Callahan partent pour un séjour à Disneyland et me demandent de venir les aider. Pas sûr que Mamita gobe ça.

– Ouais, pas sûr.

– Tu sais quoi ?

– Quoi ?

– Les Callahan retournent à Houston cette semaine. L'école reprend.

Des larmes coulent sur ses joues.

– Elena ?

– Comment est-ce que je pourrai le voir si les Callahan ne sont plus là ? demande-t-elle en se rasseyant. Je veux continuer à le voir.

Arrêter de le fréquenter n'est sûrement pas ce qui pourrait arriver de pire. Mais je ne le lui dis pas. Si je suis trop franc, elle risque de sortir en trombe de ma chambre et de ne même pas me dire au revoir au moment de mon départ.

Je m'assois à côté d'elle sur le lit.

– Tu vas trouver un moyen.

Super conseil, mais je n'ai rien de mieux pour la rassurer.

– Sans doute, acquiesce Elena en reniflant. Dommage que les Callahan n'emménagent pas ici pour de bon. Mais le père a un super boulot à Houston…

– Et si tu trouvais une autre famille ? Ou même un vrai boulot ?

Elena ravale ses larmes et hoche la tête.

– Peut-être que Mamita sera d'accord. Merde, j'ai presque dix-sept ans !

– Tu es presque une adulte.

Cette phrase me paraît presque absurde, mais je la dis tout de même.

En bâillant, ma sœur s'allonge. Après un moment, sa respiration devient plus régulière ; elle s'est endormie. Je baisse la lumière dans ma chambre, remonte la couette sur elle et continue ma valise. Après minuit, je pars me coucher dans son lit, m'efforçant de ne pas penser au lampadaire dehors et à l'odeur de cigarette qui imprègne ses draps.

• • •

La veille de mon départ, je ne ferme pas les yeux de la nuit. Il fait encore noir quand je finis par me lever. Je me douche, je m'habille et je sors déposer mes sacs sur le porche. Malgré mes précautions, la porte d'entrée grince. L'humidité dehors est plus épaisse que du yaourt.

Je retourne à l'intérieur et me dirige vers la chambre de Mamita. Je pousse doucement la porte.

– Mamita ? Mamita, je dois partir.

Silence.

Et puis merde. C'est ma mère, quand même. Et de toute façon, je quitte la maison : qu'est-ce que j'ai à perdre ? Dans l'obscurité totale, j'avance jusqu'à son lit. Allongée sur le côté, elle est réveillée, la tête posée sur son oreiller, les yeux rivés sur le mur en face d'elle. Elle a l'air tellement plus âgée sans son maquillage et avec ses cheveux en bataille.

– J'y vais, OK ?

Elle hoche la tête sans un mot.

– J'appellerai quand j'arriverai, d'accord ?

De nouveau, un simple hochement de tête. Elle ne croise pas mon regard. Je reste planté sur place, ne sachant quoi faire. Quand est-ce qu'on s'est fait un câlin pour la dernière fois ? Je ne m'en souviens même pas.

Mes grands-parents cubains me regardent depuis leurs cadres. Des inconnus pour moi.

– Mamita…

Il faut que je le dise. Parce que c'est vrai.

– Je t'aime.

Elle enfouit alors le visage dans son oreiller.

– Prends soin de toi, murmure-t-elle.

Je referme sa porte. Elena m'attend dans le couloir en chemise de nuit, les bras croisés. Elle bâille.

– Il est si tôt, dit-elle tout bas.

– Je sais, mais Carlos vient me chercher à six heures pour m'emmener au car. Je veux faire le plus gros du trajet aujourd'hui. Ce soir je serai à Phoenix, et demain j'arriverai en Californie.

Elena sait déjà tout ça. Je cherche juste à meubler le silence.

– Appelle quand tu arriveras. En PCV si besoin, c'est nous qui paierons.

Je hoche la tête. J'ouvre la porte d'entrée et regarde dehors. Carlos vient de se garer devant la maison. Il n'a pas coupé le moteur de sa Chevette.

– Voilà, on dirait que c'est le moment.

– Le moment de quoi, exactement ? demande Elena, mais sans méchanceté, juste pour plaisanter.

Une fois, quand on était petits, alors qu'on jouait à cache-cache dans la maison, je me suis endormi dans l'armoire de ma chambre. Quand Elena m'a retrouvé, elle pleurait, furieuse. Elle était si en colère qu'elle m'a donné un grand coup dans la poitrine.

– Ne me refais plus jamais ça ! a-t-elle hurlé. Promets-le-moi !

J'ai promis. Mais je ne me cache pas, cette fois. Elle sait où je vais. Je lui donnerai mon adresse dès que j'en aurai une.

Et soudain, je me mets à prier, ce que je ne fais jamais. *Mon Dieu, veillez sur Elena, je vous en conjure.*

Carlos klaxonne. Deux petits coups rapides.

– Ne le fais pas attendre, lance Elena.

Elle ne pleure même pas. Son visage ne se décompose pas. Elle est parfaitement calme et maîtresse d'elle-même.

– Elena…

– Serre-moi dans tes bras et pars, Joaquin.

J'obéis, mais on ne reste pas enlacés très longtemps. Vraiment, ce n'est pas notre truc dans la famille.

Elle recule, me sourit et me pousse pratiquement dehors.

– Elena, je t'aime.

– Je t'aime aussi, répond-elle en souriant toujours.

Et la porte se referme.

Je mets les sacs dans le coffre de la Chevette.

– T'es prêt, mec ? me demande Carlos.

Il se gratte la nuque en bâillant.

– Ouais.

Il démarre et s'engage sur Esperanza Boulevard.

Je ne jette pas un regard en arrière.

JOAQUIN FINNEY

LOS ANGELES

1987

Comme le dit une chanson naze, il ne pleut jamais dans le Sud de la Californie. En fait, le soleil était toujours au rendez-vous et le temps au beau fixe. Et les plages étaient sensationnelles. D'immenses étendues de sable fin bordaient un océan d'un bleu profond. À côté, les eaux de l'île de Mariposa avaient l'air d'une mauvaise plaisanterie. Au Texas, Joaquin n'avait jamais vu l'intérêt de vivre au bord de la mer, mais, dans son nouvel environnement, il profitait des après-midis où il ne travaillait pas pour aller contempler le ballet magnifique des vagues à l'horizon. Il goûtait au bonheur de se retrouver seul devant ce spectacle autant qu'à celui de sa vie à Los Angeles.

Il vivait dans un appartement minuscule et avait été embauché dans un restaurant mexicain où travaillait un des cousins de Carlos. Joaquin rentrait chez lui avec plaisir après ses services. Il pouvait y écouter de la musique à plein volume et manger tout ce qui lui faisait envie. Dès le réveil, il se réjouissait de sa solitude : il n'avait plus besoin de partager le quotidien et les humeurs de qui que ce soit. Il arrêta de se ronger les ongles.

Les week-ends, il partait en exploration. L'observatoire Griffith était sa destination favorite, malgré tous les touristes qui y affluaient. Voir les lettres d'« Hollywood » en vrai le fascinait toujours autant. Il n'avait pas l'intention de devenir acteur ou musicien, il ne nourrissait aucune ambition particulière pour son avenir, mais cela ne le dérangeait pas d'être une exception à Los Angeles. Le monde lui offrait des milliers de possibilités.

Les dimanches soir, il appelait la maison, mais, les rares fois où Mamita décrochait, elle refusait de lui parler et passait directement le combiné à Elena, qui lui posait des questions sur le temps en Californie, son appartement, son travail. Il répondait précisément en essayant de se représenter où sa petite sœur se trouvait pendant qu'ils discutaient. Le canapé usé du salon, le porche, sa chambre. Il était parfaitement conscient que sa mère écoutait tout, mais cela ne le mettait même pas en colère.

– Et de ton côté ? demandait Joaquin à Elena pour la mettre au centre de la conversation.

– Tout va bien, répondait-elle sèchement.

– J.C. est toujours dans le coin ? l'interrogea-t-il un dimanche, tout bas pour que leur mère n'entende pas.

– Ouais, répliqua-t-elle simplement, plus tendue encore qu'à l'ordinaire.

Il ne lui posait aucune question sur les Callahan et ne cherchait pas à savoir comment elle parvenait à sortir. En faisant les cent pas dans sa cuisine microscopique, il ne creusait aucun sujet. Quand il disait au revoir, il avait mal au ventre, et, même si son cœur se brisait chaque fois qu'il raccrochait, il était heureux de se retrouver seul en Californie.

Il écrivait des lettres à sa petite sœur. C'était le seul moyen pour lui de se confier à elle sans risquer la surveillance de leur mère. Le courrier arrivait dans la journée et Elena rentrait toujours la première à la maison. Assis sur sa moquette miteuse, appuyé contre le mur nu, il s'épanchait sur des pages et des pages, sans se censurer. Il lui racontait tout ce qu'il vivait, bien sûr, mais il disait aussi qu'il se faisait du souci pour elle et sa relation avec J.C. Il s'inquiétait de comment ce dernier et leur mère la traitaient. Il ne savait pas si elle était furieuse de son départ, mais il lui expliquait pourquoi c'était devenu impossible pour lui de rester.

Joaquin demandait à Elena si les Callahan reviendraient l'été suivant.

Dès qu'il le pouvait, il glissait un billet de cinq dollars dans l'enveloppe qu'il postait en allant au restaurant. En souriant à l'employée au guichet, il collait soigneusement le timbre comme s'il s'agissait de la dernière pièce d'un puzzle. Quand il lui confiait sa lettre, il espérait toujours que tout irait bien. Parce que cela avait beau faire un moment qu'il s'était installé en Californie, jamais il n'avait reçu une seule réponse de sa sœur.

Parfois, dans le silence de la nuit, ou lorsqu'il contemplait le parking de son immeuble depuis son balcon, Joaquin imaginait Elena fouiller dans leur boîte aux lettres après le lycée, son sac à dos rouge sur une épaule, ses cheveux attachés en une queue de cheval désordonnée. Il l'imaginait sur le porche, qui aurait eu besoin d'un bon coup de peinture, au moment où elle trouvait son enveloppe entre les factures et les pubs. Il notait toujours son prénom de sa plus belle écriture. Joaquin la voyait approcher le papier de son visage, juste sous sa cicatrice. Elle ouvrait alors l'enveloppe et dépliait la feuille sans même attendre d'être dans la maison. Et elle la lisait et relisait encore et encore. Elle respirait peut-être même le papier, cherchant à s'imprégner d'un peu de l'air californien. Cela devait lui faire plaisir d'avoir des nouvelles de son grand frère.

Il le souhaitait de tout son cœur.

Dans l'esprit de Joaquin, Elena contemplait la lettre pendant des heures, et, même après l'avoir repliée et rangée dans la poche arrière de son jean, son cœur battait d'émotion. Elle la gardait comme un talisman. Ou comme une promesse. Et il espérait qu'elle prenait un instant pour jeter un regard aux rues de l'île de Mariposa et réfléchir à tout ce qui l'attendait, là et ailleurs, avant d'ouvrir la porte et de franchir le seuil de la maison.

NOTE DE L'AUTRICE

À l'instar de la mère de Joaquin et Elena, beaucoup d'enfants cubains furent exilés de Cuba après la prise de pouvoir officielle de Fidel Castro, le 1er janvier 1959. L'opération Peter Pan a vu l'exode de quatorze mille enfants de Cuba vers les États-Unis au début des années 1960, sous la supervision de l'archidiocèse de Miami. Les enfants ont été placés dans des familles d'accueil et des orphelinats sur tout le territoire. La plupart, mais pas tous, ont pu retrouver leurs parents. Comme Caridad, beaucoup se rappellent la *pecera*, ou le « bocal », dans lequel ils ont été regroupés avant le décollage.

Pendant la révolution cubaine et peu de temps avant l'arrivée de Castro au pouvoir, plusieurs attentats ont été perpétrés sur l'île entre 1953 et 1958. L'explosion de la salle de bal du *quince* de Caridad est purement fictive.

Elena se définit comme hispanique dans le roman. Même si ce terme s'emploie encore aujourd'hui, on lui préfère désormais « latino ».

L'idée de ce livre est venue d'un épisode de l'émission de radio *This American Life* intitulé « Yes There Is a Baby », diffusé pour la première fois le 5 janvier 2001.

REMERCIEMENTS

Ce livre n'aurait pas vu le jour sans la générosité de ma mère et de ses trois sœurs, toutes nées à Cuba et exilées après la prise de pouvoir de Fidel Castro. Même si ma mère n'a pas fait partie de l'opération Peter Pan, elle a également quitté le pays adolescente, et se souvient de la douleur des adieux à travers la vitre de la *pecera*. Il a fallu deux ans pour que sa famille soit réunie au complet. Ma mère a toujours parlé ouvertement de son expérience et de son enfance à Cuba, et c'est ce qui m'a aidée à façonner ce livre. Je rêve qu'un jour, elle puisse remettre les pieds dans une Cuba libre. Je remercie mes tantes d'avoir accepté de répondre à mes questions et mes parents de m'avoir aidée pour les passages en espagnol.

J'aimerais également remercier Olivia Gonzalez, qui a pris le temps de me raconter son expérience de l'opération Peter Pan. Ses souvenirs détaillés, et certainement très douloureux, ont contribué à enrichir précieusement ce roman. Merci à mon *hermana* cubaine et collègue écrivaine Christina Diaz Gonzalez de nous avoir mises en contact. Le roman de Christina *The Red Umbrella* est l'histoire magnifiquement écrite d'une jeune fille quittant Cuba dans le cadre de l'opération Peter Pan. Je le recommande vivement.

Merci à mon éditrice, Katherine Jacobs, pour la graine qui est devenue ce livre et pour le soin avec lequel elle a veillé à son épanouissement.

À mon agente Kerry Sparks et à toute l'incroyable équipe de Levine Greenberg Rostan, et en particulier Beth Fisher, merci d'être à mes côtés.

À tout le monde chez Macmillan : Mary Van Akin, Jo Kirby, Elizabeth Clark, Lucy Del Priore, Katie Halata, Molly Ellis, Allison Verost, Brittany Pearlman et tous ceux qui contribuent à la mise au monde de mes livres, merci infiniment pour votre soutien et vos encouragements.

Merci à Cathy Power d'avoir su répondre à toutes mes questions sur ce qu'était une punkette dans le Texas des années 1980, et de vanter mon travail comme elle le fait. *Un abrazo fuerto* au merveilleux Domino Perez qui a bien voulu relire des scènes essentielles. Merci aussi à Claire Barnhart pour ses réponses sur Los Angeles et à mon frère, Chris Mathieu, de m'avoir emmenée à l'observatoire de Griffith à plusieurs reprises.

Merci à ma communauté d'auteurs de littérature *young adult*, notamment Jessica Taylor, Julie Murphy,

Kate Sowa, Christa Desir, Katie Cotugno, Jeff Zentner, Liara Tamani, Leigh Bardugo, Mitali Perkins, Caleb Roehrig, Anna-Marie McLemore, Emmy Laybourne, aux YAHous, groupe d'auteures basées à Houston, à l'équipe de la librairie Blue Willow Bookshop à Houston également, et tant d'autres qui prennent le temps de me soutenir et de se soutenir entre eux. Merci !

J'adresse tout mon amour à ma deuxième famille du lycée de Bellaire qui a toujours été derrière moi au cours de ma deuxième carrière, et plus particulièrement Michael McDonough et Carl Casteel. Allez les Cardinal !

À The Jesus and Mary Chain, dont la formidable musique m'a servi de bande originale pour l'écriture de ce roman.

Et enfin, à mon plus grand fan, mon mari, Kevin. Qu'est-ce que je ferais sans toi ? Je n'ai aucune envie de le savoir. Un amour aussi grand que le Texas pour toi et Elliott.

Achevé d'imprimer au 3e trimestre 2020
en Espagne par Rodesa